LISA AHMADA

Milele

Ein autobiographischer Roman

novum ⬢ pro

Dieses Buch ist auch als
e-book
erhältlich.

www.novumverlag.com

© 2023 novum Verlag

Bibliografische Information
der Deutschen Nationalbibliothek:

Die Deutsche Nationalbibliothek
verzeichnet diese Publikation in
der Deutschen Nationalbibliografie.
Detaillierte bibliografische Daten
sind im Internet über
http://www.d-nb.de abrufbar.

ISBN 978-3-99131-748-7
Lektorat: Melanie Dutzler
Umschlagfoto:
Đ•Đ²Đ³ĐµĐ½Đ¸Đ¹ ĐŸĐ¾Đ»Đ¸ŇĐºĐ¾ |
Dreamstime.com
Umschlaggestaltung, Layout & Satz:
novum Verlag
Innenabbildungen:
S. 217, 219, 223–225: Lisa Ahmada;
S. 218, 220–222: Fotograf Truth

Die von der Autorin zur Verfügung
gestellten Abbildungen wurden in der
bestmöglichen Qualität gedruckt.

www.novumverlag.com

Gedruckt in der Europäischen Union
auf umweltfreundlichem, chlor- und
säurefrei gebleichtem Papier.

Prolog

Lärm, Schmutz, Gestank, kaputte Straßen, halb zerfallene Häuser, Menschenmassen, Armut. Das ist Afrika.

Lebensfreude, Tanzen, lachende Kinder, Sonnenschein, Strand, Meer, Zusammenhalt, Energie. Das ist auch Afrika.

Ich war in Stone Town, der Hauptstadt der ostafrikanischen Insel Sansibar, und sog all diese Eindrücke in mich auf. Eindrücke, die mich schon immer fasziniert hatten, bereits als ich ein kleines Mädchen war. Eindrücke, die mich in ihren Bann zogen und mich vor einigen Jahren fast dazu gebracht hätten, mein Leben in Afrika zu verbringen.

Ich schlenderte den Strand entlang, genoss das Gefühl des Sandes unter meinen Füßen und der Sonne auf meiner Haut. Wie sehr ich dieses Gefühl liebte. Es machte mich lebendig, ließ mich meine Sorgen vergessen. Das Rauschen des Meeres war für mich eines der schönsten Geräusche, die es gab.

Am Abend ging ich in einen afrikanischen Club. Das Tanzen auf diesem Kontinent erfüllte mich mit einer derartigen Energie, dass ich gar nicht mehr damit aufhören wollte. Jedes Mal, wenn ich in Afrika tanzte, geriet ich in eine Art Rausch.

Ein gutaussehender weißer Mann beobachtete mich von der Bar aus. Ich wusste nicht, wie lange er das schon getan hatte, aber als er bemerkte, dass ich ihn entdeckt hatte, kam er auf mich zu. Er lächelte mich an – er hatte ein umwerfendes Lächeln – und begann, mit mir zu tanzen.

„Wie heißt du?", fragte er irgendwann.

„Lisa", antwortete ich. „Und du?"

„Ich bin Jacob."

Jacob war Engländer, er war ebenfalls als Volunteer auf der Insel gelandet, wie ich. Wir verbrachten einen wundervollen Abend, verliebten uns ineinander und begannen eine Beziehung. Als unsere gemeinsame Zeit zu Ende war, standen wir vor der großen Entscheidung, was wir nun tun sollten. Fernbeziehung – ja oder nein? Wir entschieden uns für ja.

An diesem Punkt wachte ich auf. Es war ein schöner Traum, den ich noch einige Zeit nachwirken ließ. Zu diesem Zeitpunkt konnte ich noch nicht wissen, wie nahe mein Traum an der Realität gewesen war.

Kapitel 1

„Das Leben besteht zum größten Teil aus Zufällen.
Wenn wir ihnen begegnen, ist unsere Fähigkeit gefragt,
in der entstandenen Situation bewusste
Entscheidungen zu treffen."

Henning Mankell – Treibsand

Es war der 5. April 2019, ein Tag, auf den ich mich lange gefreut hatte. Denn an diesem Tag betrat ich bereits zum dritten Mal ein Flugzeug, das mich in meine zweite Heimat – Tansania – bringen würde. Das erste Mal war ich 2013 dort gewesen. Ich hatte das Glück, ein ganzes Jahr in einem Waisenhaus arbeiten zu dürfen. Es war das bis dahin beste Jahr meines Lebens. Zwei Jahre später flog ich noch einmal in den Norden des Landes, um meine Freunde und mein Patenkind – einen kleinen Masai – zu besuchen.

Nun stürzte ich mich in ein neues Abenteuer. Ich war auf dem Weg nach Stone Town, der Hauptstadt von Sansibar, um im Mnazi Mmoja Referral Hospital mein Praktikum zu absolvieren. Es war das letzte Praktikum, das ich benötigte, um mein Studium der Physiotherapie abzuschließen. Zwei Monate durfte ich dafür auf dieser traumhaften Insel verbringen.

Ich kannte Tansania, ich kannte die Kultur und die hygienischen Zustände. Ich kannte das Gesundheitswesen und die Lebensbedingungen der Menschen. Ich wusste, worauf ich mich einließ. Deshalb wusste ich auch, wie schön die Arbeit mit diesen lebensfrohen Menschen sein konnte, und ich wusste, dass ich bei allen Höhen und Tiefen, die ich erleben würde, bei all dem Elend, dem ich begegnen würde, am Ende des Tages dort sehr viel Glück erfahren würde.

Dementsprechend groß war meine Euphorie, als ich endlich auf Sansibar landete. Der Moment, als ich aus dem Flugzeug stieg und mir die tropische Hitze einen Schlag verpasste, war einfach wundervoll. Es war das Gefühl, zu Hause zu sein. Wie immer, wenn ich tansanischen Boden betrat. Typisch afrikanisch war leider auch die Tatsache, dass mein Gepäck nicht angekommen war. Dass es so kommen musste, war mir schon klar gewesen, als die Fluglinie meinen Flug gestrichen und mich auf einen früheren Flug umgebucht hatte – mit nur 1,5 Stunden Transferzeit in Istanbul. Natürlich war mein erster Flug auch noch mit Verspätung gelandet und so war ich in Istanbul quer durch den riesigen Flughafen gelaufen, immer mit dem Gedanken: *„Das schaffen meine Koffer nie!"*

Leider hatte ich Recht behalten.

Ich war nicht die Einzige, der es so ging. Dementsprechend lange war die Warteschlange vor der kleinen Kammer, in der zwei Mitarbeiter in afrikanischer Gemütlichkeit die Daten der Passagiere aufnahmen, die ihre Koffer nicht erhalten hatten.

Nach etwa einer Stunde war ich endlich an der Reihe. Ich musste angeben, was sich in meinen Koffern befand. Als ich erwähnte, dass auch Medikamente darin waren, sah der Mitarbeiter mich voller Mitleid an: „Oh, aber Sie sehen so gesund aus."

Schmunzelnd erklärte ich ihm, dass ich immer mit einer kleinen Hausapotheke verreiste. Es entwickelte sich ein Gespräch mit dem freundlichen Mann, der mir zum Abschluss erklärte: „Sie werden hier einen geeigneten Ehemann finden. Glauben Sie mir, Sie werden einen Sansibari heiraten."

Ich lachte, bedankte mich für seine Hilfe und verließ mit typisch afrikanischer Verspätung den Flughafen – ohne Koffer, dafür mit einer Telefonnummer für Rückfragen und einem Formular.

So kam es also, dass der Chauffeur eine weiße Blondine in Winterjogginghose abholte und mich zu meinem Hostel brachte. Vor dem Haus wartete bereits ein schlanker Afrikaner mit gekräuselten Locken und dem breitesten Grinsen, das ich jemals gesehen hatte.

„Hallo Lisa, ich bin Abdi", stellte er sich vor. „Freut mich, dich kennen zu lernen."

„Hallo Abdi, es freut mich auch", entgegnete ich.

„Willkommen auf Sansibar! Wo sind deine Koffer?", fragte er mit suchendem Blick.

Ich erklärte ihm mein Dilemma, woraufhin er sofort sein Handy aus der Tasche zog und geschäftig zu telefonieren begann. Natürlich änderte das nichts an meiner Situation, doch ich freute mich über seine Hilfsbereitschaft.

Abdi führte mich ins Haus, zeigte mir mein Zimmer, überreichte mir eine lokale SIM-Karte für mein Handy und stellte mich zwei Mädels vor, die gerade im Gemeinschaftsraum meiner neuen WG saßen.

Beide waren Deutsche, wobei die Jüngere, Blonde namens Moana in Deutschland lebte, während die ältere, dunkelhaarige Natalie in der Schweiz lebte. Beide hatten eine liebenswerte Ausstrahlung und waren mir sofort sympathisch. Wie ich das von meinen früheren Afrikareisen bereits kannte, entstand auch mit Natalie und Moana sehr schnell eine vertraute Freundschaft. Moana war 18 und Natalie 31, wodurch es sich bald anfühlte, als würde ich mit meinen damals 27 Jahren mit einer kleinen und einer großen Schwester zusammenleben.

Mein Aufenthalt auf Sansibar begann mit einer Reihe intensiver Eindrücke. Natalie und Moana führten mich durch die Stadt, die Katakomben von Afrika, wie wir sie nannten. Denn wer schon einmal durch Stone Town spaziert ist, kann verstehen, wie leicht man sich dort verläuft. Die Stadt besteht aus zahlreichen lauten, schmutzigen Gassen mit vielen Winkeln und Ecken, vielen Abzweigungen und Möglichkeiten, seine Orientierung zu verlieren.

„Das ist die Hauptstraße. Am besten bleibst du am Anfang immer hier, da musst du einfach nur geradeaus gehen, damit du zu den wichtigsten Essensständen kommst und wieder zu unserem Haus zurückfindest", erklärte Natalie. Das war eine wichtige Information für eine Frau wie mich, eine Frau ohne Orientierungssinn.

Die Mädels zeigten mir, wo man Wasser und das beste Essen kaufen konnte, wo man Guthaben für seine SIM-Karte bekommen konnte und wie man zum Strand kam. Auch wenn mir die Orientierung in den Katakomben von Afrika sichtlich schwer fiel, stand eins schnell fest: Hier fühlte ich mich wohl.

Wie sehr hatte ich die Freundlichkeit, die Gastfreundschaft, die Hilfsbereitschaft und die Offenheit der Afrikaner vermisst. Im kalten Österreich sehnte ich mich oft nach dieser Wärme. Ich spreche nicht vom Winter – dem kalten Wetter – sondern von den kalten, distanzierten zwischenmenschlichen Umgangsformen, die leider oft in Österreich herrschten. Die Afrikaner grüßten jeden, sie sahen alle Menschen als ihre Familie und das merkte man in ihrem Umgang miteinander.

Am nächsten Tag holte Abdi mich wie versprochen ab. Er führte mich zum Krankenhaus, um mir den Weg zu zeigen. Mir war sofort klar, dass ich den Rückweg nicht finden würde, da mir alles wieder einmal viel zu verwinkelt vorkam. Das Krankenhaus selbst überraschte mich eher wenig. Die Zustände waren in etwa so, wie man es von Fernsehbildern aus der Dritten Welt kannte. Die sogenannten Stationen waren vielmehr große Hallen, in denen die Patienten Bett an Bett lagen. Die Luft war schlecht, viel zu heiß und ein übler Gestank durchzog das gesamte Gebäude. Auf den offenen Wunden der Patienten sammelten sich die Fliegen, fast jeder dort hatte eine Infektion.

Die Ambulanz für Physiotherapie war in einem kleinen Nebengebäude direkt am Meer untergebracht. Wir genossen den Luxus von immer frischer Luft. Ich war nicht die einzige Studentin, sondern ein ganzer Jahrgang an einheimischen Studenten war ebenfalls für ein Praktikum vor Ort. Dies bot mir eine gute Gelegenheit, mein Swahili zu verbessern, und ihnen wiederum bot es die Chance, Englisch zu üben.

Zwar hatte ich vorab nachgefragt, ob die Patienten Englisch sprechen würden, was mir deutlich versichert wurde, jedoch stellte sich diese Information schnell als falsch heraus. So kam es, dass ich die ersten Nachmittage mit dem Lernen der medizinischen Vokabel verbrachte. Zum Glück hatte ich mir zu Hause schon eine entsprechende Liste vorbereitet.

Obwohl ich für das Praktikum nach Sansibar gekommen war, stellte es definitiv nicht den Mittelpunkt meines Aufenthalts dar. Vielmehr genoss ich Afrika, sog jeden Moment auf, so gut ich nur konnte, und genoss das Leben in dieser Welt, die ich so sehr liebte.

Eine Leidenschaft, die Natalie, Moana und ich teilten, war das Tanzen. Beim Tanzen fühlte ich mich immer, als würde ich in eine andere Welt eintauchen. Das Tanzen in Afrika verstärkte dieses Gefühl noch einmal um ein Vielfaches. Die Rhythmen, die perfekte Art, in der sich die Einheimischen bewegten und ihre Selbstverständlichkeit, dies zu tun, zogen mich jedes Mal aufs Neue in ihren Bann.

Die Kehrseite – derer ich mir deutlich bewusst war – war die oft grenzüberschreitende Art der Afrikaner, eine weiße Frau aufgabeln zu wollen. Zu Beginn war es für mich oft schwierig gewesen, die Grenzen richtig abzustecken. Mittlerweile fiel es mir leichter und zu dritt konnten wir uns ohnehin leichter aus der Patsche helfen. Geriet eine von uns in Bedrängnis, wurde sie von den anderen geschnappt und so lange herumgewirbelt, bis sie wieder in Sicherheit war.

Als ich das erste Mal mit Natalie und Moana in ihre – und bald auch meine – Lieblingsbar namens Tatu ging, kam ich mir vor, als wäre ich mit zwei Einheimischen unterwegs. Die beiden kannten beinahe jeden. Obwohl sie selbst erst drei Monate hier waren, wussten sie genau, zu wem man sich gesellen konnte und von wem man sich besser fernhalten sollte.

Beinahe jeden Abend gingen wir zum Tanzen ins Tatu und das obwohl ich an fünf Tagen pro Woche bei meiner Arbeit im Krankenhaus vollen Einsatz zeigen musste. Party und Arbeit also, Tag für Tag. Ein Zustand, den ich zu Hause unmöglich hätte durchhalten können. Doch hier genügte es, am Nachmittag noch ein paar Stunden an Strand zu entspannen, um am Abend wieder fit zu sein.

Am Strand konnte man sich am besten entspannen, wenn man nicht alleine war. Die berühmt-berüchtigten Beach Boys lauerten an jeder Ecke und nutzten jede Chance, eine einsame Weiße zu umgarnen. Hin und wieder hatten sie Erfolg, das Ergebnis war skurril. Ich sah zahlreiche schwarz-weiße Pärchen, mehr als ich gedacht hätte. Die meisten von ihnen sahen nicht wie frisch verliebte junge Leute oder frisch Verliebte im gleichen Alter aus. Die weißen Frauen waren meistens deutlich über 50, mitunter noch älter und interessanterweise alle übergewichtig. Nicht, dass mich das bei einem Menschen stören würden, aber in diesem Zusammenhang fiel es auf. Die Männer an ihrer Seite waren meisten halb so alt, oft noch jünger und durchtrainiert. Viele der jungen Männer erhofften sich, durch eine weiße Frau den Weg raus aus der Armut zu finden. Das war allgemein bekannt. Mir war bisher aber nicht bewusst gewesen, dass umgekehrt auch viele weiße Frauen durch einen jungen Afrikaner den Weg aus der Einsamkeit suchten.

„Pah, das ist so eklig. Man sieht richtig, was bei denen abgeht", sagte Natalie angewidert, als eines dieser Paare an uns vorbeischlenderte. Die Frau hatte einen überglücklichen Gesichtsausdruck, sie sah richtig verliebt aus. Der Junge, dessen Hand sie hielt – ja, ich würde ihn definitiv eher als Jungen denn als Mann bezeichnen – unterhielt sich zwar mit ihr, seine Aufmerksamkeit galt jedoch anderen Dingen. Während er mit der Frau sprach, die ihn regelrecht anhimmelte, erkundeten seine Augen die Umgebung und erfassten dabei alles außer der Frau an seiner Seite. Sie schien das entweder nicht bemerkt oder sich damit abgefunden zu haben.

Später begegneten wir einem weiteren schwarz-weißen Paar, das jedoch einen anderen Eindruck auf mich machte. Sie waren etwa im gleichen Alter und interessierten sich offensichtlich füreinander. Es schien eine Beziehung auf einer Ebene zu sein. Die beiden sah man gerne an.

„Ich kann mir nicht vorstellen, wie das funktionieren soll", sagte ich zu Natalie und Moana. „Wie kann man sich das nur freiwillig antun und eine derartige Fernbeziehung führen? Das ist ja innerhalb von Europa schon schwierig genug."

„Zwei der Jungs unserer Organisation haben auch eine Freundin in Europa", erklärte Natalie. „Die telefonieren jeden Abend und es scheint zu funktionieren. Aber ich stelle mir das auch sehr mühsam vor."

„Das kann ich mir einfach nicht vorstellen", erwiderte ich. „So etwas würde ich mir niemals antun."

Tja, sag niemals nie.

In meiner zweiten Woche in Stone Town gingen wir wieder einmal ins Tatu. Es schien ein Abend wie jeder andere zu werden. „Tatu" heißt „drei" auf Swahili. Das Lokal hatte seinen Namen deshalb, weil es aus drei Stockwerken bestand. Im ersten Stock war eine gemütliche Bar mit Billardtisch. Der Großteil der Tische befand sich auf einem dunklen Holzbalkon. Der zweite Stock war räumlich gleich aufgeteilt, nur dass sich dort anstelle der Bar ein kleines Restaurant befand. Der dritte Stock war eine Disco. Der Raum war überdacht, an zwei Seiten jedoch offen, sodass man – speziell, wenn der Vollmond schien – einen wundervollen Ausblick auf das Meer hatte. Dieser touristisch angehauchte Ausblick stellte für mich einen eigenartigen Kontrast zu der typisch einheimischen Disco dar, in der wir uns befanden.

An eben jenem Abend war viel los. Zahlreiche Einheimische, vor allem Männer in den Zwanzigern, waren gekommen, um sich die Seele aus dem Leib zu tanzen. Wir hielten Ausschau nach jemandem, in dessen Nähe wir uns sicher fühlten. An einem der wenigen Tische – in der Ecke der beiden offenen Seiten der Disco – erblicken wir Rama. Er sprach kaum Englisch, doch er hatte eine derart ruhige, respektvolle Art und ein so strahlendes Lächeln, dass man sich in seiner Nähe einfach wohlfühlen musste. Ich hatte ihn schon des Öfteren gesehen, meistens allein. Natalie kannte ihn schon länger. So beschlossen wir, uns zu ihm zu gesellen. Als wir an seinem Tisch ankamen, sah ich, dass er dieses Mal nicht allein war. Ihm gegenüber saß ein dünner, kurzhaariger Afrikaner in einem bunten Hemd. Obwohl er auf einem Barhocker saß, bewegte er sich voller Freude und sang zu jedem einzelnen Song inbrünstig mit. Etwa so, wie ich das tat, wenn ich allein im Auto saß. Seine Lebensfreude war so ansteckend, seine Art, wie er da sitzend tanzte, so süß, dass ich ihn einfach anschauen und anlächeln musste. Ich konnte meinen Blick gar nicht mehr von ihm abwenden.

Irgendwann – als er mein Lächeln schon längst singend erwidert hatte – hielt er doch kurz stillt und sagte: „Hi!"

Ich streckte ihm meine Hand entgegen: „Hi, wie heißt du?"

„Jacob", schrie er über die Musik hinweg. „und du?"

„Lisa", antwortete ich mit einem Kribbeln im Bauch, wie ich es seit Monaten, vielleicht seit Jahren, nicht mehr empfunden hatte.

Und das war er. Der Moment, an dem Yakoub Suleiman Ahmada in mein Leben trat und es vollkommen auf den Kopf stellte.

Kapitel 2

„Liebe und Respekt. Das ist alles, was man braucht,
um einander kennenlernen und verstehen zu können."

Waris Dirie – Schwarze Frau, weißes Land

Dieser Abend war einer der schönsten meines Lebens. Yakoub und ich unterhielten uns über Gott und die Welt. Von Anfang an herrschte eine Vertrautheit zwischen uns, als ob wir uns schon ewig gekannt hätten. Beim Tanzen war ich noch vorsichtig, obwohl mir bald klar war, dass ich dazu gar keinen Grund hatte. Wir genossen zwar das gemeinsame Tanzen, die Nähe, die knisternde Atmosphäre zwischen uns, doch Yakoub akzeptierte auch die Grenzen. Dies war für mich eine neue, positive Erfahrung, durch die er natürlich noch mehr Pluspunkte bei mir sammelte. Zwischendurch unterhielten wir uns immer wieder. Jedoch muss ich gestehen, dass ich mich nicht mehr an den genauen Inhalt unserer Gespräche erinnere, sondern lediglich an die Faszination, die er auf mich ausübte.

Am nächsten Morgen war ich vollkommen durch den Wind. Den ganzen Tag konnte ich nur an Yakoub denken. Damals nannte ich ihn noch Jacob – das war sein Spitzname, mit dem er sich bei allen Weißen und folglich auch bei mir vorstellte. Später beschloss ich, ihn bei seinem echten Namen „Yakoub" zu nennen, da allein der Klang dieses Namens etwas in mir auslöste.

Natalie und Moana waren ebenso begeistert von ihm wie ich und stiegen in meine Schwärmerei mit ein. Mit meinen damals 27 Jahren fühlte ich mich wie ein Teenager mit den klassischen Schmetterlingen im Bauch. Mein nächstes Ziel war, herauszufinden, wie alt er war. Er war so dünn, dass er einen äußerst jungen Eindruck machte. Gleichzeitig hatte er eine Art zu sprechen, die ihn weise und relativ alt erscheinen ließ. Ich hoffte, dass er nicht jünger als 22 Jahre war. Warum auch immer, dieses Alter schien mir die Grenze für einen Partner zu sein. Einen noch jüngeren Mann konnte ich mir an meiner Seite nicht vorstellen.

Am Abend, kurz vor Sonnenuntergang, trafen Moana, Natalie und ich uns mit ein paar Einheimischen zum Acroyoga. Wir hatten diese Sportart mittlerweile des Öfteren ausgeübt. Eine kleine Wiese direkt am Meer bot die perfekte Kulisse dafür.

Unser Partner hieß Edi. Er war ein sympathischer, durchtrainierter Afrikaner, der uns die kleinen Kunststücke geduldig beibrachte. Meistens kam er in Begleitung einiger Freunde, mit deren Hilfe er uns neue Figuren zeigte oder er uns eine kleine Showeinlage lieferte.

Zweifellos genoss er die Aufmerksamkeit und die Bewunderung von drei weißen Frauen, doch auch wir genossen das neu entdeckte Hobby.

Edi und einer seiner Freunde lieferten wieder einmal eine kleine Show ab, als Moana zu mir sagte: „Achtung, Lisa, Traummann von rechts."

Sofort schoss mein Blick nach rechts, mein Herz begann wie wild zu flattern und meine Augen huschten hin und her, bis ich ihn endlich sah. Yakoub und sein Bruder Rama kamen direkt auf uns zu. Natürlich wussten sie, dass wir hier waren. Jeder wusste, dass Edi kurz vor Sonnenuntergang den weißen Mädels auf dieser Wiese Acroyoga beibrachte.

Ich konnte es kaum erwarten, dass Yakoub mit wenigen Schritten bei mir war und sich zu mir setzte. Er strahlte mich mit seinem verführerischen Lächeln an und – wum – wieder war ich in einer anderen Welt. Wieder zog er mich in seinen Bann, sodass ich unfähig war, irgendetwas anderes als ihn wahrzunehmen. Und doch kann ich mich wieder nicht an den Inhalt unseres Gesprächs erinnern, sondern lediglich an dieses Gefühl, diese unbändige Anziehung zwischen uns, diese Vollkommenheit des Augenblicks auf der kleinen Wiese am Meer und diese einzigartige Kombination aus Nervosität und innerer Ausgeglichenheit, die ich verspürte, nur weil er bei mir war.

„Lisa, du bist dran", waren die Worte, mit denen Natalie mich in die Realität zurückholte. Offenbar hatten sie und Moana schon wieder mit Edi geübt, während Yakoub und ich im Gespräch versunken waren.

Ich hatte keine Ahnung, wie ich unter diesem Stromgefühl Acroyoga machen sollte und tatsächlich war es dieses Mal eine äußerst wackelige Angelegenheit. Nach wenigen Minuten tippte Yakoub mich an, während ich auf Edis Beinen hing und sagte: „Wir sehen uns später!"

Eigentlich wollte ich ihm zurufen: „Nein, geh nicht, bleib hier!"

Doch ich entschied mich für die lässigere Variante und sagte: „Bis später."

Am Weg nach Hause fragten die Mädels, ob Yakoub und ich etwas vereinbart hatten.

„Ja, wir wollen uns später im Tatu treffen."

„Juhu, wieder mal ein Tanzabend", freute sich Moana.

„Und, hast du ihn gefragt, wie alt er ist?", wollte Natalie wissen.

„Ja", erklärte ich mit einem breiten Grinsen. „Er ist 22."

Als ich mich für den Tanzabend fertig machte, fühlte ich mich mindestens zehn Jahre jünger. Ich war so nervös, dass meine Hand beim Schminken zitterte. Mittlerweile benutzte ich kaum noch Make-Up, aber ich wollte trotzdem so schön wie möglich aussehen. Außerdem fiel es mir schwer, mich für ein Outfit zu entscheiden. Zu Hause war mir das leichter gefallen, zumindest in den letzten Monaten. Nach zahlreichen Enttäuschungen hatte ich vor fast einem Jahr beschlossen, mich von Männern fernzuhalten. Ich wollte nichts mehr mit ihnen zu tun haben, mich mit keinem mehr treffen, mich für keinen mehr schön machen und letztendlich von keinem mehr verletzt werden. Das machte die Wahl des Outfits beim Ausgehen auch leichter, weil es mir schlichtweg egal war, was die anderen Barbesucher von mir dachten. Doch es war mir nicht egal, wie ich für Yakoub aussah. Für ihn wollte ich wunderschön sein.

Mir kam mein Traum in den Sinn, den ich kurz vor meinem Abflug gehabt hatte. Zwar hatte ich geträumt, dass ich einen Engländer namens Jacob kennen lernen würde, doch die Tatsache, wie nah meine aktuelle Situation an meinem Traum war, fand ich trotzdem beinahe gruselig. Sollte dieser Traum wirklich wahr werden? Oder hatte er mich etwa so beeinflusst, dass ich nur wegen meines Traums glaubte, in Yakoub einen tollen Mann gefunden zu haben? Ich war wirklich verwirrt und drohte schon wieder, alles zu sehr zu „zerdenken".

Was mir außerdem Sorgen bereitete, war die Geschichte mit den Beach Boys. In der Vergangenheit hatte ich mit Männern wenig Glück gehabt und ich machte mir Sorgen, durch Yakoub direkt in die nächste Falle zu tappen. Dieses Thema diskutierte ich ausführlich mit Moana und Natalie, die glücklicherweise Psychologin war. Sie gab mir das Gefühl, einen professionellen Blick von außen auf unsere Situation zu werfen. Durch sie fühlte ich mich gut beraten. Die Mädels versicherten mir, dass Yakoub und ich mit den Beach Boys und deren Frauen nicht das Geringste zu tun hatten und dass man schon von Weitem sah, dass wir anders miteinander umgingen. Ebenso wie ich waren auch die beiden der Meinung, in seinem Blick ehrliche Vernarrtheit in mich zu sehen.

„Oooh", sagte ich ganz verliebt.

Natalie und Moana lachten, weil ich mich wie eine Vierzehnjährige benahm – und so fühlte ich mich ja auch.

Der Abend war einfach schön. Yakoub und ich tanzten viel, wir unterhielten uns lange, ich verlor jedes Zeitgefühl. Irgendwann verließen wir gemeinsam das Tatu. Hand in Hand gingen wir zu ihm nach Hause. Dort verbrachten wir unsere erste gemeinsame Nacht.

Kapitel 3

*„Das war Liebe: eine Verkettung von Zufällen,
die Bedeutung gewannen und zu Wundern wurden.“*

Chimamanda Ngozi Adichie –
Die Hälfte der Sonne

Als ich am nächsten Morgen aufwachte, war ich überglücklich. Interessanterweise beschäftigte ich mich nicht mit Gedanken über die Zukunft, was ich normalerweise viel zu intensiv tat. Stattdessen genoss ich einfach den Augenblick. Es war Wochenende und somit musste ich nicht arbeiten. Yakoub und ich konnten den ganzen Tag gemeinsam verbringen, die Zweisamkeit genießen, uns noch besser kennenlernen. Durch ihn tauchte ich ein in eine Welt der Armut, in die Dritte Welt, die für ihn Alltag war. Genau diesen Alltag zeigte er mir an jenem Tag.

Normalerweise teilte er sich ein Zimmer mit seinem Bruder Rama, der in meinem Alter war. Aus Respekt schlief der aber diese Nacht woanders. Irgendwo kamen die Afrikaner immer unter, das hatte ich mittlerweile gelernt. Das Zimmer der beiden war minimalistisch ausgestattet. Ein richtiges Bett hatten sie gar nicht. Vielmehr handelte es sich um eine dicke Matratze aus Schaumstoff, die am Boden lag. Daneben stand ein Kleiderschrank und es gab noch einen kleinen Schreibtisch mit einem Spiegel darüber.

Yakoub war Schneider und Designer. Er zeigte mir alle selbst genähten Hemden, die in seinem Kleiderschrank hingen.

„Ich trage meistens meine selbst genähten Hemden, das ist gut fürs Geschäft“, erklärte er mir. „Einmal war ich im Tatu und ein Engländer fragte mich, wo ich das Hemd gekauft habe. Ich sagte, dass ich es selbst gemacht habe. Er war so begeistert, dass er mir mitten im Tatu das Hemd abkaufte. Wir tauschten und ich ging mit seinem T-Shirt und einer vollen Geldbörse nach Hause." Yakoub lachte bei der Erinnerung an diese skurrile Geschichte.

Als nächstes zeigte er mir den Rest des Hauses, von dem ich letzte Nacht ohne Licht sehr wenig gesehen hatte. Neben seinem Zimmer befand sich noch ein zweites, darin schlief ein Mitarbeiter seines Onkels Isa. Ihm gehörte das gesamte Haus. Er hatte eine Art afrikanischer Imbissstand. Es war einer dieser kleinen Stände, die überall an der Straße das klassische afrikanische Essen verkauften. Im oberen Stockwerk befand sich vor den beiden Zimmern noch ein minimalistischer Gemeinschaftsbereich mit gefliestem Boden und einer halb maroden Holzbank. Der untere Stock bestand fast zur Gänze aus der Küche, in der seit früh am Morgen gekocht wurde, um das Straßenessen vorzubereiten. Das war eine aufwändige Prozedur, wie ich erkannte. Neben der Küche befand sich nur noch das Bad, das auch sehr simpel war. Es hatte diese typische afrikanische Toilette, ein Loch im Boden. Daneben befanden sich ein Wasserhahn und ein Eimer. Die Leute in diesem Haus duschten sich, indem sie das Wasser in den Eimer umfüllten und dann über ihren Körper gossen. Dabei standen sie immer über der Toilette, damit das Wasser abfließen konnte.

In meiner Zeit im Waisenhaus in Tansania hatte ich den Luxus einer eigenen europäischen Toilette mit europäischer Dusche genossen. Auch in der WG in Stone Town wohnten wir in einem gut ausgestatteten Haus. Dieses echte afrikanische Leben war für mich eine neue Erfahrung. Es führte mir vor Augen, aus welcher Welt Yakoub stammte und wie er seinen Alltag verbrachte.

Um weiter in sein Leben einzutauchen, begrüßten wir seinen Onkel Isa am Imbissstand. Zu meiner Überraschung stand Rama ebenfalls dort, um Grillspieße für die klassische sansibarische Suppe Urojo zuzubereiten. Die Touristen nennen diese Suppe „Sansibar Mix". Ich liebte diese einzigartige gelbe Brühe mit diversen Einlagen wie hart gekochten Eiern, Teigbällchen und Kassavastücken. Deshalb freute ich mich natürlich, dass Yakoub sofort eine für mich bestellte. Noch mehr freute ich mich aber über die Tatsache, dass alle Männer, die an diesem Imbiss-stand arbeiteten – inklusive Isa, der offenbar gerne Witze über mich machte – mich wie ein Familienmitglied aufnahmen. Es war fast so, als ob ich schon immer da gewesen wäre.

So geschah es also, dass ich Teil einer Familie in Afrika wur-de, dort in einem Krankenhaus arbeitete und plötzlich in einem vollkommen neuen Leben steckte.

Ich genoss dieses Leben. Yakoub und ich trafen uns täg-lich nach der Arbeit, meistens am Strand oder wir spazierten durch den öffentlichen Garten. Manchmal hatte ich dabei das Gefühl, dass wir wie ein altes englisches Paar waren, das sich ganz gesittet zum Spazieren traf. Wir spielten oft ein Karten-spiel oder ein klassisch afrikanisches Brettspiel namens Ke-ram, das man hier an jeder Straßenecke spielen konnte. Zu Beginn verlor ich jedes Spiel chancenlos, nach und nach wur-de ich etwas besser darin. Wir gingen oft tanzen oder unter-hielten uns stundenlang. Wir beobachteten jeden Abend den Sonnenuntergang auf der kleinen Wiese, auf der die anderen weiterhin Acroyoga machten. Ich hingegen war nur noch mit Yakoub beschäftigt. Nach Sonnenuntergang schlenderten wir meistens durch den Forodhani-Markt, auf dem es zahlreiche Essensstände gab, und tranken frischen Zuckerrohrsaft. Ich genoss das Leben in vollen Zügen, ich war glücklich. So glück-lich, wie schon lange nicht mehr.

Als sich damals mein erstes Jahr in Tansania dem Ende zuge-neigt hatte, war ich vor einer großen Entscheidung gestanden: Sollte ich wirklich zurück nach Österreich gehen oder sollte ich mein Leben in Tansania aufbauen? Letzten Endes hatte ich mich aus zwei großen Gründen dazu entschlossen, nach Öster-reich zurückzukehren. Der erste Grund war mein Beruf. Ich war damals Kindergartenpädagogin. Zwar hatte ich gerne mit Kin-dern gearbeitet, doch mir war auch schon lange klar gewesen, dass ich nicht den Rest meines Lebens in diesem Beruf arbei-ten wollte. Ich wusste, dass da noch mehr kommen sollte, auch wenn mir die Richtung zu diesem Zeitpunkt noch nicht klar war. Mittlerweile wusste ich es. Ich hatte mit dem Studium der Physiotherapie begonnen und stand kurz vor dem Abschluss zu meinem Traumberuf.

Der zweite Grund waren ganz klar die Männer. Ich wollte immer eine Familie haben. Ich wollte das Leben genießen, mit einem Mann an meiner Seite, der mich wirklich liebte und den auch ich wirklich liebte. Doch in Afrika hatte ich damals ausschließlich Enttäuschungen in dieser Hinsicht erlebt. Ja, in Österreich war es auch nicht viel besser gelaufen, aber so grundsätzliche Dinge, wie dass ich in Österreich jederzeit auf meinen eigenen Füßen stehen konnte oder dass ich zumindest geglaubt hatte, meinem Partner vertrauen zu können, hatten mich glauben lassen, dass ich in Afrika keinen geeigneten Mann finden konnte.

So kam es also, dass ich damals aus diesen beiden Gründen nach Österreich zurückgekehrt war und jetzt den Mann, den ich für den richtigen hielt, erst recht in Afrika gefunden hatte.

„Liebes Schicksal, willst du mich eigentlich komplett auf den Arm nehmen?", dachte ich eines Abends.

Yakoub war anders als die meisten afrikanischen Männer. Natürlich sagte das jede verliebte Frau, was mir durchaus bewusst war. Deshalb ließ ich mir meine Meinung immer wieder von Natalie und Moana bestätigen. Es gab zahlreiche Situationen, die ich in der Form nie mit anderen Afrikanern erlebt hatte.

Eines Tages, als Yakoub und ich spazieren gingen, klingelte sein Handy. Er hob ab und führte stocksauer eine kurze Unterhaltung. Kopfschüttelnd legte er wieder auf.

„Was war denn das jetzt?", wollte ich wissen.

„Ich habe heute Morgen einen Kunden erwartet, der ein maßgeschneidertes Hemd von mir kaufen wollte. Wir waren um 10 Uhr verabredet. Er ist nicht gekommen und er war auch nicht erreichbar. Jetzt ruft er mich an und sagt, dass er vor meinem Laden ist. Aber es ist später Nachmittag, nicht 10 Uhr! Ich habe ihm gesagt, dass er an einem anderen Tag wieder kommen soll, dann aber pünktlich."

„Du regst dich darüber auf, dass er unpünktlich ist?", fragte ich erstaunt.

„Ja, warum nicht? Ich mache nicht gerne Geschäfte mit Leuten, die unpünktlich sind."

Ich sah ihn mit großen Augen an: „Aber du bist Afrikaner. Ihr seid doch alle unpünktlich."

Yakoub lachte. „Weißt du, in meinem Inneren bin ich in manchen Dingen Europäer."

In der Tat gab es viele Situationen, in denen ich diese „europäische" Seite an ihm erkennen konnte. Bald sagten wir über uns als Paar, dass wir so gut zusammenpassten, weil er in seiner Denkweise Europäer und ich im Herzen Afrikanerin war.

Der Kontinent Afrika hatte auf mich schon immer eine besondere Anziehung, schon als Kind wollte ich selbst lieber schwarz als weiß sein. Ich hatte keine weiße Lieblingspuppe wie alle Mädchen in meinem Alter, sondern eine schwarze, die ich mir explizit vom Christkind gewünscht hatte.

An meine erste Begegnung mit einem schwarzen Menschen konnte ich mich noch vage erinnern. Meine Mutter hatte mir die Geschichte so oft erzählt, dass sich die Bilder der Geschichte mit meinen Erinnerungen vermischten.

Es war eine lustige Geschichte, die ich Yakoub erzählte: „Mein Bruder, meine Mutter und ich waren bei einer Stuntshow. Das war im Rahmen eines Ausflugs, bei dem uns gezeigt wurde, wie Filme gedreht werden. Ich war noch ein kleines Mädchen, vielleicht fünf oder sechs Jahre alt. Bei der Stuntshow brannte ein Haus, vor dem ein Gerüst aufgebaut war. Ein Mann rannte aus dem Haus, er brannte am ganzen Körper, lief über das Gerüst und stürzte sich brennend in die Tiefe. Nach der Stuntshow gingen wir auf der Straße, wo uns ein schwarzer Mann entgegenkam. Voller Angst ergriff ich die Hand meiner Mutter und sagte: ‚Mama, da ist der Mann, der verbrannt ist.'"

Yakoub lachte lautstark los und ich musste bei der Erinnerung an dieses Erlebnis ebenfalls lachen.

„Das ist die Logik eines Kindes", sagte er. „Aber es ist eine wirklich lustige Geschichte."

Yakoub hatte nie so ein Erlebnis mit weißen Menschen, er war von klein auf an Touristen gewöhnt. Doch ein anderer Einheimischer erzählte mir, dass er seine erste weiße Frau im Alter von fünf oder sechs Jahren am Strand sah, wo er eigentlich nur spazieren ging. Plötzlich zog sie sich aus, stand nur noch im Bikini vor ihm und ihre Haut strahlte so sehr, dass sie ihn fast blendete. Er erstarrte kurz, fing dann an zu schreien und lief zu seiner Mutter, der er gar nicht genau erklären konnte, was er eigentlich gesehen hatte.

Ich fand es lustig, diese Erinnerungen auszutauschen. Yakoub und ich sprachen noch eine Weile über die Unterschiede zwischen weißen und schwarzen Männern, vor allem im Zusammenhang mit Beziehungen.

„Bei uns Moslems ist es üblich, dass ein Mann mehrere Frauen heiraten darf", erklärte Yakoub. „Aber viele junge Männer nehmen die Sache mit der Treue schon vor der Ehe nicht so genau. Du siehst sie jeden Abend im Tatu. Manche dieser Männer haben eine einheimische Freundin, aber sie suchen sich trotzdem gerne eine andere, um mit ihr Spaß zu haben. Vor allem, wenn es sich um Touristinnen handelt – also um Weiße –, vergessen sie gerne, dass sie eigentlich vergeben sind."

„Das passiert bei uns auch öfter", sagte ich. „Aber es ist nur legal, eine einzige Frau zu heiraten."

Es entstand ein kurzer Moment der Stille, ehe ich vorsichtig die Frage stellte, die mir auf der Zunge lag und auf der Seele brannte: „Würdest du mehrere Frauen heiraten?"

„Oh, nein", lachte Yakoub. „Nein, nein, nein! Das könnte ich niemals. Wenn ich eine Frau wirklich liebe, dann will ich nur sie."

Vermutlich konnte er hören, wie mir ein riesengroßer Stein vom Herzen fiel. Um seine Ansicht zu untermauern, erzählte er mir von seiner Ex-Freundin, mit der er drei Jahre lang zusammen gewesen war. Immer wieder hatten seine Freunde ihm berichtet, mit welchen anderen Männern sie sie gesehen hatten, und auf ihrem Handy hatte Yakoub oft die Anrufe fremder Männer gesehen. Letzten Endes hatte sie ihn so oft betrogen, dass er es nicht mehr ausgehalten und die Beziehung beendet hatte.

„Das tut mir sehr leid", versicherte ich ihm und erzählte ebenfalls von den Männern, die mich betrogen hatten.

Einmal musste ich noch auf das Thema Ehefrauen zurück-kommen: „Steht denn im Koran, dass Ihr mehrere Frauen haben dürft?"

„Ja, das steht da. Ich nehme den Koran sehr ernst. Jeden Ramadan lese ich den Koran, aber ich denke immer darüber nach, welche Dinge wann und warum geschrieben wurden. Dann überlege ich, ob sie heute noch sinnvoll sind, und danach entscheide ich, an welche Regeln ich mich halte. Deshalb weiß ich, dass ich nur eine Frau brauche. Im Koran steht geschrieben, dass es mehr Frauen als Männer auf der Welt gibt. Es steht dort, dass ein Mann mehrere Frauen heiraten soll, um ihr Überleben zu sichern. Das wurde in einer Zeit geschrieben, als die Frauen noch von ihren Männern abhängig waren. Heutzutage stehen die meisten Frauen auf eigenen Beinen. Sie brauchen keinen Mann mehr, der sie ernährt. Deshalb finde ich es nicht mehr sinnvoll, mehrere Frauen zu heiraten. Ich glaube aber, dass viele Männer diese Lücke im Koran ausnutzen, um das Leben mit mehreren Frauen zu genießen."

Ich fand Yakoubs Ansichten sehr interessant. Wir unterhielten uns stundenlang über Gott und die Welt. Ich hätte ihm ewig zuhören können. Doch irgendwann nahm der Abend natürlich auch ein Ende und ich freute mich schon auf den nächsten Tag, den ich wieder mit ihm verbringen durfte.

Nun, da Yakoub und ich schon einige Wochen zusammen waren, war es an der Zeit, seine Familie kennenzulernen. Ich war so nervös, wie seit ewigen Zeiten nicht mehr. Als ob es nicht schon schlimm genug wäre, die Eltern des neuen Freundes kennen zu lernen, hatte er mir auch noch im Vorfeld mitgeteilt, dass die beiden kein Wort Englisch sprachen. Ich konnte zwar ein bisschen Swahili und im Krankenhaus konnte ich die Patienten auch behandeln, weil ich zuvor das entsprechende Vokabular gelernt hatte, doch die Situation mit seinen Eltern war eine ganz andere.

Sein Vater Suleiman – damals 56 Jahre alt – machte einen interessanten Eindruck, irgendwie witzig und irgendwie furcht-einflößend. Er war für einen Mann sehr klein, hatte eine eher stämmige Figur, sofern man das unter seinem weiten Gewand beurteilen konnte, und aufgrund einer Fußverletzung hinkte er. Sein Blick war streng, seine Stimme scharf. Doch das, was er sagte, stand in einem höflichen Kontrast dazu. Er begrüßte mich förmlich, schüttelte meine Hand und machte Witze, die ich nicht verstand.

„Es tut mir leid, das verstehe ich nicht", sagte ich immer wieder und suchte verloren den Blick meines Freundes, der mir jedes Mal aus der Patsche half.

Yakoubs Mutter Arafa war auch sehr klein. Sie war damals 61 Jahre alt und wirkte – ähnlich wie ihr Mann – unter all den Tüchern bekleidet etwas fester. Sie hatte allerdings eine ganz andere, sehr liebevolle Ausstrahlung. Ich wusste, dass sie nur eine von vier Frauen war, mit denen Suleiman zu diesem Zeitpunkt verheiratet war, und bei ihrem Anblick fragte ich mich unwillkürlich, was sie sich noch alles von ihm gefallen ließ. Kaum hatte ich diesen Gedanken gedacht, tat es mir auch schon wieder leid. Suleiman gab mir keinen Grund, ihn für unfreundlich zu halten. Es war lediglich sein Aussehen, seine strenge Ausstrahlung, die mich irritierte. Insgesamt fühlte ich mich in dieser Familie wohl, sofern das mit meinen schlechten Sprachkenntnissen möglich war.

Etwas später kamen noch Yakoubs jüngere Schwester Mtumwa und die zweite Ehefrau von Suleiman dazu. Dies war eine eigenartige Situation für mich. Für diese Familie war es so normal, dass der Mann mehrere Frauen hatte. Ich hingegen wusste gar nicht, wo ich hinsehen sollte, weil ich mich so beschämt fühlte, wenn beide Frauen anwesend waren. Wieder einmal wurde mir vor Augen geführt, aus welch unterschiedlichen Kulturen Yakoub und ich stammten.

Nach nicht einmal einer Stunde verabschiedeten wir uns von allen. Ich war froh, dass unser Besuch nicht länger dauerte, auch wenn alle sehr nett zu sein schienen.

„Du warst so schüchtern", sagte Yakoub liebevoll zu mir, kaum dass wir das Haus verlassen hatten.

„Ich wusste einfach nicht, was ich sagen sollte", erklärte ich ihm. „Ich habe kein Wort verstanden."

„Ja, meine Eltern haben einen ausgeprägten Akzent. Ich weiß, dass das schwierig für dich war. Aber sie mögen dich, das habe ich in ihren Gesichtern gesehen. Sie sind sehr stolz."

Ich war froh über dieses Resümee.

Im Anschluss an den Besuch zeigte Yakoub mir die Gegend, in der er aufgewachsen war. Sein Bruder Rama begleitete uns überallhin. Er war wie unser Beschützer, der immer ein paar Meter vor uns ging, um uns dennoch unsere Zweisamkeit zu gewähren.

Die Gegend war offensichtlich sehr arm, auch wenn das Haus, in dem Suleiman und Arafa jetzt lebten, im Vergleich zu anderen afrikanischen Häusern prunkvoll wirkte. Die ersten Lebensjahre hatte Yakoub in einem viel kleineren Haus verbracht, das mittlerweile abgerissen worden war.

Ich genoss das Schlendern durch die Landschaft, das Aufsaugen der Eindrücke des puren Afrikas. Wir besuchten auch einen Schneider, bei dem Yakoub seine Lehre begonnen hatte. Später wurde er von einem Mann namens Farouk entdeckt, der zwar von Sansibar war, aber viel in England arbeitete. Bei ihm genoss Yakoub eine hervorragende Ausbildung zum Schneider und Designer. Diese Zeit war für ihn nicht leicht gewesen, da Farouk schwul war. Homosexualität wurde auf Sansibar nicht akzeptiert. Suleiman hatte seinem Sohn sogar gedroht: „Wenn du dich von diesem Mann angreifen lässt, bist du nicht mehr mein Sohn."

Jetzt, da ich ihn kennengelernt hatte, konnte ich mir förmlich vorstellen, wie er sich für diese Drohung groß gemacht und sein Gesicht vor Ernst zu explodieren gedroht hatte.

„Ich habe das nie verstanden", erklärte Yakoub. „Jeder Mensch kann doch machen, was er will. Es interessiert mich nicht, was andere Menschen tun oder denken. Er ist schwul, na und? Was hat das mit mir zu tun? Es gab viele Leute in Stone Town, die große Augen gemacht haben, als sie dich und mich das erste Mal gesehen haben. Sie haben geglaubt, dass ich schwul bin, nur weil ich von Farouk ausgebildet wurde. Aber es war mir immer egal, was sie dachten."

Ich war schockiert, als er mir das erzählte. Natürlich hatte ich bemerkt, dass die anderen uns angegafft hatten. Aber ich hatte das ausschließlich darauf zurückgeführt, dass ich eine weiße Frau war, bei der es durchaus einige andere Afrikaner – mit weniger aufrechten Absichten – versucht hatten.

„Bei meinen anderen Geschwistern hätte mein Vater das nicht akzeptiert", erzählte Yakoub weiter. „Aber ich war schon immer anders. Ich habe immer das getan, was ich für richtig hielt. Als wir Kinder waren, hat mein Vater uns oft geschlagen. Vor ein paar Jahren habe ich zu ihm gesagt: ‚Dass du uns geschlagen hast, war einfach falsch! Es war nicht richtig und es ist nicht zu entschuldigen. Ich werde meine Kinder niemals schlagen.' Meine Mutter hielt die Luft an. Sie wartete darauf, dass mein Vater ausrasten würde, was er bei meinen anderen Geschwistern auch getan hätte. Aber ich darf so etwas sagen. Er ist es gewohnt von mir, dass ich mein Ding durchziehe. Das hat er durch solche Sachen wie meine Ausbildung bei Farouk gelernt. Ich weiß nicht, warum, aber seit ich ein Baby war, haben die Menschen immer zu mir gesagt, dass mich ein besonderer Weg erwarten wird, weil ich anders bin als die anderen."

Das konnte ich bestätigen. Mir fiel zum Beispiel nie auf, dass Yakoub viereinhalb Jahre jünger war als ich, weil er eine so weise Art hatte, wie er über die Dinge sprach. Seine Weltansicht hatte mich von Anfang an beeindruckt.

„Einmal kam ein Engländer in den Laden von Farouk. Er unterhielt sich nur wenige Minuten mit mir. Dann sagte er, dass ich einen ganz besonderen Lebensweg vor mir habe und dass ich bestimmt etwas aus mir machen werde, weil ich so weise bin."

Yakoub lachte bei dieser Erinnerung. Ich lachte auch, doch ich konnte den Mann verstehen. Ich selbst hatte meinen Freund schon öfter scherzhaft „Weiser Mann" genannt, wenn er zu einer seiner philosophischen Reden über das Leben ansetzte. Ich tat dies, ohne zu wissen, dass er auch in seiner Familie schon seit Jahren diesen Spitznamen hatte.

„So viele Menschen haben das schon zu mir gesagt und jetzt auch noch du. Ich weiß nicht, warum." Amüsiert schüttelte er den Kopf.

Dieser Tag war für mich ein wichtiger Schritt in unserer Beziehung. Ich lernte die Welt kennen, aus der Yakoub stammte. Er erzählte mir vieles, was er erlebt hatte, was ihn geprägt hatte und zu dem Menschen werden ließ, der er nun war. Ich hatte erstmals das Gefühl, seine Welt wirklich zu verstehen. Mit diesem Tag wusste ich, dass ich bereit war, ein Teil seines Lebens zu sein und ihn als wichtigen Teil meines Lebens zu sehen.

Kapitel 4

„Ich muss nicht wissen, was am Ende des Weges liegt,
um zu erkennen, dass er es wert ist, gegangen zu werden."

Oliver Plaschka – Marco Polo –
Bis ans Ende der Welt

Irgendwann jedoch holte mich die Realität ein. Meine Zeit auf
Sansibar sollte bald vorüber sein und so stellte sich die Frage,
wie es weitergehen sollte.

„Mein Praktikum ist bald zu Ende", begann ich das Gespräch.
„Ich muss zurück nach Österreich. Wie soll es weitergehen?"

„Darüber habe ich auch schon viel nachgedacht", erklärte er mit
unsicherer Stimme. In seinem Blick spiegelte sich etwas, das ich
am ehesten als Angst, vielleicht sogar Panik beschreiben würde.

„Was willst du denn? Willst du mit mir zusammenbleiben?",
fragte ich ihn mit zittriger Stimme. Ich hatte diese Frage so lange wie möglich hinausgeschoben, weil ich zu große Angst vor
seiner Antwort hatte. Jetzt, da ich in seinen Armen lag, auf der
Schaumstoffmatratze, zitterte ich förmlich vor Nervosität.

„Lisa, ich liebe dich", sagte er mit Nachdruck. „Ich will immer
mit dir zusammen sein."

„Das will ich auch", erklärte ich erleichtert.

Ich spürte, wie die Anspannung in seinem Körper nachließ,
und sah, wie sein Blick sanfter wurde. „Dann sollten wir darüber nachdenken, wie wir das schaffen können."

„Ich will keine Fernbeziehung auf Probe. Wenn wir uns das
wirklich antun, will ich wissen, welchen Plan wir verfolgen, wo
wir leben werden und wie unser Leben aussehen kann."

Mir war durchaus bewusst, was ich da zu ihm sagte, doch
genauso sah ich die Dinge. Eine Fernbeziehung auf Probe kam

für mich nicht infrage. Ich wollte auf keinen Fall so viel Energie investieren, um herauszufinden, ob ich mit Yakoub zusammenbleiben wollte. Dafür gab es auch keinen Grund, denn ich wusste es bereits. Das mag verrückt klingen, aber ich wusste wirklich nach fast zwei Monaten, dass Yakoub der Mann war, mit dem ich den Rest meines Lebens verbringen wollte.

„Ich glaube, hier kann ich dir kein Leben bieten", erklärte er. „Es herrscht zu viel Armut. Es gibt für nichts eine Garantie. Du kennst das Krankenhaus selber durch deine Arbeit. Du weißt, welche Umstände dort herrschen. Wenn man wirklich einmal ins Krankenhaus muss, weiß man nicht, ob man die Behandlung dort überlebt. Dieses Leben ist nicht gut für dich."

„Kannst du dir denn ein Leben in Österreich vorstellen?"

„Eigentlich nicht. Ich bin hier zu Hause, für mich ist die Armut kein Problem. Aber in Österreich ist es kalt, die Leute sprechen nicht miteinander und helfen sich nicht gegenseitig. Ich habe viele Geschichten darüber gehört."

Ich verstand seine Sicht der Dinge. Auch ich sah die Unterschiede in der Menschlichkeit zwischen Österreich und Sansibar.

„Was ist mit Tansania?", schlug ich vor. „Auf dem Festland habe ich schon einmal gelebt, dort kann ich es mir grundsätzlich vorstellen, wenn wir beide Arbeit finden."

„Das wäre eine Möglichkeit. Aber ich bin mir trotzdem nicht sicher, ob du hier glücklich wirst, weil ich dir kein gutes Leben bieten kann."

Das sah ich anders, doch diese Diskussion hatten wir vor einigen Tagen schon einmal geführt.

„Ich weiß nicht, warum du dich für mich entschieden hast", hatte er gesagt. „Ich kann dir nichts bieten, meine Taschen sind leer."

„Du kannst mir sehr viel mehr bieten, als du denkst", hatte ich ihm versichert. „Es geht mir nicht um Geld, sondern um die Art, wie du mit mir umgehst. Das Gefühl, das du mir gibst. Ein Gefühl der Wertschätzung und dass ich es wert bin, geliebt zu werden, dass ich als Mensch wertvoll bin." Offenbar glaubte er mir immer noch nicht, dass ich das wirklich so sah.

„Es gibt noch eine Möglichkeit", sagte Yakoub. „Bevor du hier angekommen bist, bevor wir uns kennengelernt haben, wollte ich nach Kanada gehen. Dort lebt ein Cousin von mir, der mich bei der Suche nach Arbeit unterstützen kann. Ich glaube, dass mich dort ein gutes Leben erwartet, deshalb wollte ich dorthin gehen."

„Das klingt nach einem guten Plan. Warum hat er nicht funktioniert?", wollte ich wissen.

Beschämt sah Yakoub zu Boden: „Mein Bruder und ich haben es gemeinsam versucht. Er hat dem falschen Menschen vertraut. Ich habe ihn noch davor gewarnt, dass er auf gar keinen Fall diesem Mann all unser Geld geben darf, aber er hat nicht auf mich gehört. Ich habe mehrere hundert Dollar ausgegeben. Und wofür? Mein Bruder kam mit so offensichtlich gefälschten Pässen zurück, das hätte ich auch selber machen können. Der Mann hat unser hart erspartes Geld eingesteckt, ich habe nichts davon wiedergesehen."

Die Geschichte schockierte mich. Um Yakoub aufzumuntern, versicherte ich ihm, dass ich mir durchaus ein Leben in Kanada vorstellen konnte. Dies schien mir sogar ein spannendes Abenteuer zu sein, weshalb ich mich ernsthaft damit auseinandersetzen wollte. Trotzdem spielten wir alle Möglichkeiten noch einmal durch.

Nach langem Überlegen beschlossen wir, uns etwas Zeit zum Nachdenken zu nehmen. Dafür wollte ich einen Tag alleine sein. Ich wollte mich voll und ganz auf meine Gedanken konzentrieren, in mich gehen, die Pro- und Kontrapunkte abwägen. Es kam mir sogar für meine Verhältnisse ziemlich verrückt vor, mich jetzt endgültig für oder gegen diese Beziehung zu entscheiden, doch es war notwendig. Es kam mir auch ziemlich verrückt vor, mich für ein Land zu entscheiden, in dem wir gemeinsam leben wollten. Doch es half nichts, ich brauchte diese Klarheit.

So ging ich also in mein Zimmer zurück und begann mit dem Nachdenken. Zu Beginn sah ich mir einige Videos auf YouTube über Kanada an, jedoch verlor ich mich schnell in der Schönheit des Landes, die in Naturfilmen gezeigt wurde und fernab des echten Lebens lag. Also zwang ich mich dazu, mich über die Visabestimmungen zu informieren. Irgendwie fand ich es anstrengend, mich in dieses Thema einzulesen. Es fiel mir schwer, einen klaren Kopf zu bewahren. Deshalb legte ich meinen Laptop zur Seite und begann, über ein Leben mit Yakoub in Österreich nachzudenken, dann über ein gemeinsames Leben in Tansania oder auf Sansibar. Bald schwenkten meine Gedanken zu der Vorstellung, Yakoub zu verlassen, die gemeinsame Zeit als schöne Erinnerung zu behalten und wieder in mein altes Leben zurückzukehren. Doch schon allein diese Vorstellung ließ mich in Panik geraten. Ich fing an zu weinen und konnte nicht mehr damit aufhören. Das Gefühl des Abschieds machte mich fertig.

Komplett verheult verließ ich kurz das Zimmer, um ins Bad zu gehen, und begegnete dabei Natalie.

„Oh Mann, Süße. Kommt dir gerade der Abschied in den Sinn?", fragte sie voller Mitleid.

„Ja", flüsterte ich und ließ mich auf die Couch sinken, um kurz mit ihr gemeinsam über die Situation nachzudenken. Wir sprachen kaum, doch ihre Anwesenheit tat trotzdem gut.

Ich tat in dieser Nacht kaum ein Auge zu, zu groß war meine Verzweiflung. Damit stand am nächsten Morgen meine Entscheidung fest: Ich konnte und ich wollte nicht ohne Yakoub leben. Es war mir bewusst, worauf ich mich da einließ, doch es schien die einzige Möglichkeit zu sein.

Ich rief Yakoub an, um mich mit ihm zu treffen. Er wartete bereits auf meinen Anruf, da er ebenfalls kaum geschlafen hatte. Deshalb machte ich mich sofort auf den Weg zu ihm, um das Gespräch dort fortzusetzen, wo wir es am Tag zuvor beendet hatten.

„Es war eine bescheuerte Idee von mir, diese Auszeit zum Nachdenken zu nehmen", erklärte ich ihm. „Auch wenn es nur für einen Tag war, ich habe es kaum ausgehalten."

„So ging es mir auch", versicherte er mir.

„Ich will mein Leben mit dir verbringen", sagte ich.

„Das will ich auch. Was denkst du über Kanada?"

„Ich möchte diese Möglichkeit auf jeden Fall in Betracht ziehen, aber ich muss mich gut darüber informieren, wie ich zu einem Visum kommen kann. Du weißt schon viel darüber, aber ich weiß noch gar nichts."

„Ja, aber mein Wissen hat mich nicht weitergebracht. Ich müsste einen anderen Weg finden und noch einmal von vorne anfangen."

„Dazu kommt, dass es ziemlich riskant ist, in ein Land zu ziehen, das wir beide nicht kennen. Was ist, wenn wir all unser Geld und unsere Zeit dafür verwenden, ein Visum für Kanada zu erhalten, und dann bekomme nur ich das Visum? Dann haben wir ein noch größeres Problem."

Dieser Einwand stimmte Yakoub nachdenklich. „Vielleicht ist Kanada nicht die beste Idee. Es wäre zwar schön, aber in Österreich haben wir mehr Sicherheit. Vielleicht kann ich dich einmal in Österreich besuchen und dann sehen wir weiter."

„Das ist eine gute Idee. Komm zu mir, sieh dir an, wie es dort ist. Dann wirst du sehen, ob du dich dort wohlfühlst oder nicht, und dann können wir entscheiden, wie es weitergeht."

Mit diesem Kompromiss gab ich mich zufrieden. Schließlich konnte ich nicht von ihm verlangen, in ein Land zu ziehen, das er gar nicht kannte. Wir einigten uns darauf, zusammen zu bleiben. Yakoub sollte nach Österreich kommen, mit einem Touristenvisum, das für drei Monate galt. In dieser Zeit konnte er sich einen Eindruck über das Land und das Leben hier verschaffen. Anschließend wollten wir entscheiden, ob er nach Österreich kommen sollte oder ob es klüger war, wenn ich nach Afrika ging. Dort hatten wir immer noch zwei Optionen, Sansibar und Tansania.

Jetzt, da wir beschlossen hatten, zusammen zu bleiben, stand ich vor einer neuen Aufgabe. Ich musste es meiner Familie erzählen. Meine Freunde wussten natürlich schon von ihm. Sie reagierten allesamt relativ lässig. Meine beste Freundin Conny sagte beispielsweise: „Das war mir sowieso schon immer klar, dass du einmal mit einem Afrikaner dein Leben verbringen wirst. Ich habe mich dich immer mit Cappuccino-Kindern vorgestellt."

Es war leicht gewesen, meinen Freunden von Yakoub zu erzählen, da ich wusste, dass ich auf ihre Unterstützung bauen konnte. Sie kannten mich lange genug, um zu wissen, dass ich eine verrückte Seite hatte, und sie hatten mich immer mit dieser Seite akzeptiert.

Meiner Familie von ihm zu erzählen, war hingegen etwas vollkommen anderes. Ich hatte Angst, meine Mutter anzurufen. Zu oft hatte sie schon verständnislos auf meine Entscheidungen reagiert. Doch Yakoub und ich hatten nun einmal beschlossen, zusammen zu bleiben, und nun musste auch sie davon erfahren. Also wagte ich den Schritt und rief sie an.

„Ich habe eine große Neuigkeit", begann ich das Gespräch vorsichtig.

„Aha", antwortete meine Mutter und ich hörte förmlich, wie sie sich verkrampfte.

„Ich habe jemanden kennen gelernt."

„Aha", mehr sagte sie nicht.

„Ihr habt einen neuen Schwiegersohn."

Am anderen Ende der Leitung vernahm ich nur Stille, dann einen langen Seufzer und nach einer gefühlten Ewigkeit schließlich eine Antwort: „Wie meinst du das jetzt?"

„Ich habe einen Mann kennengelernt, sein Name ist Yakoub. Wir sind zusammen und wir werden unsere Beziehung fortsetzen, wenn ich zurückkomme."

„Wie stellst du dir das vor?", fragte sie skeptisch.

„Wir werden schon sehen, wie sich alles entwickelt. Unser Plan ist, dass Yakoub mich demnächst besucht und ich kann ja jederzeit hierherkommen."

„Aha."

Ich konnte meiner Mutter diese Reaktion nicht einmal verübeln, da ich sie wohl unter einen ordentlichen Schock versetzt hatte. Anschließend erzählte ich die Geschichte meinem Vater, wobei sich der Ablauf des Telefonats im Grunde genommen wiederholte. Auch er sagte am liebsten: „Aha."

Das schlimmste Wort dieses Tages.

Zu guter Letzt rief ich meinen Bruder an. Bei ihm war ich schon etwas weniger angespannt, schließlich wusste ich genau, was er sagen würde: „Ach, Lisa, das war so klar!"

Ich lachte, da ich Recht behalten hatte. Er setzte seine Großer-Bruder-Rede fort: „Du und die Afrikaner! Du suchst dir halt immer den schwierigsten Weg aus. Aber ich freue mich für dich und hoffe, dass du glücklich wirst."

Wenn man seine Familie gut genug kennt, weiß man, wie man es angehen muss. Das positivere Gespräch mit meinem Bruder hatte ich mir für den Schluss aufgehoben, damit meine Stimmung nicht allzu schlecht war.

Kapitel 5

„Die Menschen können nicht überleben,
wenn sie alles, was ihnen unangenehm ist,
auslöschen, statt es zu verstehen.“

Marlo Morgan – Traumfänger

Um dem Alltag zu entfliehen, sofern man das Leben auf Sansibar als Alltag bezeichnen konnte, beschlossen Natalie, Moana und ich, für drei Tage an die Ostküste zu fahren. Das war vor allem für die beiden wichtig, da sie schon drei Monate länger auf der Insel waren als ich. Natürlich freute ich mich ebenso über die Idee, ein wenig herumzureisen und andere Facetten der Insel kennenzulernen. Wir buchten ein Hostel in Jambiani, einem wahren Hotspot für Touristen. Doch da wir uns nicht in der Hauptsaison befanden, war der Strand relativ menschenleer.

Es war ein wunderschönes Wochenende, an dem wir auch einen Abstecher nach Nungwi machten – eine der schönsten Städte am Nordkap der Insel – um in einem kleinen Teich mit Schildkröten zu schwimmen. Das war ein klassisches touristisches Erlebnis, das wir sehr genossen, wenngleich wir ansonsten lieber auf den Spuren der Einheimischen unterwegs waren.

Dieses Wochenende war für mich aber nicht nur paradiesisch schön. Es versetzte mich auch in eine gewisse Wehmut. Yakoub und ich waren erst seit kurzem zusammen. Ich wollte jede freie Minute mit ihm verbringen, aber dieses Wochenende wollte ich mir trotzdem nicht entgehen lassen. Zwei Nächte ohne meinen neuen Freund zu verbringen, war tatsächlich schwerer als gedacht.

Als wir nach Stone Town zurückkehrten, schüttete es in Strömen. Der Busbahnhof befand sich nahe Yakoubs Wohnung beziehungsweise dem Haus seines Onkels, in dem er sein Zimmer hatte. Somit beschloss ich, sofort zu ihm zu gehen. Ich informierte ihn darüber, dass der Bus bald ankommen würde. Als wir ausstiegen, verabschiedete ich mich von den Mädels und eilte dann sofort zu Yakoubs Zimmer. Dort angekommen stand ich vollkommen durchnässt im Haus, doch er war nicht da.

„Wo bist du?", schrie ich in mein Handy. Der Regen prasselte erbarmungslos auf die umliegenden Wellblechdächer nieder und machte ein Telefonat fast unmöglich.

„Was?"

„WO BIST DU?"

„Ich steh vor deinem Haus", schrie er ebenfalls.

„Oh nein! Ich stehe vor deinem Haus!"

„Oh", rief er überrascht. „Okay. Ich komme! Ich komme!"

Nur wenige Minuten später stand er vor mir. Wir waren beide so nass, als wären wir soeben gemeinsam im Meer geschwommen. Doch das war egal. Yakoub war bei mir. Er schloss mich in die Arme und die Welt war wieder in Ordnung.

Dieses Gefühl, dass alle Wunden geheilt waren, dass alle Probleme verschwanden, dass die ganze Welt in Ordnung war, erlebte ich nur mit Yakoub. Nie zuvor konnte ein Mann diese wohlige Wärme in mir auslösen, dieses Gefühlt, zu hundert Prozent beschützt zu werden, egal, was um mich herum geschah. Dies war einer der Momente, in denen mir bewusst wurde, wie sehr ich Yakoub liebte und dass ich ihn nie mehr loslassen würde.

Kurz vor meiner Rückkehr wurde unsere Beziehung auf eine große Probe gestellt. Der Ramadan begann, der Fastenmonat der Muslime. Neben der allseits bekannten Regel, dass die Muslime in dieser Zeit bei Tageslicht weder trinken noch essen durften, war es Yakoub auch nicht gestattet, mich bei Tageslicht zu sehen. Er musste auf alles verzichten, was ihm Freude bereitete. Für mich war das sehr schwierig. Zu Beginn verstand ich es einfach nicht.

„Ich bin nur noch zwei Wochen hier, dann kehre ich nach Österreich zurück und wir werden uns monatelang nicht sehen. Wie kannst du dich jetzt von mir fernhalten, anstatt die Zeit mit mir zu genießen?"

Bei dieser Frage liefen Tränen über meine Wangen. Es waren Tränen der Enttäuschung, aber auch Tränen der Unsicherheit und der Verständnislosigkeit.

„In unserer Religion sind das die Regeln. Sieh es doch einmal so: Wenn wir das diese zwei Wochen schaffen, wissen wir, dass wir auch die Fernbeziehung schaffen können."

„Ich kann es nicht so sehen", schluchzte ich.

„Warum nicht?"

„Weil ich es nicht verstehe."

„Es ist Teil meiner Religion. Wir bringen ein Opfer für Gott, ein Andenken an die armen Menschen dieser Welt, die nicht genug Geld für Essen haben. Wir zeigen damit unserem Gott, wie dankbar wir dafür sind, dass er für uns sorgt."

„Ja, das hast du mir schon erklärt."

„Warum verstehst du es dann noch immer nicht?" Yakoub konnte sich nicht in meine Gedanken und meine Gefühle hineinversetzen.

„Noch nie im Leben hat jemand seinen Gott mir vorgezogen. Ich bin es nicht gewohnt, dass du mich nicht sehen und mich nicht angreifen darfst, weil dein Gott das anscheinend so will."

„Gott ist der Mittelpunkt unseres Lebens. Er ist der Grund dafür, dass wir überhaupt leben können. Wie könnte ich ihm da dieses Opfer verwehren? Natürlich fällt es mir schwer, dich nicht zu sehen. Glaub mir das, es ist auch für mich nicht leicht. Noch nie war der Ramadan so schwer für mich wie in diesem Jahr. Aber Gott stellt mich damit auf eine Probe. Er will sehen, ob wir uns wirklich lieben. Er will sehen, ob wir bereit sind, aufeinander zu verzichten, auch wenn es uns schwerfällt. Denn nur dann ist es wahre Liebe."

Auch wenn ich mich nicht in diese religiöse Welt hineinversetzen konnte, verstand ich, wie wichtig ihm das war und warum er seine Regeln so strikt befolgte. Nachdem ich intensiv über dieses Thema nachgedacht hatte, kam ich zu folgendem Schluss: Yakoub hatte gewisse Werte, nach denen er sein Leben ausrichtete. Ihm waren Treue und Loyalität enorm wichtig. In diesen Tagen erlebte ich, wie selbstverständlich er an der Treue gegenüber seinem Gott festhielt. Dann konnte ich mir auch sicher sein, so sagte ich mir, dass er mir gegenüber ebenfalls treu sein würde, wenn ich das Land verlassen würde. Diese Erkenntnis half mir, die erste schwere Prüfung in unserer Beziehung anzunehmen und sie – getrennt, aber doch gemeinsam – zu bestehen.

Dass wir uns bei Tageslicht gar nicht sehen durften, wurde Yakoub bald zu streng und ich musste zugeben, dass mich das freute. Er gestattete mir und auch sich selbst, dass wir die Zeit gemeinsam verbrachten, auch wenn er nur hinter verschlossenen Türen Berührungen zuließ und selbst dann handelte es sich meist um ein flüchtiges Streicheln oder das kurze Halten meiner Hand. Ich konnte sehen, dass er sich in einem inneren Kampf befand. Ich wusste, dass er selbst überhaupt keine Lust hatte, ausgerechnet jetzt auf mich zu verzichten, dass er aber auch ein guter Moslem sein wollte. So egoistisch es auch war, ich war erleichtert darüber, dass er nicht nur seinem Gott gehorchte, sondern zumindest ein bisschen Zeit mit mir verbrachte.

Ich beschloss, an Yakoubs Erfahrung teilzuhaben. Ich wollte mich in ihn und in seine Lebensweise hineinversetzen und sah in der Teilnahme am Ramadan eine gute Gelegenheit, dies zu tun. Einen ganzen Tag lang nichts zu essen, empfand ich als unglaublich schwierig. Ja, es klang nach den Worten einer verwöhnten weißen Frau, aber dennoch würde ich diese Erfahrung sogar als schlimm bezeichnen. Schon am Nachmittag war ich vollkommen fertig, ich war müde und erschöpft, mein Körper zitterte bereits und ich sprach nicht mehr.

„Warum bist du so still?", fragte Yakoub.

„Ich habe Hunger", gestand ich beschämt.

„Dann iss doch etwas."

„Nein!"

Yakoub lachte, weil ich dieses Wort offenbar wie ein kleines Kind ausgesprochen hatte, das partout seinen Willen durchsetzen möchte.

„Mein Schatz, ich weiß, dass du das für mich tust", erklärte er. „Aber das ist nicht notwendig und es ist nicht gut für dich. Dein Körper ist nicht an Fasten gewöhnt, nicht in dieser Form. Du musst etwas essen und das ist auch keine Schande."

„Nein, ich schaffe das", beharrte ich weiter.

Zwei, drei Stunden später kamen wir nach einem Spaziergang im Haus von Yakoubs Onkel Isa an. Ich ließ mich erschöpft auf die harte Holzbank fallen, während Yakoub mit seinem Onkel sprach. Kurze Zeit später verließ dieser das Haus und kam dann mit einem Teller Chapati zurück. Diesen stellte er vor mir auf den Tisch.

„Iss", sagte er knapp. Er konnte kaum Englisch und sein Swahili hatte einen starken Akzent. Daher bemühte er sich in wichtigen Situationen um eine knappe Sprache.

„Was ist das?", fragte ich Yakoub, der den Kopf schüttelte.

„Das ist dein Essen."

„Wo hast du das jetzt aufgetrieben?"

„Isa verkauft Essen auf der Straße. Es leben auch Christen auf Sansibar, an die er sein Essen verkaufen darf. Deshalb arbeitet er auch im Ramadan und ich habe ihn darum gebeten, dir etwas zu essen zu bringen."

„Aber ich faste", erklärte ich.

„Nein, du fastest nicht", widersprach Yakoub und nahm ein Chapati in die Hand. „Du brichst höchstens gleich zusammen, wenn du nicht isst."

Er legte das Chapati in meine Hand und wartete darauf, dass ich zu essen begann. Es fühlte sich wie eine Niederlage an, doch ich aß das Chapati.

„Aber ich wollte diese Erfahrung doch mit dir teilen", jammerte ich.

„Das weiß ich doch, meine Süße", sagte er liebevoll. „Aber du bist nicht dafür geschaffen. Wir Moslems müssen als Kinder nicht fasten, doch wir lernen es sehr bald. Du hast es nie gelernt. Also iss, lass es dir schmecken und ich warte nebenan, bis du fertig bist."

Ich war deprimiert, weil ich nicht einmal einen Tag auf Essen verzichten konnte. Ich war aber auch erleichtert, dass Isa mir etwas gebracht hatte, weil mein Kreislauf schon völlig am Ende war. Ich war auch beeindruckt von der Einfachheit, mit der Yakoub und seine Familie fasteten, und davon, wie selbstverständlich er und Isa akzeptierten, dass ich – wie sie es ausdrückten – nicht für den Ramadan geschaffen war.

Es beschäftigte mich, wie wichtig den Menschen in diesem Land ihre Religion war. Da ich Yakoub tagsüber seltener traf als außerhalb des Ramadans, hatte ich genug Zeit, um mich diesen Gedanken zu widmen. Natürlich wusste ich, dass in Österreich auch sehr gläubige Menschen lebten, doch dieser Umgang mit der Religion war mir trotzdem neu. Die Menschen auf Sansibar richteten ihr ganzes Leben danach aus. Der Ramadan begann jedes Jahr etwas versetzt, der genaue Zeitpunkt wurde über den Stand des Mondes entschieden. Was auch immer die Menschen taten, sie vergaßen nie darauf, ihrem Gott dankbar zu sein für die guten Dinge und ihn um Hilfe zu bitten, wenn es einmal schlecht lief. Nie schienen sie an der Existenz ihres Gottes zu zweifeln oder daran, dass er für sie da war, über sie wachte. Je ärmer ein Volk war, desto wichtiger wurden die Religion und der Glaube an einen Gott, so schien es mir. Und das verstand ich, da arme Menschen in einem Gott jemanden sahen, an dem sie sich festhalten konnten. Sie hatten jemanden, der ihnen Hoffnung gab, auch wenn sie ihn nicht sahen, und der ihnen ihrem Glauben zufolge in Zeiten schlimmster Not dazu verhalf, zu überleben.

Im Nachhinein bin ich froh, dass ich im Ramadan auf Sansibar war. Es war eine Bereicherung für unsere Beziehung, dass ich diese Erfahrung mit Yakoub teilen konnte, weil es mich seine tiefe Verbundenheit zu Gott besser verstehen ließ.

Ich versuchte, mich gegenüber der Bevölkerung so respektvoll wie möglich zu verhalten. Deshalb trank ich kaum außer Haus und wenn ich großen Durst hatte, versteckte ich mich mit meiner Wasserflasche hinter einer Ecke. Manch ein Einheimischer grinste mich dann an und murmelte auf Swahili: „Hey, Weiße! Du bist kein Moslem, du darfst frei trinken."

Doch es war mir unangenehm, weshalb ich mich weiterhin so verhielt.

Am Abend, wenn das Fastenbrechen begann, war die Stimmung unglaublich schön. An jeder Ecke stand jemand mit einem Tablett voller Datteln. Sie reichten mir das Tablett, damit ich zugreifen konnte, um das Fastenbrechen mit ihnen zu teilen.

„Danke, aber ich faste nicht", erklärte ich anfangs häufiger.

„Das macht nichts, unser Essen ist für alle da", war meist die Antwort. Da ich mich immer in den gleichen Ecken und Straßen aufhielt, kannte ich die Händler mittlerweile und so sparte ich mir irgendwann meine Erklärungen, weil ich erkannte, dass sie sich freuten, wenn ich eine ihrer Datteln aß.

Yakoub erklärte mir, dass es sich dabei um eine praktische Tradition handelte. Datteln sind leicht verdaulich. Wenn man längere Zeit nichts gegessen hat, sollte man zuerst zu Datteln greifen, um den Magen-Darm-Trakt zu schonen. Ich fand es schön, mehr über die Kultur meines Freundes zu lernen, und so wurde auch der Ramadan – entgegen allen Prophezeiungen skeptischer Touristen – zu einer schönen Erfahrung.

Die letzten Tage auf Sansibar kostete ich richtig aus. Ich spazierte viel am Strand, auch wenn ich mich nicht traute, im Ramadan dort im Bikini aufzukreuzen und schwimmen zu gehen. Trotzdem genoss ich den Sand unter meinen Füßen und das Rauschen der Wellen. Jeden Tag sehnte ich den Sonnenuntergang herbei, den ich bisher immer mit Yakoub gemeinsam angesehen hatte, denn ich wusste, dass wir uns dann wiedersehen durften.

Die Stunde nach Sonnenuntergang nutzte er für einen Besuch in der Moschee und für Essen im Kreis der Familie. Das war jeden Abend gleich. Anschließend gingen wir jeden Abend ins Tatu, wenn auch nur, um uns zu unterhalten. Tanzen und Alkohol waren Muslimen zu dieser Zeit nicht gestattet.

Nach meinem Praktikum durfte ich noch eine freie Woche in Tansania verbringen. Diese Woche nutzte ich, um drei Tage aufs Festland zu reisen. Sansibar ist eine halbautonome Insel, die zu Tansania gehört. Das Reisen aufs Festland gestaltete sich deshalb ausnahmsweise unkompliziert. Dort besuchte ich mein Patenkind Malaki, den kleinen Masai, dem ich schon vor meiner Abreise aus Österreich versprochen hatte, in dieser Zeit zu ihm zu kommen. Ich traf alte Freunde wieder und genoss die unvergleichbar grüne Landschaft im Norden des Landes, einer der schönsten Ecken der Welt. Im Hinterkopf ließ mich aber das Gefühl nicht los, dass ich von Yakoub getrennt war und dass es bald für eine lange Zeit so sein sollte. Somit reichten mir die drei Tage am Festland, ehe ich wieder nach Sansibar zurückkehrte.

Die Arbeit auf der Physiotherapie-Station hatte mir Spaß gemacht, auch wenn ich im Krankenhaus viel Elend gesehen hatte. Doch so egoistisch das auch klingen mag, das Thema, das mich in erster Linie beschäftigte, war Yakoub. Ihm galt in dieser letzten Woche meine volle Aufmerksamkeit, vor allem in meinen Gedanken.

Der Ramadan war schwer. Ich log Yakoub nie etwas vor. Ich hasste den Ramadan und ich fand die Regeln unsinnig. Als geborene Christin und mittlerweile Person ohne Bekenntnis konnte ich eine derartige Opfergabe nicht verstehen. Yakoub war seine Religion wichtig und ich akzeptierte sie als Teil seines Lebens, was für mich nicht bedeutete, dass ich sie verstehen musste.

Leider stand uns nun die bisher schwierigste Prüfung unserer gemeinsamen Zeit bevor. Eine Prüfung, die noch viel schwieriger war als der Ramadan: der erste Abschied. Ja, wir hatten einen Plan. Yakoub sollte so bald wie möglich zu mir nach Österreich kommen. Wir wollten nicht allzu lange warten. Schon im August, wenn ich meine Abschlussprüfungen hinter mir hatte, wollte er für drei Monate kommen. Obwohl ich wusste, dass ich bis dahin mit meinen Prüfungen beschäftigt war und ohnehin kaum Zeit für ihn gehabt hätte, wollte ich mich nicht verabschieden. Ich wollte einfach nicht gehen.

Mein Flug ging um drei Uhr morgens, also musste ich mich kurz nach Mitternacht von ihm trennen. Wir beschlossen, den letzten gemeinsamen Abend im Tatu zu verbringen. Natalie und Moana waren natürlich auch dabei.

Es war schön, noch einmal mit allen zusammen zu sein, trotzdem gingen wir nicht allzu spät nach Hause. Ich hatte schon fertig gepackt, wollte Yakoub aber noch ein Abschiedsgeschenk geben. Er hatte mir eine Decke geschenkt, die er in seinem Laden verkaufte. Darüber freute ich mich sehr, da ich somit etwas von ihm hatte, in das ich mich kuscheln und verkriechen konnte.

Ich hatte ihm ein „Open when" gebastelt. In ein Kuvert hatte ich einen Brief für ihn gesteckt, in ein anderes Fotos von uns. Ich wollte ihm etwas Persönliches schenken, das ihm zeigte, wie sehr ich ihn liebte.

Bestimmt konnte er das auch an meiner Reaktion sehen. Kaum hatten wir die WG betreten, ließ ich meinen Tränen, die schon den ganzen Abend im Tatu in mir gesteckt waren, freien Lauf. Ich konnte sie nicht mehr zurückhalten.

Das Zimmer hatte ich zuvor schon vorbereitet, mit Teelichtern und romantischer Musik. Wir kuschelten uns aneinander, er hielt mich so fest in seinen Armen, wie er nur konnte. Wir sagten nichts mehr, weil es nichts mehr zu sagen gab. Alles, was wir fühlten, konnte man nicht in Worte fassen. Da lag so viel Trauer, so viel Schmerz, aber auch so viel Liebe in der Luft, dass es wehtat.

„Es ist Zeit zu gehen", sagte ich irgendwann verzweifelt. Diesen einen Satz brachte ich kaum heraus, vielmehr schluchzte ich ihn.

„Weine nicht, meine Frau", sagte Yakoub, ebenfalls weinend.

„Ich kann nicht anders", antwortete ich.

„Bald sehen wir uns wieder."

Er übersäte mich mit innigen Küssen, bevor er meine Koffer nahm und sie nach draußen trug. Dort wartete schon unser Taxi. Ich verabschiedete mich noch von den Mädels, die mich ebenfalls fest in die Arme nahmen. Ich hatte die gemeinsame Zeit genossen und war froh, die beiden kennengelernt zu haben. Für uns würde es natürlich noch leichter werden, uns in Zukunft zu treffen. Deutschland und die Schweiz waren schließlich deutlich näher an Österreich als Sansibar.

Yakoub wartete am Taxi, er öffnete die Tür für mich, stieg nach mir ein und hielt mich sofort wieder in den Armen.

Die Fahrt verging viel zu schnell. Es war an der Zeit, das Taxi und damit meine große Liebe zu verlassen.

Er stieg mit mir aus. Während der Taxifahrer die Koffer auslud, hielt Yakoub mich noch ein letztes Mal fest in den Armen.

„Ich liebe dich", flüsterte er.

„Ich liebe dich auch", flüsterte ich zurück.

Dann löste er die Umarmung, ich drehte mich um und ging weg. Ich wusste nicht, warum meine Füße mich Richtung Sicherheitskontrolle trugen. Mein Kopf hatte ihnen doch befohlen, nicht zu gehen. Doch sie hatten sich verselbstständigt. Und so geschah es, dass ich Yakoub, meinen Seelenverwandten, meine große Liebe, tatsächlich verließ.

Kapitel 6

„Oft sind gerade die entmutigendsten Augenblicke
die richtigen, um eine Initiative einzuleiten."

Nelson Mandela – Der lange Weg zur Freiheit

In diesen Flieger zu steigen, wirklich zu gehen, mich von Yakoub zu verabschieden, war das Schwerste, was ich bis dato in meinem Leben getan hatte. Bei der Sicherheitskontrolle heulte ich wie ein Schlosshund, noch im Flugzeug nahm das Ganze kein Ende. Selbst als ich in Wien ausstieg, war ich noch immer am Weinen.

Als ich zu Hause ankam, rief ich Yakoub sofort an. Ein langer Videochat folgte, in dem wir so sprachen, als wäre das für uns normal, als wäre es nie anders gewesen.

Es wurde auch schnell normal. Wir mussten gar keinen Weg finden. Es ergab sich ganz von selbst, dass ich mein bisheriges Leben mit diesem neuen, sehr wichtigen Teil verband. Ich ging zum Studieren auf die FH, kam nach Hause und nahm sofort mein Handy in die Hand, um Yakoub zu sehen. Bis zu drei Mal am Tag telefonierten wir mit Video. Das brauchten wir beide. Es war erstaunlich, wie schnell dieser Ablauf für mich zur Normalität wurde und wie schlecht ich mich fühlte, wenn Yakoub einmal keine Daten mehr hatte und ich ihn nicht erreichen konnte. Ähnlich wie bei unseren früheren Wertkartenhandys musste man auf Sansibar Daten hochladen, um Internet zur Verfügung zu haben. Ohne Internetdaten war er nicht erreichbar.

Kurze Zeit nach meiner Ankunft in Österreich traf ich mich mit meiner Familie, die natürlich sehr neugierig auf meinen neuen Freund war. Meine Freundinnen hatten die Information mit Begeisterung aufgenommen. Sie freuten sich für mich und fanden es spannend, Geschichten über unsere gemeinsame Zeit zu hören. Von ihnen fühlte ich mich unterstützt und ernst genommen.

Bei meiner Familie war das anders. Zweifel standen an oberster Stelle. Ich fühlte mich, als würde mich niemand von ihnen ernst nehmen, als würden sie meine Beziehung als vorübergehende Schwärmerei sehen.

„Als ich in deinem Alter war, habe ich auch meine Fehler gemacht. Jetzt musst du deine eigenen Fehler machen", war einer der Sätze, den meine Mutter besonders gern benutzte. Es ärgerte mich, dass sie meine Beziehung von vornherein als Fehler abtat, obwohl sie meinen Freund gar nicht kannte. Ich musste ihr aber zugutehalten, dass sie weder Yakoub als Person noch uns als Paar kannte. In Stone Town waren wir unter den Einheimischen schnell als das Paar bekannt geworden, das sich wirklich liebte. Scheinbar strahlten wir das, was wir füreinander empfanden, auch aus. Meine Familie hatte diese Ausstrahlung natürlich noch nicht erlebt.

Mein Vater reagierte wie immer, indem er kaum darüber sprach. Ich hatte noch nie gewusst, was in seinem Kopf vorging, weil er niemanden hineinsehen lassen wollte. Dennoch war ich sicher, dass er nicht begeistert davon war, dass seine Tochter mit einem armen Moslem zusammen war, der am anderen Ende der Welt wohnte.

Ich denke, dass mein Bruder die ganze Geschichte aus zwei Blickwinkeln sah. Zum einen schien er sich aufrichtig für mich zu freuen. Zum anderen sah er mich immer mit diesem Blick an, der sagte: *„Ach, kleine Schwester. Worauf hast du Dummerchen dich da wieder eingelassen?"*

Doch wenn ich mit diesem Eindruck Recht behielt, so versuchte er zumindest, es sich nicht anmerken zu lassen und mich zu unterstützen.

Wenige Wochen nach meiner Rückkehr nach Österreich hatte ich alle Abschlussprüfungen bestanden und hielt endlich die Berufsberechtigung zur Physiotherapeutin in der Hand. Nur zwei

Wochen später begann ich bereits mit der Arbeit in einem Institut für Sporttherapie. Diesen Job wollte ich unbedingt haben. Dass ich ihn tatsächlich erhielt, hatte ich nur wenige Tage, bevor ich Yakoub kennengelernt hatte, erfahren. Anfang August ging es endlich los. Ich hatte Spaß daran, täglich zur Arbeit zu gehen. Das Studium hatte sich ausgezahlt, denn in meinem neuen Beruf hatte ich endlich meine Berufung gefunden.

Dieser große positive Aspekt in meinem Leben gab mir die Kraft, mich nebenbei für die Beschaffung des Visums für meinen Freund einzusetzen. Wie sich schnell herausstellte, war das wesentlich schwieriger, als ich geglaubt hatte. Yakoub musste eine ganze Menge an Dokumenten vorweisen und auch ich musste beispielsweise einen Strafregisterauszug vorlegen, um ihn überhaupt nach Österreich einladen zu dürfen. Außerdem musste ich für ihn bürgen, damit im Falle von eventuell entstehenden Kosten der Staat keinen Cent für meinen Freund zahlen musste. Ich tat alles, was von mir verlangt wurde. Yakoub war auf Sansibar ebenso bemüht, alle Dokumente vorzubereiten.

Schließlich reiste er mit dem Schiff aufs Festland von Tansania, in die Stadt Dar es Salaam. Dort befand sich die belgische Botschaft, die in Vertretung für Österreich, deren nächste Botschaft sich in Kenia befand, derartige Visaanträge bearbeitete.

Gespannt wartete ich zu Hause auf einen Anruf von Yakoub, wie es auf der Botschaft gelaufen war. Endlich rief er an.

„Hi", sagte er und schon an seiner Stimme erkannte ich, dass es nicht gut gelaufen war.

„Was ist passiert?"

„Sie haben mich behandelt wie einen Verbrecher", erklärte er zermürbt.

„Was? Wie meinst du das?"

Müde begann Yakoub zu erzählen: „Ich weiß nicht, warum sie so mit mir gesprochen haben. Von Anfang an hat der Beamte mit mir in einem Tonfall gesprochen, als wäre er ein Polizist und ich würde eine Straftat begehen. Er wollte wissen, warum ich Sansibar verlassen will, und er wollte eine Menge Geld, damit er mir das Visum ausstellt. Aber das Geld hätte er bestimmt nur in seine eigene Tasche gesteckt und deshalb habe ich ihm nichts gegeben. Er hat zwar gesagt, dass der Antrag behandelt wird, aber ich glaube nicht, dass sie mir ein Visum geben."

Ich versuchte zu verstehen, was mein Freund mir da gerade erzählt hatte. Was konnte so schlimm daran sein, dass er mich besuchte?

„Weißt du, die glauben, dass ich nicht mehr zurückkomme", erklärte er. „Viele Menschen versuchen, Sansibar zu verlassen, weil unsere Regierung uns so schlecht behandelt. Doch anstatt uns zu helfen und sich um das Volk zu kümmern, machen sie uns die Ausreise immer schwerer."

Ich war am Boden zerstört, hatte ich doch damit gerechnet, dass Yakoub mich in wenigen Wochen besuchen würde. Unter anderem mussten wir einen Hin- und Rückflug vorweisen, um das Visum zu erhalten. Deshalb hatten wir schon einen Flug gebucht, der ihn in drei Monaten zu mir bringen sollte.

„Was sollen wir jetzt tun?", fragte ich verzweifelt.

„Ich weiß es nicht. Lass uns erst einmal abwarten, was sie sagen."

Warten, immer wieder dieses Warten. In Afrika gehörte es zum Alltag, mich machte es unrund. Ich hatte nicht die Geduld, jeden Tag auf so eine wichtige Information zu warten. Doch diese Geduld musste ich jetzt lernen.

Der Sommer half mir dabei, die langen Tage durchzustehen. Ich verbrachte viel Zeit mit meinen Freundinnen, die ich in den letzten Jahren aufgrund meines intensiven Studiums ohnehin viel zu selten gesehen hatte. Wir gingen oft wandern oder baden, trafen uns in Caféhäusern, was man eben so in Österreich tat.

Am Ende des Tages erzählte ich Yakoub immer von meinen Erlebnissen. So tauchte auch er ein in die Welt von Europa und begann, diese Lebensweise zu verstehen.

In der Zwischenzeit hatte er sich Gedanken über unsere gemeinsame Zukunft gemacht: „Ich sehe, wie glücklich du in Österreich bist. Ich sehe, dass du dort bleiben willst."

„Das werden wir erst sehen, wenn du hier bist. Wir haben doch ausgemacht, dass du dir das Land erst einmal drei Monate lang ansiehst. Wenn du dir einen guten Eindruck verschafft hast, werden wir entscheiden, wie es weitergeht."

„Das sagst du zwar und ich glaube dir auch, dass du dich mir zuliebe dafür entscheiden würdest, nach Afrika zu gehen, falls es mir in Europa nicht gefällt, aber ich sehe auch, dass du dort glücklich bist."

Er hatte recht. Zu dieser Zeit war ich tatsächlich glücklich in meiner Heimat, weil ich hier fast alles hatte. Ich hatte meine Freunde, meine Familie, meinen neugeborenen Neffen, ein eigenständiges Leben mit einem Job, den ich mochte. Ich hatte hier die Natur, die ich so liebte, die Berge und Seen und jede Menge Möglichkeiten, Sport zu betreiben. Er hatte recht, hier hatte ich scheinbar alles. Alles bis auf den großen, entscheidenden Punkt: Yakoub.

Es folgten tagelange Gespräche darüber, wie unsere gemeinsame Zukunft aussehen konnte, und vor allem darüber, wo wir leben wollten. Im Grunde genommen waren wir beide davon überzeugt, dass uns in Österreich ein besseres Leben bevorstand. Das hatte ich natürlich zuvor auch schon so gesehen, aber ich wollte nicht das Opfer von ihm verlangen, sein gesamtes Leben für mich aufzugeben.

Auf der einen Seite gab es da all diese positiven Aspekte, zu denen auch die finanzielle und gesundheitliche Absicherung gehörte. Das Sozialsystem in Österreich war nicht ansatzweise mit den Bedingungen auf Sansibar zu vergleichen. Auf der anderen Seite kannte ich den Rassismus, der von Tag zu Tag mehr wurde. Die Engstirnigkeit, die Ignoranz und die Angst vor Fremden wurden in Österreich immer mehr. Schon seit Jahren beobachtete ich diese Entwicklung mit großer Sorge. Nun betraf es mich auch persönlich.

Ich erzählte Yakoub von all diesen Dingen und erklärte: „Ich habe Angst, dass du hier nicht glücklich wirst. Ich habe wirklich Angst, dass du jetzt alles für mich aufgibst und du in ein paar Jahren, wenn die Kälte der Menschen hier dich unglücklich gemacht hat, plötzlich aufwachst und erkennst, in welcher Situation du steckst. Dann haben wir ein großes Problem."

„Du kennst meine Situation auf Sansibar, wir kämpfen hier jeden Tag ums Überleben. Ohne dich bin ich nicht glücklich. Ich will da sein, wo du bist. Dann geht es mir auch gut."

So fiel also die Entscheidung. Wenn Yakoub das Visum für die drei Monate erhalten würde, plante er, auf Sansibar all seine Brücken abzubrechen. Er wollte dann in Österreich einen Antrag stellen, um länger hier bleiben zu dürfen.

Die Wochen vergingen, wir hatten noch keine Antwort erhalten. Jeden Tag rief Yakoub bei der Botschaft an, um sich nach seinem Visum zu erkundigen. Jedes Mal wurde er wieder vertröstet, ohne Begründung. So kam es, dass sich der Tag näherte, an dem er seinen Flug antreten sollte.

„Wir haben am Visumsantrag das Datum angegeben, wann du kommst", erinnerte ich ihn. „Sie wissen, dass du es jetzt brauchst."

„Natürlich wissen sie das, aber sie wollen es mir einfach nicht geben. Lass uns den Flug stornieren", schlug er vor.

So schwer es mir auch fiel, Yakoub hatte recht. Dies war die einzig sinnvolle Lösung, wenn wir das Geld für den Flug zurückbekommen wollten. Doch was bedeutete das für unsere weitere Situation? Ich war verzweifelt. Weil ich nicht wusste, was ich sonst tun sollte, weinte ich mir tagelang die Augen aus. Meinem Freund – am anderen Ende der Welt – ging es ähnlich.

Leider hatte ich den großen Fehler begangen, dass ich all meinen Freunden und Verwandten von dem Plan, dass Yakoub mich besuchen würde, erzählt hatte. Nach und nach fragten sie, wann er kommen würde. Es war unendlich schwer, jedem Einzelnen zu erklären, dass unser Traum geplatzt war. Jedes Mal, wenn ich sagte „Er kommt nicht", brach es mir erneut das Herz. Erst als der Tag da war, an dem er in seinen Flieger hätte steigen sollen, hatte ich wirklich registriert, dass er nicht kommen durfte.

Natürlich war das unsinnig, da ich doch den Flug schon storniert hatte, doch ein winziger Funken Hoffnung hatte immer noch in mir existiert. Im Nachhinein erkannte ich, wie unsinnig diese Hoffnung gewesen war.

Leider erhielten wir kurz darauf schlechte Nachrichten. Die Behörden teilten uns mit, dass sie Yakoub sein Visum nicht ausstellen wollten, weil ich zu wenig verdiente. Mir war schleierhaft, wie das möglich war. Ich gehörte zwar nicht zu den Großverdienern, doch mein Einkommen sollte zumindest für drei Monate für zwei Personen reichen. Durch Yakoubs Anwesenheit in meiner Wohnung fielen keine zusätzlichen Kosten an. Für das Essen, das er benötigte, konnte ich problemlos aufkommen. Leider schien dieses Problem nicht lösbar zu sein. Die Behörden hatten mir ein Berechnungsschema zukommen lassen. Demnach verlangten sie von mir ein regelrecht utopisches Gehalt.

„Ich weiß nicht, was ich tun soll", weinte ich Yakoub vor. „Man müsste schon ein Arzt oder Anwalt sein, um hierzulande so viel zu verdienen."

Ich war am Ende meiner Kräfte angelangt. Sollte all das Warten umsonst gewesen sein? Sollten all die Dokumente, die wir besorgt und bezahlt hatten, umsonst gewesen sein? Sollte es meinem Freund wirklich nicht vergönnt sein, mich in Österreich zu besuchen?

Für die meisten Europäer war es normal, dass sie jederzeit überallhin reisen konnten. Auch ich war in einer Generation aufgewachsen, in der uns die Welt offenstand. Reisen gehörte dazu. Für viele zählte es mehr zur Normalität als zu einem gewissen Luxus. Ich erkannte, wie selbstverständlich ich all die Jahre einen Luxus genossen hatte, der so vielen Menschen auf der Welt verwehrt wurde. Afrikaner konnten nicht einfach reisen, wohin sie wollten. Allein um nach Österreich zu kommen – in ein Land, das sich selbst als gut entwickeltes Land der Ersten Welt bezeichnet –, mussten diese Menschen zuallererst beweisen, dass sie nicht kriminell waren. Hinzu kam noch, dass sie jeden Cent offenlegen mussten, den sie zur Verfügung hatten, und utopische Summen an finanziellen Mitteln aufbringen mussten, um überhaupt einreisen zu dürfen. Da ging es noch nicht einmal um einen Daueraufenthalt, wir sprachen hier von Urlaub.

Ich ärgerte mich grün und blau und verbrachte die Tage in einem Mix aus Wut, Verzweiflung und Trauer. So ging es mir, bis ich einen Spaziergang mit einer Freundin unternahm. Bei diesem Spaziergang erklärte sie mir, dass sich eine Freundin von ihr in einer ähnlichen Situation befand und Hilfe bei einer freiwilligen Organisation gesucht hatte. Zwar war diese Freundin aus Deutschland, doch in Folge dieses Gesprächs stieß ich bei einer Internetrecherche auf eine Beratungsstelle in Wien – den Verein Fibel, Fraueninitiative Bikulturelle Ehen und Lebensgemeinschaften. Sofort schrieb ich eine E-Mail an diesen Verein, in der ich meine Situation schilderte und um Hilfe bat.

Schon am nächsten Tag erhielt ich eine Antwort. Darin wurde mir mitgeteilt, dass das Berechnungsschema der Behörden nicht der Wahrheit entsprach. Mir wurde erklärt, wie meine finanziellen Mittel wirklich berechnet wurden und siehe da, laut diesem Schema reichte mein Gehalt sehr wohl aus, um Yakoub nach Österreich einzuladen.

Ich wusste nicht, wie ich auf diese Information reagieren sollte. An erster Stelle stand wohl ein Gefühl tiefer Dankbarkeit an den Verein Fibel, dass mir so schnell geholfen wurde, ohne Umschweife, ohne Forderungen, scheinbar einfach nur aus Nächstenliebe. Da waren aber auch andere Gefühle wie Wut auf die Behörden, Verärgerung, weil sie uns hinters Licht geführt hatten, Verzweiflung darüber, dass ich diese Information nicht früher in der Hand hatte. Womöglich hätte ich damit argumentieren und Yakoub das Visum erhalten können. Doch was geschehen war, war geschehen. Ich musste nach vorne blicken.

Die Dame des Vereins Fibel hatte mir auch angeboten, mich telefonisch zu beraten. Dieses Angebot nahm ich natürlich dankend an und holte gleich am nächsten Tag wertvolle Informationen ein.

Aufgeregt teilte ich Yakoub die Neuigkeiten mit. Wir beschlossen, einen weiteren Antrag zu stellen. Dieses Mal wollten wir uns noch besser darauf vorbereiten. Da uns empfohlen wurde, ausreichend Zeit einzuberechnen, wollten wir im November einen neuen Antrag für nächstes Jahr stellen. Wir beraumten zumindest sechs Monate Zeit ein. Wir wollten nicht mehr so lange warten, bis wir uns wiedersehen konnten. Deshalb beschloss ich, im November – ein halbes Jahr, nachdem ich ihn verlassen musste – wieder nach Sansibar zu fliegen, um zumindest eine Woche Urlaub mit ihm zu verbringen.

„Wegen einer Woche fliegst du nach Sansibar? Das zahlt sich doch gar nicht aus." Das war die Reaktion, die ich von fast allen Leuten erhielt. Ich sah das aber anders. Schließlich flog ich nicht dorthin, um einen klassischen Urlaub auf einer Insel zu verbringen. Ich flog dorthin, um meinen Freund zu sehen, den ich mehr vermisste, als ich beschreiben konnte. Selbst für einen Tag mit ihm wäre ich nach Sansibar geflogen.

„Wir müssen uns einfach wieder einmal direkt sehen, nicht nur durchs Telefon", erklärte ich meiner Freundin Conny bei einer Wanderung. „Ich habe das Gefühl, dass wir uns schön langsam verlieren. Das will ich auf gar keinen Fall. Wir müssen uns wieder berühren und Zeit miteinander verbringen, sonst habe ich Angst um unsere Beziehung."

„Ja, das glaube ich dir. Ich kann mir auch gar nicht vorstellen, wie das ist, wenn man sich immer nur durchs Telefon sieht."

„Mittlerweile nervt es mich nur noch. Einerseits freue ich mich natürlich, wenn wir telefonieren können, und ohne Video wäre es bestimmt nicht möglich. Da hätte ich die Beziehung schon beendet, wenn wir uns nicht einmal sehen könnten. Andererseits nervt es mich richtig, dass ich ihn nur am Bildschirm vor mir habe und ihn nicht berühren kann."

„Wie wollt ihr denn jetzt weitermachen?", wollte Conny wissen.

Ich erzählte ihr von unserem neuen Plan: „Wir wollen das alles noch einmal ganz neu angehen. Wir haben gesehen, wie schwierig es ist, an ein Visum zu kommen. Außerdem müssen wir uns über einiges klar werden. Yakoub möchte ja für mich nach Österreich kommen. Wenn wir hier wirklich ein gemeinsames Leben aufbauen, muss ich vorher einige Dinge mit ihm besprechen. Die gemeinsame Woche wird sicher nicht nur eine schöne Zeit, wir müssen uns auch mit ernsthaften Themen auseinandersetzen."

„Womit zum Beispiel?"

„Naja, da wäre einmal das Thema Religion. Er weiß, dass ich nicht zum Islam konvertieren werde, aber ich bin nicht sicher, ob er sich bewusst ist, dass das niemals passieren wird. Ich möchte noch einmal klar und deutlich ansprechen, dass ich kein Interesse daran habe, Muslima zu werden."

„Da werden sich deine Eltern aber freuen", sagte Conny lachend.

„Dann gibt es noch das Thema Deutsch. Ich verlange von ihm, Deutsch zu lernen, wenn er hier leben will. Er muss das tun, um sich gut integrieren zu können."

„Ja klar, sonst kann er hier niemals einen normalen Alltag führen und den Rassisten gibt er auch noch einen Grund, ihn schlecht zu behandeln. Was steht noch auf deiner Liste?"

„Wir müssen auch über eine mögliche Familienplanung sprechen. Immerhin hat er zehn Geschwister. Ich liebe Kinder, aber so viele werde ich bestimmt nicht zur Welt bringen."

Conny lachte laut. „Immerhin weißt du schon einmal genau, was du willst. Das finde ich gut."

„Naja, im Endeffekt fahre ich mit einer langen gedanklichen Liste an Forderungen nach Sansibar und verlange von ihm, sich danach zu fügen."

„Ja, irgendwie schon. Aber das ist auch wichtig, wenn er hier leben will. Sonst kann es nicht funktionieren. Was glaubst du denn, dass passiert, wenn du all diese Punkte ansprichst?"

Ich überlegte kurz. „Zwei Optionen", sagte ich schließlich. „Entweder er macht mir einen Antrag oder er macht mit mir Schluss."

Conny machte große Augen.

„Das meine ich ernst", sagte ich. „Immerhin heiraten viele Paare auf Sansibar schon nach einem Monat, darüber sind wir weit hinaus."

„Willst du ihn denn jetzt schon heiraten?"

„Ich weiß es nicht. Ich weiß zurzeit vieles nicht. Das Einzige, was ich wirklich weiß, ist, dass ich mit ihm zusammen sein will und dass wir jetzt irgendwie einen Weg finden müssen, wie wir zusammen sein können."

Kapitel 7

*„Je unbeschwerter und leichter du deine Zeit verbringen kannst,
desto strahlender wird deine Existenz."*

Elizabeth Gilbert – Big Magic

So kam es also, dass ich wieder nach Sansibar flog. Ich war so
aufgeregt wie ein Kind vor Weihnachten. Endlich sollte ich meinen Freund wiedersehen.

Der Flug verlief zum Glück komplikationslos, meine Koffer
kamen auch an. Ich hatte im Vorfeld überlegt, womit ich seiner
Familie eine Freude machen könnte, und beschlossen, seiner
jüngeren Schwester Mtumwa meine alten Pullover und T-Shirts
zu schenken. Sie würde sich bestimmt darüber freuen und ich
hatte wieder einen Grund, meinen Kleiderschrank auszumisten.

Yakoub holte mich am Flughafen ab. Es war so schön, ihn
endlich wieder vor mir zu haben. Am liebsten hätte ich ihn auf
der Stelle umarmt und geküsst, doch ich tat es nicht. Was gehörte sich in diesem Land? Ich war schon so oft in Afrika gewesen,
doch nun befand ich mich in einer vollkommen neuen Situation
und wollte niemandem auf die Füße treten, niemanden in seiner
Religion oder seiner Kultur beleidigen. So hoben wir uns also die
Zärtlichkeiten für die verschlossenen Türen auf.

Die ersten beiden Tage lebten Yakoub und ich wie in einer Blase des Glücks. Ich war überwältigt von meinen Gefühlen, von der
Liebe, die ich bei seinem Anblick empfand, und der Liebe, die ich
von ihm zurückerhielt. Es dauerte ein paar Stunden, bis wir uns
wieder gefunden hatten. Doch von da an war die gemeinsame Zeit
einfach nur schön. Natürlich spazierten wir wieder am Strand entlang. Yakoub wusste mittlerweile, wie sehr ich das Meer liebte und
dass ich jeden Tag den Sand unter meinen Füßen fühlen wollte.

Dieses Mal wohnten wir bei einem Freund von Yakoub, der beruflich Zimmer vermietete. Das Schlafzimmer war etwas feucht, es roch im Ansatz schimmelig, doch mir war das alles egal. Das Badezimmer war dafür umso schöner, sauber, gepflegt und europäisch eingerichtet. Wir teilten uns auch eine Küche mit dem Vermieter – sein Spitzname war Tiger, weil er Augen wie ein Tiger hatte – und seinen weiteren Gästen.

„Du bist meine Frau, ich muss für dich sorgen", erklärte Yakoub jedes Mal, wenn ich etwas kochen wollte. Dann setzte ich mich wieder auf die Couch und ließ ihn kochen. Er kochte genau so, wie ich es gern mochte: einfach, aber lecker.

Am dritten Tag wagte ich es endlich, Yakoub all meine Fragen zu stellen. Ich wollte Klarheit über seine Meinungen, doch ich hatte auch riesengroße Angst. Was sollte passieren, wenn wir nicht einer Meinung waren? Was würde aus uns werden, wenn wir die Zukunft aus vollkommen unterschiedlichen Blickwinkeln betrachteten?

Ich fasste mir ein Herz und begann mit dem Thema, das mir am einfachsten erschien: „Sag mal, wie viele Kinder möchtest du eigentlich einmal haben?"

Yakoub lachte: „Ich weiß, warum du das fragst. Aber keine Angst, ich möchte nicht so viele Kinder wie mein Vater. Drei oder vier genügen. Wie viele willst du denn?"

„Also zwei auf jeden Fall. Drei könnte ich mir auch vorstellen. Im Grunde genommen wären auch vier in Ordnung, aber ich glaube nicht, dass wir uns das leisten können. Ein Kind in Österreich großzuziehen, kostet eine Menge Geld."

„Also drei", bestätigte er. „Weißt du, mein Vater hat ja all diese Kinder mit mehreren Frauen. Ich brauche keine zweite oder dritte Frau, ich brauche nur dich."

„Da bin ich aber beruhigt. Sonst würde ich jetzt auf der Stelle das Weite suchen", neckte ich ihn.

„Du weißt ja, dass im Koran steht, dass Männer mehrere Frauen haben dürfen. Leider gibt es Männer, die diese veraltete Regel ausnutzen und ihre Frauen schlecht behandeln. Sie tun so, als ob Frauen ihr Besitz wären. Aber ich finde es wichtig, seine Frau wertzuschätzen. Sie ist kein Eigentum, sondern ein wertvolles Geschenk."

An diesem Punkt hakte ich gleich ein: „Kannst du denn dein Leben mit einer Frau verbringen, die nicht dem Islam angehört?"

„Es wird schwer, vor allem im Ramadan. Aber ich weiß, wie du über den Islam und über Gott denkst. Selbst wenn mein Vater sich wünscht, dass du konvertierst, werde ich es niemals von dir verlangen. Aber ich gebe ehrlich zu, dass ich immer darauf hoffen werde, dass du eines Tages doch konvertierst."

Mir fiel ein riesiger Stein vom Herzen, das schwierigste Gespräch hatte ich geschafft. Auch was das Thema Deutschkurs betraf, waren wir einer Meinung. Yakoub wusste selbst, dass er schon vor seiner Reise nach Österreich etwas Deutsch beherrschen sollte, um es dort leichter zu haben. So verbrachten wir auch etwas Zeit mit Deutschlernen.

Eines Tages spazierten wir am Strand entlang. Die Flut hatte bereits eingesetzt. Um an unser Ziel, den nächsten Strandabschnitt, zu kommen, hätten wir einen Umweg machen sollen, da der Weg dorthin bereits unter Wasser stand. Doch ich ließ mich nicht davon beirren. Schließlich sah ich eine Gruppe junger Männer im Wasser plantschen. Sie hatten offensichtlich Spaß daran und sie standen eindeutig nur mit den Beinen unter Wasser.

„Der Wasserspiegel wird schnell ansteigen", gab Yakoub zu bedenken.

„Das schaffen wir locker, es ist nur ein kurzes Stück", beharrte ich.

„Die Felsen an der Mauer sind rutschig. Dort haben wir keinen Halt, wir müssen tiefer ins Wasser", versuchte Yakoub, mich zu überzeugen. Doch schließlich erkannte er, dass er gegen meinen sturen Kopf nicht ankam, und gab nach.

So wateten wir also los, durch das Wasser oder besser gesagt durch den Schlamm, zu dem der Boden geworden war.

„Gib mir deinen Rucksack, gleich wird er nass", sagte Yakoub. Das tat ich auch und es war eine gute Idee, denn im nächsten Moment rutschte ich aus und lag unter Wasser.

„Siehst du? Ich habe dir doch gesagt, dass das Wasser zu hoch ist."

Obwohl ich ihm Recht gab, bereute ich meine Entscheidung nicht. Die Gruppe junger Männer rief uns zu, ob wir nicht mit ihnen mitspielen wollten. Sie lachten über unseren Versuch, die Flut zu bewältigen, und auch wir erkannten, wie komisch wir dabei aussehen mussten. Schließlich kamen wir lachend und patschnass am trockenen Strandteil an.

„Sind die Sachen im Rucksack trocken geblieben?", wollte ich wissen.

„Ja, zum Glück hast du sie mir rechtzeitig gegeben."

„Mein kleiner Sturz ins Wasser hat sicher auch gut ausgesehen."

„Ja, sehr elegant", neckte mich Yakoub.

Vollkommen durchnässt saßen wir am Strand und beobachteten den Sonnenuntergang. Wir genossen die Stimmung, die Zweisamkeit, das Paradies um uns herum.

„Die Strapazen haben sich definitiv ausgezahlt. Dieser Anblick ist einfach traumhaft", schwärmte ich.

„Da hast du recht", stimmte Yakoub zu. „Unser kleines Abenteuer war genau wie das Leben. Manchmal muss man sich durch eine schwierige Situation durchkämpfen, damit man am Ende etwas Schönes erleben darf."

In diesem Moment wusste ich, dass Yakoub der Mann war, mit dem ich den Rest meines Lebens verbringen wollte.

Am nächsten Tag hatten wir nichts Großartiges vor, außer die gemeinsame Zeit zu genießen. Viele Menschen befinden sich in Partnerschaften, ohne zu erkennen, was für ein großes Geschenk das ist. Ich habe schon so oft erlebt, dass Paare sich für selbstverständlich nehmen, im Laufe der Zeit die Wertschätzung füreinander verlieren. Da Yakoub und ich uns so selten sahen und die Entscheidung, wann wir uns sehen durften, oft Behörden, also fremden Menschen, vorbehalten war, schätzten wir einander noch mehr. Wir wussten, dass unser Glück keine Selbstverständlichkeit war und dass wir jeden Moment auskosten mussten, den wir gemeinsam verbringen durften.

Nach dem Mittagessen ruhte ich mich ein wenig aus. Yakoub wollte den Abwasch alleine übernehmen. „Du bist im Urlaub, du sollst nicht arbeiten", erklärte er mir.

Ich lag auf der Couch im halboffen gebauten Wohnzimmer im obersten Stockwerk von Tigers Haus und befand mich im Halbschlaf, als Yakoub mich liebevoll auf die Stirn küsste.

„Öffne deine Augen nicht", flüsterte er und streichelte sanft mein Haar. Behutsam nahm er meine Hände und führte mich, bis ich einige Schritte neben der Couch stand.

„Lass deine Augen geschlossen", flüsterte er noch einmal.

Ich lächelte, obwohl ich nicht wusste, was er vorhatte. Dann nahm er meine linke Hand und schob einen Ring darauf.

„Öffne jetzt deine Augen."

Das tat ich und ich sah an meinem Finger einen wunderschönen, silbernen Ring.

„Lisa, du bist die Liebe meines Lebens. Du bist alles, was ich mir jemals gewünscht habe, und alles, was ich brauche. Willst du mich heiraten?"

„Ja, natürlich will ich dich heiraten", antwortete ich mit einem Strahlen im Gesicht.

Yakoub erwiderte mein Strahlen und küsste mich innig. Er umarmte mich. In diesem Moment wollte ich ihn nicht mehr loslassen. Ich wusste, dass ich in ihm mein großes Glück auf Erden gefunden hatte und dass ich alles dafür tun würde, um unseren Traum vom gemeinsamen Leben zu erfüllen.

Ich war so glücklich, dass ich es gar nicht in Worte fassen konnte. Am liebsten hätte ich sofort meine ganze Familie und alle Freunde angerufen, um ihnen die Nachricht zu überbringen, doch ich fand die Vorstellung, sie persönlich mit meinem Ring am Finger zu überraschen, noch schöner. Zumindest auf Sansibar erzählten wir allen stolz von unserer Verlobung. Zuerst feierten wir sie aber zu zweit und wie konnten wir das besser tun als mit einem Spaziergang am Strand und einem frisch gepressten Saft zum Sonnenuntergang.

Am Abend trafen wir uns im Tatu mit unseren Freunden. Ich fand es schön, Yakoubs Freunde mittlerweile als unsere gemeinsamen Freunde bezeichnen zu dürfen. Wenn ich das Tatu nun betrat, fühlte ich mich wie zu Hause. Mittlerweile kannte ich dort wirklich viele Leute und ich wurde von allen freundlich begrüßt. An diesem Abend erhielt ich natürlich besonders viele Gratulationen, als ich stolz meinen Verlobungsring präsentierte.

Warum war ich mir in Österreich nicht sicher gewesen, ob ich Yakoub wirklich heiraten wollte? Diese Frage kreiste immer wieder in meinem Kopf. Jetzt, da ich den Ring an meinem Finger trug, fühlte es sich einfach nur richtig an.

Am nächsten Morgen besuchten wir Yakoubs Eltern – meine zukünftigen Schwiegereltern. Ich überreichte ihnen die Mitbringsel: die Kleidung für Mtumwa, Tee für Yakoubs Vater und eine Hautpflege für seine Mutter. Alle waren sehr dankbar für die Geschenke. Sie gratulierten uns zur Verlobung und freuten sich mit uns. Ich wusste, dass meine Schwiegereltern mich am liebsten als Muslima gesehen hätten. Umso mehr wusste ich es auch zu schätzen, dass sie an diesem Tag kein Wort über das Thema Religion verloren. Im Mittelpunkt stand ihre Freude darüber, dass ich bald ein Mitglied ihrer Familie werden sollte.

Die Tage verflogen viel zu schnell, wie das eben so ist, wenn man auf Wolke sieben schwebt. Um unserer gemeinsamen Woche noch mehr Besonderheit zu verschaffen, verbrachten wir einen Nachmittag auf einem Hausboot, das vor der Küste von Stone Town lag. Genau genommen handelte es sich um zwei Hausboote, wobei eines wie eine Art schwimmendes Hotel ein Zimmer beinhaltete, das an Touristen vermietet wurde. Auf dem anderen Boot befand sich eine Bar, eine Lounge und sogar eine kleine Terrasse, die als Badeplatz diente.

Natürlich war es wieder einmal ein Freund von Yakoub, der uns mit seinem Boot abholte, um uns zum Hausboot zu bringen. Wir nannten ihn Captain Philips.

Als wir am Hausboot ankamen, waren wir die Einzigen dort. Es war nicht wie im Paradies, es war tatsächlich das Paradies. Ich war mit meinem Verlobten in einer im türkisen Meer schwimmenden Lounge, wir tranken Drinks zu afrikanischer Musik, genossen die Zweisamkeit, die Aussicht und das gemeinsame Schwimmen. So seltsam es klingt, doch ich brachte meinem Verlobten, der auf einer Insel lebte, tatsächlich das Schwimmen bei. Bisher war er wie ein Hund geschwommen, was einen unglaublich lustigen Anblick bot, aber definitiv nicht sicher war. Doch Yakoub lernte schnell. Innerhalb von fünf Minuten lernte er Schwimmen, was mich doch ziemlich beeindruckte.

Nach und nach kamen weitere Gäste hinzu, die uns aber nicht störten. Mein Verlobter und ich – ich liebte es, ihn so zu nennen – befanden uns in einer Blase des Glücks, mitten im Paradies.

Am Abend gingen wir wieder ins Tatu, um zu feiern und zu tanzen. Captain Philips war auch da. Er kam auf mich zu, als ich in der Ecke saß, um Yakoub beim Tanzen zuzusehen. Ja, manchmal sah ich ihm einfach nur gerne zu, weil ich fand, dass sein Tanzen so gut aussah.

Captain Philips begann ein Gespräch mit mir und zeigte mir zahlreiche Fotos auf seinem Handy. Es waren Fotos von Touristen, mit denen er arbeitete. Fotos von ihren gemeinsamen Ausflügen zu den klassischen Touristenspots und von gemeinsamen Bootsfahrten.

„Kassim", sagte er auf einmal, wobei er seine Hand auf seine Brust legte. Verwirrt sah ich ihn an.

„Mein Name ist Kassim", erklärte er.

„Ah, okay", erwiderte ich. „Für mich bist du trotzdem Captain Philips."

Er erstarrte in seiner Geste, riss die Augen auf, sah zwischen Yakoub – den er offenbar erst jetzt wahrnahm – und mir hin und her und lies plötzlich ein lautes „Oh" los. Gleichzeitig sprang er auf und verschwand.

Ich wusste nicht, was eben passiert war, doch Yakoub zerbrach förmlich vor Lachen. Er kam zu mir und erklärte: „Er hat dich nicht erkannt und wollte dich fischen."

„Aber wir haben uns doch erst heute auf dem Boot unterhalten. Ich dachte, deswegen hat er sich zu mir gesetzt."

„Nein, er wollte dich fischen. Aber die Frau eines Bruders fischt man nicht, deshalb ist er davongelaufen."

Yakoub konnte gar nicht mehr aufhören zu lachen und auch ich fand die Situation ziemlich komisch.

Später, als wir in einen anderen Tanzclub gingen, kam Captain Philips wieder auf mich zu. Mittlerweile hatte er offenbar einiges getrunken, seine Aussprache war schon sehr undeutlich.

„Shamegi, Shamegi!", rief er schon von weitem. Shamegi heißt Schwägerin auf Swahili. Inzwischen wusste ich das, weil mich seit unserer Verlobung gefühlt die ganze Insel so nannte.

„Weißt du, Shamegi, wir sind alle eine Familie. Wir gehören alle zusammen und wir halten alle zusammen. Ich werde dich immer beschützen, Shamegi."

So lallte er vor sich hin. Ich nickte und lächelte, in dem Versuch, ihm nicht das Gefühl zu geben, dass ich ihn auslachte. Yakoub neben mir hatte nicht so viel Selbstbeherrschung, er krümmte sich schon wieder vor Lachen.

Am nächsten Tag sprachen wir noch einmal über das Thema Männer. Konkret über aufdringliche, afrikanische Männer, die oft keine Grenzen zu kennen schienen.

„Vielen Männern hier ist es egal, ob eine weiße Frau alleinstehend ist, ob sie einen weißen Freund oder Ehemann hat. Solange sie keinen Afrikaner an ihrer Seite hat, versuchen sie, sie zu fischen", erklärte Yakoub.

Das konnte ich bestätigen: „Einmal habe ich einen Afrikaner angelogen und ihm gesagt, dass ich einen Ehemann habe. Er hat gemeint, dass ich zusätzlich zu einem weißen auch noch einen schwarzen Mann brauche."

Mein Verlobter schüttelte den Kopf. „Siehst du, manche Afrikaner sind einfach unmöglich."

„Manche Europäer sind auch nicht besser."

„Ich fühle mich schon besser, wenn du mit einem Ring an deinem Finger zurückgehst."

Ich strahlte und betrachtete erneut meinen Verlobungsring, der so perfekt zu mir passte.

„Ein Ring am Finger hält auch einige Afrikaner ab", fuhr Yakoub fort. „Vielen wäre es auch egal, wenn sie wüssten, dass du einen afrikanischen Freund hast. Die meisten schrecken erst dann zurück, wenn du mit einem Afrikaner verheiratet bist. So wie Captain Philips."

Die Tatsache, dass so viele afrikanische Männer eine weiße Frau haben wollten und dafür zahlreiche Grenzen überschritten, fand ich traurig. Traurig im Sinne von Untreue, dass ihnen der Besitz der Frau mehr zu bedeuten schien als die wahre Liebe. Traurig aber auch im Sinne von Optionen. Für viele schien dies der einzige Weg aus der Armut zu sein.

Die Tage, die Yakoub und ich miteinander verbrachten, zählten zu den schönsten meines Lebens. Ich sog sie förmlich auf, genoss jeden einzelnen Moment. Leider verging die Zeit trotzdem viel zu schnell und so stand wieder einmal ein Abschied bevor.

„Dieses Mal fällt es mir nicht ganz so schwer wie beim letzten Mal", versicherte ich meinem Verlobten. „Ich weiß, dass wir uns bald wiedersehen werden."

„Ja, bald. Und dann werden wir heiraten."

Mir wurde ganz warm ums Herz, als er diesen Satz aussprach und mich dabei anstrahlte.

Wir hatten geplant, dass ich im März wieder nach Sansibar kommen würde, dann aber für zwei bis drei Wochen. Wir wollten alle Papiere für ein neues Visum vorbereiten und falls nötig gemeinsam zur Botschaft gehen. Im Mai oder Juni – je nachdem, welches Datum dann realistisch war – sollte Yakoub für drei Monate nach Österreich kommen. In dieser Zeit wollten wir heiraten, im Kreis meiner Freunde und Familie. Damit sollte ihm auch ein Aufenthaltsrecht zuteilwerden.

Mit dem Wissen um diesen Plan und den Glauben daran, dass er funktionieren würde, gab ich meinem Verlobten eine letzte innige Umarmung, bevor ich in den Flieger stieg, der mich in das kalte Europa zurückbrachte.

Kapitel 8

„Ob unser Leben erfolgreich verläuft,
hängt nicht von der Zahl unserer
vermeintlichen Fehlschläge ab, sondern davon,
wie wir auf diese Misserfolge reagieren."

Michelle Cohen Corasanti –
Der Junge, der vom Frieden träumte

Am Flughafen in Wien angekommen, nahm ich sofort mein Handy zur Hand. Zuallererst wollte ich meine Freundin Conny über meine Verlobung informieren.

„Ich bin wieder in Österreich", teilte ich ihr mit.

„Und, bist du jetzt Single oder verlobt?"

„Verlobt", erklärte ich strahlend.

Ich liebte dieses Wort. Verlobt. Den ganzen Tag über hätte ich es sagen können, nur um den Klang dieses Wortes zu hören und die Bedeutung, die es hatte, aufzusaugen wie Luft, die ich zum Atmen brauchte.

Meiner Familie wollte ich es unbedingt persönlich sagen. Also pochte ich darauf, sie noch am nächsten Tag – einem Sonntag – alle zu besuchen.

Meine Eltern bereiteten gerade den Tisch zum gemeinsamen Kaffee vor, während ich neben ihnen stand und die Hände in den Hosentaschen versteckte. Angesichts der Tatsache, dass ich diese Pose nie einnahm, erstaunte es mich, dass sie nicht sofort begriffen, was los war.

„Ich habe große Neuigkeiten", begann ich das Gespräch, als wir gemütlich am Kaffeetisch zusammensaßen. Dann legte ich meine linke Hand auf den Tisch: „Eure kleine Tochter kommt unter die Haube."

Keine Reaktion.

Schweigen.

Meine Eltern starrten mich einfach nur an.

„Ich bin verlobt", erklärte ich mit Nachdruck, obwohl ich diese Erklärung ziemlich überflüssig fand.

Mein Vater stand auf, kam zu mir und umarmte mich. Wortlos, schweigend.

Meine Mutter tat es ihm nach. Sie hatte allerdings bereits Tränen in den Augen, als sie sich setzte.

Natürlich wusste ich, dass dieser Moment für sie nicht einfach war, da meine Eltern quasi in Trennung lebten, meine Mutter zu dem Zeitpunkt aber noch nicht ausgezogen war. Trotzdem hatte ich auf irgendeine Reaktion gehofft.

„Sagt doch was", dachte ich. „Bitte sagt doch etwas!"

Endlich brach meine Mutter das Schweigen: „Ich habe mir schon gedacht, dass irgendetwas im Busch ist, weil du uns unbedingt heute noch sehen wolltest."

„Gratuliere", warf mein Vater ein.

„Ja, herzlichen Glückwunsch", schloss meine Mutter sich ihm an.

Nach einigen Minuten schien mein Vater als Erster den Schock verdaut zu haben. Ich bat ihn, die Hochzeitsfeier im kleinen Rahmen auf seinem Grundstück durchführen zu dürfen. Der große Garten mit der gemütlichen Holzhütte schien mir das perfekte Ambiente zu bieten. Yakoub und ich wollten lediglich die Familie und die engsten Freunde einladen, für sie war Platz genug. Stolz begann mein Vater mit mir eine Ideensammlung, wie wir das Grundstück dekorieren, wo wir Tische aufbauen und wo wir eine Tanzfläche gestalten könnten.

Nach und nach schien auch meine Mutter aufzutauen. Letzten Endes war die Stimmung zum Glück locker. Ich verabschiedete mich von meinen Eltern, um meinen Bruder und seine Freundin zu besuchen.

Den beiden die großen Neuigkeiten mitzuteilen, fiel mir wesentlich leichter. Sie waren von Natur aus lockere Menschen und ich wusste, dass sie sich für mich freuen würden.

„Ich bin verlobt", trällerte ich und hob meine linke Hand hoch, um meinen Ring zu präsentieren.

„Woooow", jubelten sie, etwas überrascht, aber dennoch erfreut.

Es folgte auch mit ihnen eine lange Ideensammlung. Langsam ging meine Begeisterung über unsere Verlobung über in Vorfreude auf die Hochzeit.

Die nächsten Tage waren geprägt von Treffen mit Freunden und Verwandten, bei denen ich immer wieder die magischen drei Worte aussprechen durfte: „Ich bin verlobt."

Ich genoss diese Zeit. Die Verlobung kam mir durchwegs richtig vor, sie schien meinem ganzen bisherigen Leben einen Sinn zu geben. All die Stolpersteine, teilweise Felsbrocken, die auf meinem Weg gelegen waren, hatten mich letzten Endes dazu geführt, in genau diesem Jahr mein Praktikum auf Sansibar zu absolvieren. Hätten all meine Pläne immer funktioniert, wäre ich schon ein Jahr früher dort gewesen. Doch das Schicksal ließ mich noch nicht hinreisen. Yakoub war noch nicht für mich bereit gewesen.

All die Liebe, die Verbundenheit, die ich immer zu Afrika empfunden hatte, ergaben mit Yakoub einen Sinn. Ich hatte einen Afrikaner gefunden, den ich von ganzem Herzen liebte und der mich von ganzem Herzen liebte. Ohne nach ihm gesucht zu haben, trat mit ihm auch ein Stück Afrika in mein Leben.

All die Untreue, den Betrug, die Verzweiflung, die ich mit österreichischen Männern erfahren musste, bis ich ihnen endgültig den Rücken zugekehrt hatte, hatten mich zu Yakoub geführt, dem ich blind vertraute, obwohl er auf einem anderen Kontinent festsaß.

In meinem ganzen Leben hatte sich noch nie etwas so richtig angefühlt wie die Entscheidung, mein Leben mit Yakoub zu verbringen. Ich war genau dort, wo ich sein wollte. Ich war im Leben angekommen.

Die Realität erforderte nun, mich um das nächste Visum zu kümmern. Wir begannen mit der Vorbereitung der erforderlichen Dokumente. Dieses Mal wollten wir alles richtig machen, deshalb stellte ich eine Kalkulation meines Einkommens auf. Ich errechnete anhand des Schemas, das mir vom Verein Fibel erklärt worden war, wie unsere finanzielle Situation wirklich aussah. Yakoub sollte diesen Beweis, dass er zur Einreise befugt war, bei der Beantragung mitnehmen.

Außerdem hielt ich erneut Rücksprache mit dem Verein Fibel. In all diesem Chaos hatte ich das große Glück, dass meine Mutter Deutsche war. Somit hatte ich neben der österreichischen auch die deutsche Staatsbürgerschaft. Meine Ansprechperson vom Verein Fibel informierte mich darüber, dass die Möglichkeit bestand, Yakoub mithilfe des deutschen Passes nach Österreich einzuladen. Sie empfahl mir sogar diesen Weg, da das Visum dann nicht nach österreichischem, sondern nach europäischem Recht abgehandelt werden würde und dieses wesentlich ausländerfreundlicher war. Grundsätzlich war das Recht auf Familienzusammenführung ein Menschenrecht, wodurch man auch davon ausgehen sollte, dass dies in Österreich befolgt wurde. Doch dem war nicht so. Laut Verein Fibel war in Österreich eine Hochzeit kein Grund mehr, um dem Ehepartner ein Visum auszustellen. So sehr mich diese Tatsache schockierte, beruhigte es mich auch, dass ich durch den deutschen Pass ein Schlupfloch gefunden hatte.

Dieses Schlupfloch erforderte wiederum einige Dokumente, die wir für den ersten Antrag nicht benötigt hatten. Somit beschäftigte ich mich erneut mit der Thematik und informierte Yakoub darüber, welche Papiere er besorgen musste und welche ich ihm von meiner Seite zusenden musste.

Einige der Dokumente erhielt mein Verlobter erst nach mehreren Wochen Wartezeit, somit standen wir vor einer weiteren Geduldsprobe. Mit einem Termin zur Beantragung konnten wir daher erst ab Anfang Jänner rechnen.

Weihnachten ging vorüber. Ein Weihnachtsfest ohne meinen Verlobten fühlte sich irgendwie falsch an. Silvester ging vorüber. Es fühlte sich noch weniger richtig an, so eigenartig. Ohne meinen Verlobten an meiner Seite fühlte ich mich schlichtweg fehl am Platz. Und doch ließ ich die Feiertage vorüberziehen, fest in dem Glauben, dass im kommenden Jahr bereits mein Schatz – dann Ehemann – an meiner Seite sein würde.

Anfang Jänner beantragte ich endlich die Einladung eines „Freundes der Familie", wie ich Yakoub zu diesem Zweck nannte. Dies war eine Vorsichtsmaßnahme, die wir vereinbart hatten. Die Behörden in Tansania waren ohnehin schon skeptisch genug, wenn jemand ausreisen wollte. Da wollten wir ihnen nicht auch noch mit der Information über unsere bevorstehende Hochzeit den Beweis liefern, dass Yakoub nicht mehr zurückkehren wollte.

Als Termin für unsere Hochzeit hatten wir den 8.8.2020 festgelegt. Ein schönes Datum, wie uns schien. Zwar hatte ich nie Wert daraufgelegt, an einem schönen Datum zu heiraten, doch da sich nun die Gelegenheit bot, zogen wir dieses Datum vor. Zeitlich passte es gut in unseren Plan. Der sah vor, dass Yakoub im Juni einreisen sollte. Die Flugbuchung musste ich auch dieses Mal wieder bei der Beantragung für sein Visum vorlegen. Der nächste Schritt war also getan, der Antrag lief. Nun hieß es wieder Warten.

Natürlich wollten Yakoub und ich nicht sieben Monate bis zu unserem nächsten Wiedersehen warten. Daher nahm ich mir für Ende März gleich noch einmal zwei Wochen Urlaub und buchte für diese Zeit einen weiteren Flug, um ihn zu besuchen. Da ich Anfang April Geburtstag hatte, sollte ich diesen am Strand mit meinem Schatz feiern können. Es waren zwar nur noch zwei Monate, doch dieser Zeitraum kam mir trotzdem viel zu lange vor, um meinen Verlobten erst dann wiederzusehen. Tag für Tag sank meine Stimmung. Er fehlte mir so sehr, ich dachte den ganzen Tag nur an ihn und daran, wie es wäre, wenn er doch schon an meiner Seite wäre. Immer öfter weinte ich mich in den Schlaf, weil ich Yakoub so sehr vermisste.

Um mir meine Zeit zu erleichtern, schlugen meine Freundinnen vor, schon einmal ein Brautmodengeschäft zu besuchen. Wir weiteten diese Idee aus und beschlossen, einen vollständigen Brauttag daraus zu machen, mit allem, was dazu gehörte. So kam es, dass wir uns an einem schönen Samstagvormittag zum Brunch trafen und über alle möglichen Kleiderdetails sprachen. Ich hatte ja keine Ahnung, worauf man bei einem Brautkleid achten musste. Eine Freundin und meine Schwägerin hingegen waren Expertinnen auf diesem Gebiet. Wenn sie Worte wie „Tattoospitze" verwendeten und ich ihnen mit einem verwirrten Blick antwortete, sagten sie gerne mit mehr oder weniger ernsthafter Entrüstung: „Ach, du kennst dich ja überhaupt nicht aus!"

Nach einigen fachlichen Diskussionen schien ich an diesem Brauttag einen gewissen Überblick zu haben. Der Brunch hatte mich in Stimmung gebracht. Als wir das Brautmodengeschäft betraten, war ich vollkommen aufgedreht. Da wir keinen Termin vereinbart hatten, sahen wir uns selbstständig im ganzen Geschäft um, das klein und sehr charmant war. Ich liebte es sofort, die Kleider zu bestaunen und mir vorzustellen, eines davon an meinem großen Tag zu tragen. Eigentlich wollte ich ein schlichtes, weißes Kleid. Doch meine Freundinnen – vor allem die beiden Brautexpertinnen – rieten mir dazu, mich durch sämtliche Varianten durchzuprobieren, was ich natürlich auch tat.

Bald stand uns die nette Ladeninhaberin zur Verfügung. Sie kümmerte sich um mich, als wäre ich die wichtigste Person in diesem Laden. Ich war so verzückt von ihr und von der Stimmung, dass ich am liebsten sofort ein Kleid gekauft hätte. Leider stand unsere ganze Hochzeit noch so in der Schwebe, mit all den Ungewissheiten, die mittlerweile zu unserem Leben zählten, dass ich kein Kleid kaufen wollte. Ich sah dies als schlechtes Omen, als Herausforderung an das Schicksal, das uns einen weiteren großen Stein in den Weg legte.

Um einfach einmal alle Varianten an mir gesehen zu haben, probierte ich mich – nun unter fachkundiger Beratung der Ladeninhaberin – durch sämtliche Schnitte. Ich probierte sogar ein Kleid im „Mermaid-Stil". Diesen Ausdruck konnte ich beim besten Willen nicht nachvollziehen, da ich darin eindeutig mehr wie eine Sardine aussah als wie eine Meerjungfrau. Also legte ich dieses Kleid sofort zur Seite. Als nächstes schleppten meine Freundinnen ein Prinzessinnenkleid herbei, wovon ich mir auch kaum vorstellen konnte, dass es mir passen würde, da ich wirklich keine Prinzessin war. Dennoch probierte ich es an und als ich mich darin im Spiegel sah, dachte ich: *„Das ist es!"*

Die Ladeninhaberin öffnete den Vorhang und meine Mädels staunten: „Wow! Wahnsinn, bist du schön!"

Ich schwenkte den Rock des Kleides, der aus sechs zarten Schichten bestand, hin und her. Die oberste Schicht war mit etwas Glitzer versehen. Die zarten Träger überkreuzten sich am Rücken, was meine afrikanische Tätowierung am Schulterblatt perfekt zur Geltung brachte. Die Taille war eng geschnitten, sodass meine Figur darin optimal betont wurde. Ich liebte dieses Kleid vom ersten Augenblick an und wollte es gar nicht mehr ausziehen.

„Oje, jetzt habe ich ein Problem", flüsterte ich den Mädels zu, als die Ladeninhaberin kurz um die Ecke verschwand. „Ich will doch noch gar kein Kleid kaufen, aber das ist es. Es ist DAS Kleid!"

Nach kurzem Überlegen beschloss ich, der Verkäuferin die Wahrheit zu sagen: „Also, dieses Kleid ist wirklich perfekt. Leider kann ich es noch nicht kaufen, weil es bezüglich unserer Hochzeit noch ein paar Unsicherheiten gibt, aber sobald es geht, werde ich wiederkommen."

„Ich kann Ihnen leider nicht versprechen, dass dieses Kleid dann noch da ist, weil wir bald die neuen Modelle erhalten", erklärte die Dame.

„Das verstehe ich", sagte ich traurig. „Aber jetzt kann ich es wirklich nicht mitnehmen. Wir wollten uns heute nur einmal umsehen und uns einen generellen Eindruck davon verschaffen, was ich überhaupt will. Ich hatte wirklich nicht damit gerechnet, schon bei der ersten Anprobe DAS Kleid zu finden."

Die Verkäuferin war sehr nett und überhaupt nicht sauer, obwohl sie sich so viel Zeit genommen hatte. Ich hatte ein schlechtes Gewissen, wusste aber, dass ich mein Brautkleid auf jeden Fall bei ihr kaufen wollte, weil sie so sympathisch war.

Im Anschluss an den Besuch im Brautmodengeschäft sahen wir uns bei mir zu Hause eine ganze Reihe Folgen von „Say yes to the dress" an, wobei wir uns bei jedem einzelnen Kleid einig waren, dass ich ein schöneres gefunden hatte. Um den Tag perfekt abzuschließen, gingen wir am Abend noch in ein Irish Pub.

Glücklich fiel ich in mein Bett. Ich fühlte mich als Braut, ich fühlte mich wunderbar.

Kapitel 9

„Das Einzige, was Ihnen nicht genommen werden kann,
sind Ihre Gedanken, Ihre gedanklichen Werkzeuge, die Art,
wie Sie Unglück, Verluste und Rückschläge interpretieren."

Rolf Dobelli – Die Kunst des guten Lebens

Ende Februar zeichnete sich ein eigenartiges Bild ab. Die Welt sprach immer mehr über das neuartige Coronavirus, das über die Weihnachtsfeiertage von China nach Europa gelangt war und zuerst Italien erreichte. Die Österreicher fühlten sich sicher, unangreifbar. Niemand realisierte, was in unserem Nachbarstaat wirklich vor sich ging. Für uns ging das Leben weiter.

In diesem Sinne fand auch unser Firmenskiwochenende wie geplant statt. Zwei Tage verbrachten meine Kollegen und ich in einem luxuriösen Hotel mitten im Skigebiet. Ich hatte ein Einzelzimmer, was an sich schon eine ernüchternde Sache war. Dass wir uns in einem romantischen Hotel befanden, machte die Lage nicht viel besser. Zum Glück waren meine Kollegen gut gelaunt und zogen mich mit ihrer Stimmung mit. So wurden nur die kurzen Zeiten im Zimmer zu bedrückenden Momenten für mich. Die Tage auf der Piste und vor allem die Nacht in der Bar, in der wir durchtanzten und ausgelassen feierten, waren ein wunderschönes Erlebnis. Im Nachhinein wusste ich dieses Wochenende noch mehr zu schätzen. Denn nur eine Woche nach unserem Skiwochenende änderte sich alles.

Freitag, 13. März 2020. Ein „Freitag der 13." wie er im Buche steht. Corona hatte die Welt fest im Griff. Rundherum wurde von explodierenden Zahlen und verschärften Maßnahmen gesprochen. Die Berichte aus Italien waren dramatisch. Die Bilder von restlos überfüllten Krankenhäusern und Massenbegräbnissen in Italien, die man im Fernsehen sah, erinnerten an einen Katastrophenfilm aus Hollywood, doch sie waren längst Realität geworden. Dass Österreich nicht länger verschont bleiben würde und wir die Augen nicht länger vor dieser Realität verschließen konnten, war mittlerweile allen klar.

An diesem Freitag hatten wir um 7:30 Uhr eine Teambesprechung mit allen Kolleginnen und Kollegen unserer beiden Standorte. Etwa alle zwei bis drei Monate hatten wir so eine Besprechung. Unser Team war das harmonischste, in dem ich bis dahin gearbeitet hatte. Es war klein, familiär, wir kannten alle einander.

Die Stimmung war eigenartig, gedrückt, voll negativer Erwartung.

Unser Chef spannte uns nicht weiter auf die Folter und eröffnete die Teambesprechung mit einem Katalog an Maßnahmen, die uns fortan betreffen würden.

„Die drehen jetzt alles zu, einfach alles. Ab kommenden Montag werden die Geschäfte geschlossen, alle Sportanlagen, der Flughafen, sogar die Schulen und Kindergärten. Wie das mit den privaten Physiotherapeuten aussieht, kann ich euch an dieser Stelle nicht sagen. Das wird bestimmt eine spannende Angelegenheit, eine Information vom Berufsverband gibt es jedenfalls bis dato noch nicht. Wir müssen uns aber dahingehend keine Sorgen machen. Da wir eine privat geführte Krankenanstalt sind, dürfen wir weiterarbeiten. In welchem Rahmen das genau sein wird, hängt davon ab, wie viele Patientin sich weiterhin zu uns trauen. Womöglich melden wir die Kurzarbeit an. Wie lange die ganze Sache dauern wird, kann auch niemand sagen. Ich habe allerdings mit einigen Ärzten gesprochen und die sind alle der Meinung, dass die Situation, wie wir sie ab Montag vorfinden werden, mindestens bis Juli dauern wird."

Mein Chef sprach weiter über die Hygienevorschriften und sämtliche zusätzliche Maßnahmen, die wir ab jetzt umsetzen müssten. Ich hörte ihn jedoch nur noch verschwommen, in mir drehte sich alles, Panik stieg in mir auf.

Der Flughafen sollte zugesperrt werden und wir mussten damit rechnen, dass all das bis Juli dauern würde. Das waren die zwei Informationen, die mein Verstand herausgefiltert hatte. Das bedeutete, dass ich nicht in zwei Wochen zu meinem Verlobten fliegen durfte, den ich seit vier Monaten nicht mehr gesehen hatte. Das bedeutete, dass er nicht Anfang Juni zu mir fliegen durfte und das wiederum bedeutete, dass wir womöglich nicht einmal im August heiraten können würden. Sein Visum hatten wir bereits beantragt, mit dem Datum Anfang Juni. Ich konnte mir nicht vorstellen, dass wir das Datum einfach so ändern können würden. Wir mussten ein neues Visum beantragen, bestimmt sogar. Ich war mir unseres Glücks in dieser gesamten Prozedur bewusst – oder besser gesagt unseres Pechs. Ein neues Visum bedeutete wieder mehr Bearbeitungszeit. Bis August konnte sich das kaum ausgehen.

Ich spürte, wie sich Tränen in meinen Augen bildeten. Ich wusste, dass all meine Kollegen um mich herum waren und ich mich zusammenreißen musste. Doch in meinem Kopf drehte sich das Rad der Gedanken weiter: *„Ich darf meinen Verlobten nicht sehen, ich darf meinen Verlobten nicht sehen …"*

Ich zitterte am ganzen Körper und konnte mich schließlich nicht mehr zurückhalten. Schnell verließ ich den Raum, stürmte auf die Toilette und ließ ein paar Tränen heraus. Mühsam kämpfte ich die restlichen zurück, atmete mehrmals tief durch und versuchte, mich zu beruhigen.

Nach einigen Minuten kehrte ich zur Besprechung zurück. Leider tat mein Körper nicht, was ich ihm befahl. Er zitterte, vibrierte förmlich. Mein Kopf drohte zu explodieren in dem Versuch, die Tränen zurückzuhalten. Dieser Zustand änderte sich die ganze Besprechung über nicht. Blöderweise saß ich auch noch genau neben meinem Chef. Zu gern hätte ich meine Gefühle verborgen, doch es war unmöglich. Anderthalb Stunden verbrachte ich in diesem Zustand. Dann war die Besprechung vorbei. Einer meiner Kollegen umarmte mich. Er wusste, was los war. Ich musste nichts erklären.

Ich war dankbar für mein Team. In einem Kreis von mir unbekannten Personen wäre dieser Morgen noch schlimmer gewesen. Ich war auch meinem Team selbst dankbar für die Reaktionen. Es fühlte sich an, als würden sie meine Gefühle einfach akzeptieren. Mehr brauchte ich in dieser Situation nicht.

Im Anschluss an die Besprechung blieb noch etwas Zeit, um über andere Dinge zu sprechen. Es gelang mir zumindest ein bisschen, meinen Gefühlsausbruch in den Griff zu bekommen.

Kurze Zeit später überrollte mich der Alltag. Ich musste wieder Patienten behandeln. Sie wussten nicht, was in mir vorging, doch ich konnte in ihren Blicken sehen, dass sie sich Gedanken darüber machten. Natürlich. Ich hatte zwar meine Mund-Nasen-Maske bei der Behandlung auf, doch meine durchnässten, geschwollenen Augen konnte ich darunter auch nicht verbergen.

Zurück zu Hause rief ich sofort Yakoub an, um ihn über die aktuelle Lage zu informieren.

„Es ist aussichtslos, ich kann nicht kommen", erklärte ich ihm unter Tränen. Mittlerweile hatte ich die Informationen nachgelesen und war sicher, dass mein Flug nicht stattfinden würde.

„Was sollen wir jetzt tun?", fragte ich ihn verzweifelt.

„Wir müssen warten. Das ist wirklich schlimm, ich habe mich schon so auf dich gefreut. Aber wir schaffen das. Im Juni komme ich zu dir."

„Da bin ich mir nicht so sicher." Ich berichtete ihm, was mein Chef in der Teambesprechung gesagt hatte.

„Oh, das ist wirklich schrecklich", stimmte Yakoub in meine Verzweiflung mit ein.

Es war einfach zu viel. Ich hatte mich so sehr auf meinen Verlobten gefreut und jetzt das.

„Ich weiß nicht, was ich machen soll. Ich bin total verzweifelt", erklärte ich ihm.

„Ich auch, mein Schatz. Aber es sieht aus, als könnten wir gerade nichts tun. Lass uns ein paar Tage warten und dann weitersehen. Okay?"

Ich nickte. Eine Antwort konnte ich ihm nicht mehr geben, dazu hatte mich der Tränenfluss zu sehr im Griff.

„Ich liebe dich!", sagte er mit einer Betonung, an der ich erkannte, wie sehr auch er unter der Situation litt.

Ich wollte seine Worte erwidern, doch mein Mund öffnete und schloss sich nur, ohne einen Laut von sich zu geben. Ich hatte meine Stimme verloren, ebenso wie meine Hoffnung.

Sowie dieses Telefonat beendet war, ließ ich meinen Tränen freien Lauf. Ich weinte den ganzen restlichen Tag, ich durchstand Phasen der Schnappatmung und kleine Aussetzer, die mich an Panikattacken erinnerten. Ich konnte mich einfach nicht beruhigen, immer wieder übermannte mich die Verzweiflung und ließ einen neuen Tränenschwall über mich ergießen. Das ging so dahin, bis ich schließlich einschlief.

Am nächsten Morgen ging es mir nicht wirklich besser. Es war Wochenende, was einerseits gut war, weil ich mich nicht vor meinen Patienten zusammenreißen musste. Andererseits war es aber auch schlecht, weil ich niemanden erreichen konnte, der mir Auskunft bezüglich unseres laufenden Visumsantrags geben konnte. Es trudelten lediglich schlechte Nachrichten bei mir ein. Wie etwa eine E-Mail, die besagte, dass mein Flug gestrichen wurde. Natürlich hatte ich damit bereits gerechnet, doch die Worte noch einmal schwarz auf weiß zu lesen, hob meine Stimmung selbstverständlich nicht. Den ganzen Tag über verfolgte ich die Medien, was ich sonst nie tat. Immer in der Hoffnung, irgendwann doch noch eine positive Nachricht zu hören, eine Zeile zu lesen oder einen winzigen Satz in einem Fernsehinterview aufzuschnappen, wodurch ich wieder Hoffnung schöpfen konnte. Doch mein Anker kam nicht.

Es war eine zermürbende und zugleich eigenartig vereinende Zeit. Eine Zeit, in der viele Menschen auf Zusammenhalt setzten, in der die Menschen, die in systemerhaltenden Berufen arbeiteten, ständig gelobt wurden. Es war aber auch eine Zeit, in der viele Schicksale vergessen wurden. Auch ich fühlte mich vergessen.

Ständig wurde über die Menschen berichtet, die in ihren Berufen auf das Reisen angewiesen waren und nun zu Hause sitzen und um ihre Jobs bangen mussten. Was war mit mir? Ich war auch auf das Reisen angewiesen und meinen Grund – nämlich meinen Verlobten zu sehen – empfand ich persönlich als wichtiger als einen Job. Denn Jobs gab es überall auf der Welt und die meisten Angestellten, die auf ihre Reisen verzichten mussten, konnten trotzdem von zu Hause aus ihre Arbeiten verrichten. Ich aber konnte meinen Verlobten nicht zu Hause antreffen.

Betont wurde auch immer wieder, dass die Menschen die Zeit mit ihrer Familie verbringen und niemanden aus anderen Haushalten treffen sollten. Doch was war mit all den alleinstehenden oder zumindest allein wohnenden Menschen, zu denen auch ich zählte? Wir wurden selten erwähnt.

Nach einigen Wochen kamen mehr und mehr Patienten zurück ins Institut, um ihre Therapie fortzusetzen. Es pendelte sich ein Trend ein. Nämlich das Aufzählen der Dinge, unter denen die Patienten persönlich litten. Ich gewöhnte mir an, zu nicken und zustimmend zu murmeln, wenn die Menschen ihre Sorgen aussprachen. Meine Gedanken jedoch waren ganz andere.

Mein Verständnis für die Probleme anderer Leute sank von Tag zu Tag, weil ich ihre Probleme oftmals als Lappalien ansah. Am meisten ärgerte es mich, wenn die Menschen sich darüber beklagten, dass sie ihren Urlaub absagen mussten und jetzt nur zu Hause am Pool liegen konnten. Am liebsten hätte ich alle, die so eine Aussage tätigten – und das waren in der Tat einige – an den Schultern gepackt, sie geschüttelt und ihnen ins Gesicht geschrien: „Verdammt noch mal, du hast einen Pool, ein riesengroßes Haus, einen Ehemann und eine Familie. Ihr habt alle noch immer eure Jobs, ein Dach über dem Kopf und jeden Tag mehr als genug zu essen. Was fällt dir ein, mich über deinen verlorenen Urlaub voll zu jammern? Mich, wo ich allein zu Hause sitze, meine Familie nicht treffen darf, keine Ahnung habe, wann ich meinen Verlobten wiedersehen darf und ob er diese Sache überhaupt überleben wird!"

Natürlich konnte ich das nicht laut aussprechen, denn dann hätte man mich unprofessionell genannt. Aber war meine Einstellung nicht menschlich?

Yakoub war als Designer und Schneider großteils auf Touristen angewiesen, die jetzt ausblieben. In seinem Land gab es kein Sozialsystem, das ihn auffangen konnte. Verdiente er kein Geld, so konnte er sich nichts zu essen kaufen. Das war eine einfache Formel. Momentan verdiente er nichts, keinen einzigen Cent am Tag. Wie also würde diese Geschichte ausgehen? Ich wusste, dass ich trotz meines reduzierten Gehalts – aufgrund der Corona-Kurzarbeit – sparen und möglichst viel zusammenkratzen musste, um ihn finanziell zu unterstützen.

Da kam es mir zugute, dass ich Anfang April Geburtstag hatte. Natürlich gab es im Lockdown keine Möglichkeit, meinen Geburtstag zu feiern, und ich hatte auch wirklich keine Lust darauf. Geschenke wollte ich auch keine. Alles, was ich wollte, war meinen Verlobten an meiner Seite zu sehen oder ihn zumindest in Sicherheit zu wissen. Ich entschied, meiner Familie mitzuteilen, dass sie mir entweder gar nichts oder eine finanzielle Unterstützung für Yakoub und seine Familie zum Geburtstag schenken sollten. Das taten sie auch, worüber ich sehr froh war. Auch Yakoub und seine Familie waren erleichtert und sehr dankbar, denn mit dem Geld, das ich gespart und geschenkt bekommen hatte, konnten mein Verlobter und seine Familie zumindest drei Monate lang überleben. Immer noch hoffte ich inständig, dass er nach diesen drei Monaten doch schon bei mir sein würde.

Kapitel 10

„Wenn man in der Wüste auf einen Geparden trifft, ist es wenig sinnvoll, davonzulaufen. Seine Beine sind schneller, irgendwann holt er dich ein. So ist es auch im Leben. Sich dem Schicksal nicht zu stellen heißt, es aus der Hand zu geben.“

Waris Dirie – Brief an meine Mutter

Es war Dienstag, ich arbeitete von acht bis halb drei, ein einigermaßen normaler Arbeitstag also. Ich war froh um jeden Arbeitstag, ich liebte meinen Job, er lenkte mich zumindest ein bisschen von all den Gedanken um die erzwungene Trennung von meinem Verlobten ab. Ich musste konzentriert bleiben, mit dem Kopf bei meinen Patienten sein und konnte es mir nicht erlauben, mir Sorgen darüber zu machen, wie meine Zukunft aussehen würde.

Doch dieser Tag war anders. Die Ablenkung funktionierte nicht mehr so gut.

Vielleicht lag es daran, dass es nur noch zwei Tage bis zu meinem Geburtstag waren. Mein Geburtstag, den ich eigentlich mit meinem Verlobten an einem weißen Sandstrand verbringen wollte. Stattdessen durfte ich mich mit gar niemandem treffen.

Vielleicht lag es daran, dass eine Patientin mir von ihren Sorgen erzählte, dass sie vermutlich ihre Hochzeit nicht wie geplant am 8. August feiern konnte. Auch Yakoub und ich wollten an diesem Tag heiraten, was ich der Patientin auch erzählte. Wahrscheinlich hätte ich das nicht tun sollen, weil sie in Zukunft immer wieder nach dem Stand der Dinge fragen würde. Doch in diesem Moment sehnte ich mich einfach nach Normalität. Ich sehnte mich danach, mit einer anderen zukünftigen Braut über Kleider, Musik und Locations zu sprechen.

Vielleicht lag meine schlechte Laune auch daran, dass ich Yakoub an diesem Tag nicht erreichen konnte. Das änderte sich leider nicht. In der Mittagspause dachte ich noch, er hätte bestimmt keine Daten mehr. Dass ihm seine Daten ausgingen, war keine Seltenheit.

Nach der Arbeit dachte ich, er hätte immer noch keine Daten. Um mich abzulenken, unternahm ich eine Radtour. Leider hatten viel zu viele andere Menschen die gleiche Idee und so begegnete ich zahlreichen verliebten Pärchen und glücklichen Familien, die mich allesamt depressiv machten. Also fuhr ich wieder nach Hause, um meinen Tränen freien Lauf zu lassen.

Yakoub hatte meine Nachrichten noch immer nicht erhalten und meine Anrufe nahm er auch nicht entgegen. Ich begann, mir Sorgen zu machen.

Die einsamen Abende waren immer am schwersten für mich. Dieser war einer der schlimmsten. Ständig schwankte ich zwischen dem Wissen, dass Yakoub keine Daten hatte, und der Sorge, dass dieses Mal doch etwas passiert sein könnte. An diesem Abend weinte ich mich in den Schlaf.

Mittwochmorgen – mein erster Blick fiel direkt auf mein Handy. Yakoub hatte meine Nachrichten noch immer nicht erhalten – das verzweifelte Weinen ging weiter.

Irgendwann sagte ich mir: „Stopp! Solange ich keinen Anruf von seinem Bruder erhalte, den wir als Notfallkontakt vereinbart haben, ist alles in Ordnung."

Schließlich klingelte das Handy doch noch. Es war Yakoub. Endlich!

Schnell erklärte er mir, dass alles in Ordnung war und er keine Daten gehabt hatte. Natürlich. Vor Erleichterung begann ich wieder zu weinen. Zu diesem Zeitpunkt war ich mit den Nerven schon so am Ende, dass Weinen zu meiner Hauptbeschäftigung geworden war.

Je mehr Situationen dieser Art es in meinem Leben gab, umso mehr beschäftigte mich ein Gedanke: Wenn es mich so sehr zerstörte, wenn ich so sehr darunter litt, ohne Yakoub in Österreich zu sein, vielleicht sollte ich dann doch nach Afrika gehen.

Noch war es nicht an der Zeit, aufzugeben. Wir hatten immer noch vor, für ein Visum zu kämpfen, um Yakoub nach Österreich zu bringen. Doch meine Hoffnung, dass uns das gelingen würde, schwand immer mehr. Demnach wurde es langsam Zeit, mich mit den Alternativen auseinanderzusetzen.

Alternative eins war, die Beziehung mit Yakoub zu beenden. Genau genommen war das für mich aber keine Alternative, sondern nur ein Albtraum, bei dessen Vorstellung mir sofort die Luft wegblieb und Panik in mir aufstieg.

Alternative zwei war somit die logischste: Ich konnte nach Afrika gehen. Yakoub und ich hatten diesen Gedanken schon einmal durchgespielt. Wir würden nicht auf Sansibar bleiben, sondern aufs Festland gehen. Seine Schwester hatte ein Haus am Rand der Stadt Dar es Salaam. Dort könnten auch wir uns ein Leben aufbauen. Ein Leben im Grünen, in der wundervollen tansanischen Natur, die ich so liebte. Der Weg in die Stadt war nicht weit, dort konnten wir beide gute Jobs finden. Ich als Physiotherapeutin in einem der Krankenhäuser und Yakoub in der Modebranche.

Das Bewusstmachen dieser Möglichkeit gab mir eine neue Aufgabe in der Coronazeit. In dieser Zeit war es von großer Bedeutung, genügend Aufgaben zu haben, um nicht den ganzen Tag auf der Couch herumzulungern und den Verstand zu verlieren. Also kramte ich mein Swahili-Lernbuch heraus. Fortan lernte ich täglich ein bis zwei Stunden. Es war ohnehin viel zu viel Zeit vergangen, seit ich meine Sprachkenntnisse aufgefrischt hatte. Sollte ich tatsächlich nach Tansania gehen, wollte ich bestmöglich darauf vorbereitet sein.

Natürlich wollten wir die Möglichkeit, in Österreich zu heiraten, nicht vollständig aufgeben. Es war somit auch eine gute Beschäftigung, die Dekoration für die Hochzeit zu basteln. Dies sollte ohnehin ein großer Aufwand werden, da konnte ich die Zeit auch gleich dazu nutzen.

Anfang Mai kam dann der nächste Schlag ins Gesicht – im Bemühen, die Behörden zu erreichen und zu erfragen, wann denn die Papiere für Yakoubs Visum endlich fertig sein würden, wurde mir mitgeteilt, dass die Behörde wegen Corona geschlossen hatte.

„Ab wann kann ich denn wieder mit dem Aufnehmen des Verfahrens rechnen?", fragte ich die Dame am Telefon.

„Nun, wir können Ihnen noch nichts versprechen, aber bis Ende Juni werden bestimmt keine Anträge mehr bearbeitet. Rechnen Sie frühestens mit Juli, es kann aber auch länger dauern."

„Juli?", ich traute meinen Ohren nicht. „Aber das ist zu spät!"

„Es tut mir leid, ich kann Ihnen keine besseren Nachrichten mitteilen", sagte die Dame mitfühlend. Ihrer Stimme war anzuhören, dass ihr die Situation wirklich leidtat, doch das brachte uns natürlich nicht weiter.

Verzweifelt rief ich Yakoub an und teilte ihm die Hiobsbotschaft mit.

„Oh, das kann doch nicht wahr sein", sagte er zermürbt. „Was können wir tun? Können wir die Hochzeit verschieben?"

„Ja, das ist eine gute Idee. Aber wir haben trotzdem keine Garantie, dass der neue Termin stattfinden kann."

„Trotzdem sollten wir es versuchen. Absagen können wir ihn dann immer noch."

„Da hast du recht", stimmte ich Yakoub zu und setzte mich unmittelbar mit dem Standesamt in Verbindung.

Der 8.8.2020 wurde abgesagt. Stattdessen hatten wir uns für ein neues Datum entschieden, den 10.10.2020, der zum Glück auch ein Samstag war und meiner Meinung nach noch viel schöner klang. Yakoub sah das genauso.

„Ihr habt Glück", teilte mir der Standesbeamte mit. „Für diesen Tag hat soeben ein anderes Paar abgesagt, somit ist der Termin für euch frei."

Ohne großes Zögern sagte ich den Termin zu und informierte meinen Verlobten: „Stell dir vor, wir haben Glück! Dass es so etwas in unserem Leben überhaupt gibt, habe ich schon nicht mehr für möglich gehalten."

Yakoub lachte: „Großartig. Ich bin mir sicher, dass dieser Tag für uns vorbestimmt ist. Am 10.10.2020 werden wir wirklich heiraten, glaub mir."

Ich stimmte in Yakoubs Lachen mit ein. Die Dinge positiv zu sehen, war in den letzten Monaten zu einer Seltenheit geworden, auch wenn ich auf diese Eigenschaft großen Wert legte. Jetzt spürte ich endlich wieder etwas Hoffnung.

Aufgeregt teilte ich Familie und Freunden das neue Datum mit. Die Hochzeit zu verschieben, war auch emotional wesentlich leichter, als sie abzusagen. Ich freute mich darauf und widmete mich sofort wieder den Vorbereitungen.

Allmählich erfasste mich auch das Hochzeitsfieber. Ich begann, mir Brautsendungen im Fernsehen anzusehen, ebenso wie Videos von ersten Hochzeitstänzen. Ich war froh, dass ich das Kleid im Februar noch nicht gekauft hatte, da die Spaghettiträger für eine Herbsthochzeit deutlich zu kühl gewesen wären, auch wenn es mir immer noch wehtat, dass ich dieses perfekte Kleid nicht haben konnte. Deshalb begann ich, mich im Internet umzusehen, welches Brautkleid mir gefallen würde. Bestimmt würde ich bald wieder auf eines stoßen, das mich ebenso umhauen würde. Es gab so eine Unmenge an Schnitten und Stilen, dass die Auswahl eine erste grundsätzliche Orientierung erforderte. Langärmlig, ärmellos, Träger aller Art, rückenfrei, mit Tattoospitze, Perlen, A-Linie, mit Reifen oder ohne ... Es tat so gut, mich in all diesen Details zu verlieren und mich wie eine ganz normale Braut in spe zu fühlen.

Selbstverständlich war es mir auch ein Bedürfnis, meine Mutter in die Planungen mit einzubeziehen. Doch die Freude über ein Mutter-Tochter-Gespräch zum Thema Hochzeit war schnell vorüber, als sie ihre Bedenken äußerte: „Ich finde, ihr kennt euch noch nicht lange genug. Man kann ja nur die Zeit zählen, die ihr wirklich miteinander verbracht habt. So gesehen seid ihr erst seit ein paar Wochen zusammen und jetzt wollt ihr schon heiraten. Das ist für mich viel zu früh."

Es fühlte sich an, als wäre meine Mutter mit einer Bohrmaschine vor mir gestanden, um mir ein Loch ins Herz zu bohren.

Dass Yakoub und ich wesentlich früher heirateten als andere Paare, war mir durchaus bewusst. Dennoch führten wir bereits seit einem Jahr eine Beziehung und in diesem Jahr hatten wir mehr Probleme miteinander bewältigt als andere Paare in fünf Jahren. Natürlich hat unsere Geschichte uns zusammengeschweißt. Unsere Beziehung war daran gewachsen und zwar Tag für Tag. Ich war der Meinung, dass wir eine starke Beziehung führten, mein Verlobter sah dies ebenso. Die Ansicht meiner Mutter schmerzte so sehr, dass ich keine geeigneten Worte fand, um darauf zu antworten.

In Gesprächen mit meinen Freunden stellte sich heraus, dass sie alle meiner Ansicht waren. Auch sie hatten miterlebt, welche Strapazen mein Verlobter und ich täglich bewältigen mussten und wie sehr wir unter der Trennung litten. Meine Freunde standen hinter mir, sie unterstützten mich bei meinen Hochzeitsvorbereitungen, da sie wussten, wie wichtig es für mich war, endlich mein Leben mit Yakoub verbringen zu dürfen.

Neben den Hochzeitsvorbereitungen gab es auch für den neuen Visumsantrag viel zu tun. Es mussten alle Dokumente dem neuen Datum angepasst werden. Eine Beschäftigung, die meine Freizeit – von der ich zu diesem Zeitpunkt ohnehin zu viel hatte – wieder intensiv in Anspruch nahm. Die neuen Fristen wollte ich noch einmal nachlesen, um ja nichts zu übersehen. Ein kleiner Fehler konnte bedeuten, dass mein Verlobter wieder nicht einreisen durfte und die Hochzeit wirklich platzte. Deshalb überprüfte ich noch einmal alle Informationen auf der Seite des Österreichischen Innenministeriums.

Und da sah ich es: Die Bestimmungen wurden mit 1. Jänner 2020 geändert. Es war uns nun nicht mehr möglich, einen Antrag als „Deutsche mit Wohnsitz in Österreich" zu stellen. Es gab nun zwei Möglichkeiten: Entweder stellte ich den Antrag mit meinem deutschen Reisepass, dann musste ich allerdings zuvor mindestens drei Monate in Deutschland leben und arbeiten. Oder ich stellte ihn mit meinem österreichischen Reisepass. Durch die Gesetzesänderung war es nun doch wieder möglich, im Sinne der Familienzusammenführung seinen Ehepartner nach Österreich zu holen. Einen Weg, um Yakoub erst nach Österreich zu bringen und ihn hier zu heiraten, sah ich nicht.

Das konnte doch nicht wahr sein! Es war wie verhext, als ob die Behörden um mein Schlupfloch gewusst und es mir sofort verwehrt hätten. Ich fühlte mich beobachtet und entlarvt. Wie konnten wir nur so viel Pech haben?

Mit dieser Erkenntnis schlug die Verzweiflung, die ich in den vergangenen Monaten empfunden hatte, in Wut um. Die Energie dieser Wut nutzte ich, um mich auf die Füße zu stellen. Ich wollte mir all die Schikanen nicht mehr gefallen lassen und schrieb einen Brief an die Justizministerin Alma Zadic. Darin schilderte ich meine Situation und bat um eine Erklärung, warum uns so viele Steine in den Weg gelegt wurden und warum es uns nicht vergönnt war, einfach nur zusammen zu sein. Um meiner Verzweiflung mehr Ausdruck zu verleihen, sandte ich ihr einen handschriftlichen Brief. Und ja, ein Teil von mir hoffte darauf, von ihr eine einfache Antwort zu bekommen, in der sie mich darüber informierte, dass meinem Verlobten aus Mitleid ein Visum ausgestellt werden würde.

Natürlich passierte das nicht. Dennoch erhielt ich nach nur zwei Tagen eine Antwort des Justizministeriums per E-Mail, was mich zugegebenermaßen überraschte. Darin wurde ich über die Gesetzesänderung vom 1. Jänner 2020 informiert, wodurch das Recht auf Familienzusammenführung in Österreich eingehalten wurde. Ich konnte einen Antrag stellen, nachdem Yakoub und ich geheiratet hatten. Dann musste ihm – als mein Ehemann – ein sogenannter Aufenthaltstitel erteilt werden.

„Das bedeutet, dass wir auf Sansibar heiraten müssen", erklärte ich Yakoub, nachdem ich ihn über den aktuellen Stand der Dinge informiert hatte.

„Oh, das klingt doch wunderbar. Dann kann meine Familie dabei sein", freute er sich.

Ein Teil von mir freute sich ebenfalls über diese Neuigkeiten. Ein anderer – kleinerer – Teil war traurig, weil dann bestimmt nicht meine ganze Familie mit dabei sein könnte. Dennoch war das Wichtigste, dass Yakoub und ich überhaupt heiraten könnten und es eine Aussicht auf ein Visum gab.

„Das bedeutet leider auch, dass wir uns erst zur Hochzeit wiedersehen werden", sprach ich weiter.

„Das ist eine sehr lange Zeit. Dann haben wir uns ja fast ein Jahr lang nicht gesehen." Yakoubs Stimme war zart und traurig. Ich konnte hören, dass ihm unsere verzwickte Lage ebenso viel Kummer bereitete wie mir.

In der Tat war die Situation sehr beklemmend. Doch eine andere Möglichkeit gab es nicht. Yakoub konnte durch die neuen Bestimmungen erst nach unserer Hochzeit ein Visum beantragen und ich konnte nicht ständig Urlaub nehmen. Deshalb beschlossen wir, dass ich im Oktober für drei Wochen nach Sansibar fliegen würde. In dieser Zeit sollte unsere Hochzeit stattfinden. Es war der dritte Plan für unsere Hochzeit – nachdem wir bereits das Datum verschoben hatten, änderten wir nun auch noch das Land, in dem wir heiraten wollten.

„Lass mich überprüfen, ob dieses Mal auch alles seine Richtigkeit hat", bat ich Yakoub.

Mein erster Ansprechpartner war wieder einmal der Verein Fibel. Die nette Dame, die mir schon so oft geholfen hatte, nahm Kontakt mit einem Juristen auf, der die aktuelle Gesetzeslage überprüfte. Sie kam zu dem Schluss, dass eine Hochzeit auf Sansibar tatsächlich die beste Möglichkeit war, die wir inzwischen hatten.

Im nächsten Schritt bat ich meine Chefin um drei Wochen Urlaub am Stück. Da sie meine Situation kannte, war dies kein Problem. Damit waren alle Hindernisse beseitigt.

Zu guter Letzt informierte ich alle Hochzeitsgäste darüber, dass die Hochzeit auf Sansibar stattfinden würde. Viele reagierten begeistert und freuten sich für uns, da dieser Plan in der Tat nach einer Traumhochzeit klang. Manche waren sichtlich enttäuscht, weil sie dadurch nicht an der Hochzeit teilnehmen können würden. Deshalb beschlossen wir, eine Möglichkeit zu finden, um das ganze per Video zu übertragen, und wir versprachen allen Gästen, eine weitere Feier in Österreich zu veranstalten, wenn Yakoub endlich hier sein würde.

Mein Vater, meine Cousine, mein Bruder und seine Freundin wollten die Entscheidung darüber, ob sie an der Hochzeit teilnehmen würden, noch offenlassen. Natürlich hing viel von der Entwicklung der Pandemie ab. Ich verstand das, hoffte jedoch darauf, jemanden aus meinem engsten Kreis dabei zu haben.

Deshalb freute es mich sehr, dass meine Mutter sofort sagte: „Eine Hochzeit auf Sansibar klingt einfach traumhaft, natürlich fliege ich mit." Es dauerte auch nicht lange, bis sie ein passendes Kleid für eine Strandhochzeit gefunden hatte.

Kapitel 11

„Ich habe festgestellt, dass man
das Unerträgliche ertragen kann,
wenn man die Stärke seines
Geistes bewahren kann."

Nelson Mandela –
Der lange Weg zur Freiheit

Die Tage vergingen, die Wochen, die Monate. Nach drei Monaten stellte mein Institut wieder von Kurzarbeit auf Normalbetrieb um. Ich konnte wieder 40 Stunden pro Woche arbeiten, der Alltag normalisierte sich. Es war wieder möglich, Freunde zu treffen, wandern oder baden zu gehen und an den Wochenenden den Sommer zu genießen.

Die Tatsache, dass mir in diesem Jahr noch meine Traumhochzeit bevorstand, machte den Sommer eine Spur schöner. Sie machte auch die Trennung von Yakoub eine kleine Spur leichter. Unsere Hochzeit sahen wir beide als eine Art Belohnung für die Strapazen, die hinter – und bestimmt auch noch vor – uns lagen.

Die Zeiten unbeschwerter Gedanken weilten in meinem Leben üblicherweise nicht lange. Am 7. Juli 2020 entstand für mich ein neuer Moment der Verzweiflung. Nachdem in einigen Schulen wieder neue positive Coronafälle aufgetaucht waren, wurden alle Schulen und Kinderbetreuungseinrichtungen in einigen Bezirken Oberösterreichs – natürlich auch in jenem Bezirk, in dem ich wohnte – geschlossen. Vorsichtsmaßnahmen wurden erneut ergriffen, Gebote ausgesprochen. Eine zweite Welle wurde befürchtet. Schon lange spekulierten die Menschen darüber, wann es so weit sein würde – nun schien die zweite Welle unmittelbar bevorzustehen.

In der Arbeit war wenig los, ich wurde vier Stunden früher nach Hause geschickt. Unsere Sekretärin sah mein trauriges Gesicht und riet mir, mich über den freien Nachmittag zu freuen. Doch das konnte ich nicht, denn ich wusste, dass ich in eine verlassene Wohnung kommen würde. Eigentlich sollte mein Verlobter seit drei Wochen bei mir sein, doch er saß immer noch auf einem anderen Kontinent fest. Seit vollen acht Monaten hatten wir uns nicht mehr gesehen – wegen der ersten Welle. Und nun stand vermutlich die zweite Welle unmittelbar bevor.

Zum Glück bewahrheitete sich diese Befürchtung noch nicht, doch das ständige Auf und Ab an Gefühlen, vor allem an Ängsten und Anspannungen, kostete mich viel Energie.

Ich versuchte, den Sommer so unbeschwert wie möglich zu verbringen. Meine Freunde halfen mir dabei, sie waren eine große Stütze.

Die Vorbereitungen für unsere Hochzeit verliehen mir ein gutes Gefühl. Auch wenn vor Ort mein Mann den Großteil der Vorbereitungen übernahm, gab es für mich einiges zu erledigen. In erster Linie musste ich mich um mein Aussehen kümmern, was normalerweise nicht zu meinen Hauptbeschäftigungen zählte, doch natürlich wollte ich eine schöne Braut sein. Im Internet sah ich mir diverse Videos an, in denen genaue Anleitungen für schicke Frisuren geschildert wurden. Ich entschied mich für eine offene Frisur mit wunderschönen Locken – sofern mir dies so gut gelingen sollte, wie es im Video dargestellt wurde – und zurückgeflochtenen Strähnen. Mit einigen Perlen wollte ich meine Frisur perfekt abrunden. Da ich noch nie in meinem Leben eine aufwendige Frisur zustande gebracht, geschweige denn, mich überhaupt darin versucht hatte, bedurfte dieses Projekt einiger Übung. An den Wochenenden stand ich oft stundenlang vorm Spiegel, um meine Haare zu formen und zu flechten und auch verschiedene Makeups auszuprobieren. Jenes, für das ich mich entschied – ein relativ dezentes Makeup, da ich nichts unattraktiver fand als eine stark geschminkte Frau, deren natürliche Gesichtszüge man nicht mehr erkennen konnte – übte ich ebenfalls mehrere Male. Es war eine gute Beschäftigung und eine hervorragende Ablenkung von den Sorgen und Ängsten, die mich dieser Tage ständig begleiteten.

Eine weitere wundervolle Ablenkung war der Tag, an dem ich mein Brautkleid endgültig aussuchen wollte. Auch diesmal traf ich mich wieder mit meinen engsten Freundinnen und meiner Mutter zum Brunch in einem Kaffeehaus, bei dem naturgemäß schon ausführlich darüber gesprochen wurde, welche verschiedenen Brautkleider es gab und welche Details mich besonders ansprachen. Durch den Besuch im Brautmodengeschäft im Frühjahr war ich bereits auf den Geschmack gekommen. Ich hatte in etwa eine Ahnung davon, was mir gefiel. Nun ging es jedoch ums Eingemachte, ich wollte tatsächlich MEIN Brautkleid kaufen, was schon etwas ganz Besonderes war. Bereits einige Tage zuvor war ich ganz aufgedreht und hibbelig bei dem Gedanken an dieses wundervolle Ereignis.

„Wenn sie dieses wunderschöne Kleid noch haben, das mir im Februar so gut gefallen hat, dann wird es wahrscheinlich dieses werden", erklärte ich meinen Freundinnen.

„Ja, das stand dir schon sehr gut", stimmten sie zu. „Wir werden sehen, ob es noch da ist, und ansonsten findest du bestimmt eines, das mindestens genauso schön ist."

„Oh, ich bin so aufgeregt", sagte meine Mutter, die sichtlich stolz war und zur Abrundung unseres Brunches gleich eine Runde Sekt bestellte.

Im Brautmodengeschäft wurden wir höflich begrüßt. Schon die Frage: „Wer ist die Braut?" ließ meinen Puls deutlich ansteigen.

„Das bin ich", sagte ich, wobei ich wie ein Honigkuchenpferd strahlte.

Während wir uns durch die Auswahl an Kleidern wühlten, wurde bereits die nächste Runde Sekt von der Ladeninhaberin bereitgestellt.

Meine Schwägerin Lisa schien genauso aufgeregt zu sein wie ich, was ich wirklich süß fand. Ich durchstöberte eine Reihe Brautkleider und da sah ich es.

„Lisa", flüsterte ich.

„Was ist?", fragte sie.

„Da, schau! Das ist es! Das ist DAS Kleid!"

„Oh mein Gott, ja, du hast recht!", stimmte sie zu.

Da hing doch tatsächlich das eine Kleid, in das ich mich im Februar verliebt hatte und das ich nun immer noch perfekt fand. Es hing da – genau in meiner Größe – als hätte es die ganze Zeit auf mich gewartet.

„Probier' es gleich noch einmal an", ermutigte mich Lisa, während Conny einen Haufen anderer Brautkleider herbeischleppte, die ebenfalls alle wunderschön waren.

Obwohl ich es liebte, all diese Kleider anzuprobieren, mich darin selbst zu bewundern und mich von meinen Freundinnen bewundern zu lassen, entschied ich mich eindeutig für DAS Kleid.

Es war unglaublich, was dieser Tag mit mir anstellte. Ich fühlte mich tatsächlich wie eine klassische Braut, die sich von allen bestaunen ließ, auf die gefühlt alle fünf Minuten angestoßen wurde und die sich im Licht ihrer bevorstehenden Hochzeit sonnte. Ich war unendlich glücklich und die Tatsache, dass das perfekte Kleid noch immer da war, rundete mein Glück ab. Dazu kam, dass aufgrund der vorübergehenden coronabedingten Ladenschließung nun sämtliche Ware günstiger verkauft wurde und ich mein absolutes Traumkleid zum halben Preis erhielt. Ich konnte mein Glück kaum fassen.

Jubelnd verließen wir das Brautmodengeschäft und gönnten uns an diesem wundervollen Tag, an dem ich mit der Sonne um die Wette strahlte, noch ein leckeres Eis.

Der Tag mit meinen Freundinnen hatte mich in eine Hochstimmung versetzt, die ich schwer mit Worten beschreiben kann. Ich nahm dieses Gefühl mit nach Hause, mit in meinen Alltag. Fortan drehte sich in meinem Kopf alles nur noch um meine Hochzeit, die in drei Monaten stattfinden würde. Das Schicksal – davon war ich überzeugt – hatte mir mit dem Kleid ein Zeichen gegeben, dass unsere Hochzeit dieses Mal tatsächlich stattfinden würde.

Der nächste Termin, der somit anstand, war mein Polterabend.

Da eine Person, die mir sehr wichtig war, zu diesem Zeitpunkt ein schweres Alkoholproblem bekämpfte, wollte ich keinen klassischen Polterabend haben. Ich sah ein falsches, unsolidarisches Zeichen darin, wenn wir uns alle betrunken hätten.

Meine Freundinnen akzeptierten diese Entscheidung und gaben sich alle Mühe, trotzdem ein schönes Relax-Polterwochenende für mich zu gestalten. Sie sagten mir nur das Datum und den Ort, wohin ich kommen musste. Ich war so aufgeregt wie ein Kind vor Weihnachten.

An einem frühen Samstagmorgen traf ich mich mit meiner Cousine an einem Parkplatz, an dem wir uns immer trafen, wenn wir einen gemeinsamen Ausflug – meistens eine Wanderung – unternahmen. Folglich wusste ich nicht, wohin die Reise ging.

An jeder Kreuzung überlegte ich, wohin sie mich entführte, bis ich schließlich erkannte, dass wir in meinen Heimatort fuhren. Meine Cousine lachte mich die ganze Zeit aus, was ich im Nachhinein gut verstehen kann. Ich hätte auch deutlich früher erkennen können, wohin sie mich entführte. Letzten Endes parkte sie direkt vor dem Haus meines Bruders. Während alle herumgruschten und tuschelten und ich nichts sehen durfte, was gerade hinter meinem Rücken geschah, beschäftigte ich mich mit meinem Neffen.

Bald waren alle Freundinnen anwesend und die Reise ging weiter. Wir parkten am See und gingen los – mit gutem Schuhwerk und in Sportkleidung, darauf hatten sie mich vorbereitet.

Vor lauter Aufregung erkannte ich wieder erst ziemlich spät, dass die Mädels einen Wandertag geplant hatten. Damit machten sie mir wirklich eine große Freude, weil ich Wandern liebte. Am Gipfel – mit wunderschönem Ausblick auf den herrlichen See – breiteten sie ein großzügiges Picknick inklusive Kuchen und köstlichen frischen Früchten aus. Sie hatten sich wirklich alle Mühe gegeben. Auf den Gipfel waren wir etwa drei Stunden gewandert, bergab ging es natürlich etwas schneller. Unten angekommen gingen wir zum See, wo alle ihre SUP-Boards mit dabeihatten – eine weitere Beschäftigung, die ich liebte. So paddelten wir also über den See und entspannten uns anschließend in der Sonne.

„So, schön langsam sollten wir zum nächsten Programmpunkt aufbrechen", verkündete Lisa.

„Es gibt noch einen Programmpunkt?", fragte ich aufgeregt.

„Aber natürlich! Wir haben ein Relax-Polterwochenende für dich geplant. Das kann doch jetzt noch nicht vorbei sein", erklärte Lisa. „Aber wo wird die Reise wohl hingehen?", fragte sie in die Luft wie bei einem Kind, das man fragt: „Wo hat das Christkind wohl seine Geschenke abgelegt?"

Wieder einmal war die Antwort so einfach, dass ich sie nicht erraten konnte.

Die Mädels entführten mich zum Haus meines Vaters, der an diesem Wochenende ausgewandert war, um uns das ganze Grundstück zu überlassen. Das fand ich sehr großzügig von ihm. Als ich das Haus betrat, sah ich sofort, worüber meine Freundinnen zuvor getuschelt hatten. Mein Bruder hatte in der Zeit, die wir am Berg und am See verbracht hatten, das Haus feierlich dekoriert. Er hatte an alles gedacht, was die Atmosphäre einer bevorstehenden Hochzeit erzeugte: Girlanden, jede Menge pinke Deko und einen riesengroßen Korb mit Süßigkeiten in der Mitte des Tisches. Ich war verzückt von der Hingabe, mit der er und meine Freundinnen alles geplant hatten.

Die Mädels bereiteten Pizza für uns alle zu, wir verbrachten den Abend mit gemeinsamen Spielen und hatten eine Menge Spaß. Ich weiß, dass dies nicht die Beschreibung eines klassischen Polterabends ist, aber ich war glücklich. Meine Freundinnen hatten an alles gedacht, womit sie mir eine Freude machen konnten. Alles, was ich gerne tat, packten sie in dieses Wochenende. Am nächsten Morgen stand ich ganz entspannt auf und wurde mit einem leckeren Frühstück begrüßt. Im Anschluss legten wir alle Gesichtsmasken auf und ließen so mein perfektes Relax-Polterwochenende ausklingen.

Kapitel 12

„Es sind nicht so sehr die Informationen,
die das Leben steuern, es ist das,
was wir aus den Informationen machen."

Jean-Paul Pianta –
Die Intelligenz unseres Körpers

Je näher der Oktober – und somit unsere Hochzeit – rückte, umso negativer entwickelte sich auch die Coronasituation im Land. Es war eine nervenaufreibende Zeit. Jeden Tag verfolgte ich die Nachrichten, die aktuellen Fallzahlen und die Äußerungen der Regierung. Ich hoffte so sehr, dass ich es noch nach Sansibar schaffen würde, bevor das Land wieder heruntergefahren werden würde. Diesmal stand das Glück – man glaubt es kaum – tatsächlich auf meiner Seite.

Wenige Wochen vor meinem Flug nach Sansibar informierte ich mich über die aktuellen Vorschriften. Das Österreichische Außenministerium verwies auf seiner Homepage dezidiert darauf, dass Touristen bei der Einreise nach Sansibar einen negativen PCR-Test vorweisen mussten, der maximal 72 Stunden alt sein durfte, um einreisen zu dürfen. Konnte man diesen Test nicht vorweisen, so musste man am Flughafen in Stone Town zehn Tage in Quarantäne gehen. Das war natürlich keine Option für mich, da ich meine Zeit weder am Flughafen noch in Isolation verbringen wollte, sondern in Freiheit mit meinem Verlobten.

Um sicherzugehen, dass wir alles richtig machten, erkundigte Yakoub sich bei einem Bekannten, der am Flughafen in Stone Town arbeitete. Er bestätigte die Informationen des Österreichischen Außenministeriums.

Also versuchte ich, einen Termin für einen PCR-Test zu erhalten. Obwohl wir es damals alle noch nicht wussten, befanden wir uns doch erst am Beginn der Pandemie. Die Infrastruktur war dementsprechend schlecht darauf eingestellt. In der gesamten Umgebung meines Wohnortes und auch meines Arbeitsplatzes gab es kein einziges Labor, kein einziges Krankenhaus und auch keine einzige Autoteststation, die mir einen Termin geben konnte, geschweige denn, garantieren konnte, dass ich das Ergebnis rechtzeitig erhalten würde. Ich verbrachte ganze Vormittage damit, alle Nummern durchzurufen, die ich im Internet gefunden hatte oder auf die mich Bekannte hingewiesen hatten. Schlussendlich bat ich sogar meinen Chef um Hilfe. Auch er klemmte sich hinters Telefon, jedoch ohne Erfolg. Es gab nur eine Alternative und die war, einen Gurgeltest vorab zu bestellen, den ich dann in ein Labor in Salzburg bringen musste. Mit diesem Labor hatten wir im Institut immerhin bereits positive Erfahrungen gemacht. Sie garantierten mir auch per E-Mail, das Ergebnis schnell genug zur Verfügung zu stellen.

Einen Haken hatte die ganze Sache natürlich noch. Ich musste meine Schicht in der Arbeit wechseln, um nach Salzburg fahren zu können. Zu diesem Zeitpunkt war ich einmal mehr froh um das Entgegenkommen meiner Chefs und Kollegen, für die das kein Problem war.

Der Test funktionierte, ich konnte ihn rechtzeitig abgeben und erhielt auch die Bestätigung, dass er in der Auswertung war, überraschend bald. Das Ergebnis an sich kam jedoch sehr spät. Zu diesem Zeitpunkt, um halb sechs am Freitagabend, war ich nicht mehr im Institut, wo ich den Test ursprünglich ausdrucken wollte. Zu Hause hatte ich keinen Drucker, deshalb läutete ich bei meinem Nachbarn, um ihn um Hilfe zu bitten. Der war jedoch nicht zu Hause.

Eilig recherchierte ich im Internet, wo ich den nächsten Copyshop finden konnte. Mit Vollgas glühte ich dort hin, um noch vor Ladenschluss anzukommen. Im Nachhinein gesehen war das keine gute Idee, weil mich die Aktion zusätzlich eine Radarstrafe von 30 € kostete. Aber egal, ich erreichte mein Ziel rechtzeitig.

Hinter dem Tresen stand ein junger Bursch, dem ich hastig meinen USB-Stick in die Hand drückte: „Hallo, ich muss bitte ein Dokument ausdrucken."

Schüchtern sah er mich an: „Tut mir leid, aber so etwas machen wir nicht mehr."

„Wie meinen Sie das? Das ist doch ein Druckershop!"

„Ja, schon", sagte er verlegen. „Aber wir bedrucken nur noch Leinwände und so was."

„Das ist nicht Ihr Ernst, oder?", brüllte ich ihn an. Es war fünf vor sechs. Meine Geduld war am Ende.

„Können Sie nicht einmal eine Ausnahme machen? Es ist wirklich wichtig", versuchte ich, ihn in einem freundlichen Tonfall zu überreden, obwohl es mich alle Mühe kostete, meine Beherrschung nicht zu verlieren.

„Tut mir leid, aber ohne Geschäftsführung darf ich das nicht entscheiden."

„Und wo ist die Geschäftsführung?"

„Die ist heute nicht mehr da", erklärte er, woraufhin er sofort meinem Blick auswich.

Das war wohl auch gut so, denn jetzt war es Schluss mit der Höflichkeit.

„Scheiße!", brüllte ich ihm direkt ins Gesicht. „So eine verdammte Scheiße! Das ist ein Druckershop, verdammt noch mal!"

Doch der Lehrling sah nur beschämt zu Boden.

Fluchend und grunzend verließ ich den Laden. Es war das erste Mal in meinem Leben, dass ich einen armen Lehrling anschrie, aber in diesem Moment konnte ich einfach nicht anders.

Neben dem Copyshop stand ein Reklamestand eines Handyanbieters. Auf beiden Tischen sah ich Laptops stehen, auf die ich sofort losstürmte.

„Entschuldigen Sie bitte", sagte ich, dieses Mal wieder höflich. „Ich weiß, dass das unüblich ist, aber ich brauche ganz dringend Ihre Hilfe! Ich muss ein Dokument ausdrucken, das sich auf diesem USB-Stick befindet. Es ist nur ein einziges Dokument. Würden Sie das bitte für mich tun?"

Mitleidig sahen mich die beiden Mitarbeiter an: „Das würden wir sehr gerne, aber unsere Laptops lassen keine fremden USB-Sticks zu."

Ich drohte in Tränen auszubrechen, was den beiden offenbar trotz Mund-Nasen-Schutzmaske nicht entging. Schnell fügte der Mann hinzu: „Gehen Sie doch zum MediaMarkt, vielleicht können die Ihnen helfen."

„Danke! Ich werde es versuchen", sagte ich schon halb im Laufschritt.

In der Druckerabteilung beim MediaMarkt durchlief ich das gleiche Prozedere. Die Frau, die ich anflehte, konnte mir nicht helfen.

Einen Versuch wollte ich noch starten. Bei der Warenausgabe bettelte ich einen weiteren Mitarbeiter an. Dieses Mal erzählte ich sofort die ganze Geschichte, dass es sich um einen Flug handelte, den ich am nächsten Tag sonst nicht antreten durfte. Ohne Zögern nahm er meinen USB-Stick entgegen, der natürlich auf seinem PC gesperrt war. Doch dieser Mann gab nicht so leicht auf. Er telefonierte mit mehreren Kollegen, bis er schließlich sagte: „Kommen Sie mit! Es gibt einen PC, auf dem der Stick funktionieren könnte."

Ich lief ihm nach. Plötzlich blieb er abrupt stehen – wobei ich ihn fast niederrannte – und sah mich an.

„Der Test ist negativ, oder?", vergewisserte er sich.

Ich nickte: „Ja, sonst wäre ich nicht hier."

„Gut", sagte er und lief entschlossen weiter.

Er blieb an einem PC stehen, der genau neben der Mitarbeiterin stand, die mir zuvor erklärt hatte, dass es unmöglich war, ein Dokument zu drucken. Außerdem hatte sie mir erklärt, dass sie nicht einmal einen Drucker in der Nähe hätte.

Siehe da, der freundliche Mann öffnete ein Kästchen unter dem PC und was stand dort? Ein Drucker. Beschämt sah die Frau zu, wie ihr Kollege meinen negativen Test ausdruckte.

Der nette Mann wollte nicht einmal Geld für die Kaffeekasse annehmen, er wünschte mir einfach nur viel Glück. Ich bedankte mich aufs Herzlichste bei ihm, warf seiner Kollegin einen vielsagenden Blick zu und verließ erleichtert den Laden.

Am nächsten Tag war es endlich so weit, der langersehnte Samstag war gekommen. Nach elf Monaten sollte ich nun tatsächlich wieder zu meinem Mann reisen dürfen.

Obwohl der Flieger um elf Uhr am Abend starten würde, war ich früh munter. Ich war viel zu aufgeregt, um noch länger schlafen zu können. Ich nahm mir noch die Zeit für einen gemütlichen Spaziergang, um mir die Füße ordentlich zu vertreten, bevor ich stundenlang im Flieger sitzen sollte.

Am frühen Nachmittag warf ich noch die letzten Gegenstände – wie etwa meine Zahnbürste – ins Handgepäck, dann begab ich mich auf den Weg.

Im Stiegenhaus hielt mich mein Nachbar auf. Er wollte mir gerade mitteilen, dass sie am Abend eine Geburtstagsfeier geplant hatten und es laut werden würde.

„Das ist kein Problem, da sitze ich schon im Flieger", erklärte ich. Bei diesem Satz ging die Sonne in mir auf.

„Oh, du fliegst weg? Na, dann wünsche ich dir einen schönen Urlaub."

„Danke, viel Spaß bei der Feier."

Mit einem breiten Grinsen verließ ich das Haus.

Eine Stunde früher als notwendig fuhr ich mit der Straßenbahn zum Hauptbahnhof. Als ich am Bildschirm nach meinem Zug suchte, entdeckte ich schnell die erste Überraschung des Tages. Mein Zug hatte über eine Stunde Verspätung, wodurch ich den Anschlusszug verpassen würde. Dadurch war auch die eine Stunde, die ich früher aufgebrochen war, nicht genügend Zeit gewesen.

Verzweifelt eilte ich zum Schalter, um an Informationen zu gelangen. Doch der Mitarbeiter kannte sich selber nicht aus. Die Daten auf seinem Computer schienen ihn zu verwirren. Also stieg ich auf gut Glück in den nächsten Zug nach Wien.

Dies war die richtige Entscheidung, denn am Wiener Hauptbahnhof wurde ein Ersatzzug zum Flughafen eingerichtet, wodurch ich doch noch rechtzeitig am Flughafen war.

Beim Check-in legte ich der Dame am Schalter meinen negativen PCR-Test vor.

„Warum haben Sie einen Coronatest gemacht?", wollte die Dame wissen.

Verdutzt sah ich sie an. „Weil ich einen zum Einreisen brauche."

Prüfend sah sie zuerst auf mein Ticket, dann auf ihren Bildschirm. „Sie reisen nach Sansibar?", fragte sie mich. Eine ziemlich dumme Frage, wie ich fand. Schließlich stand das schwarz auf weiß auf meinem Ticket.

„Ja", bestätigte ich trotzdem.

„Dafür hätten Sie keinen Coronatest gebraucht", erklärte sie.

„Wie bitte?" Mein Mund klappte auf. Das konnte nicht ihr Ernst sein.

„Nein, für die Einreise nach Sansibar ist kein negativer Coronatest notwendig", erklärte sie erneut.

„Aber laut Außenministerium brauche ich einen", erwiderte ich.

„Woher haben Sie diese Information?", wollte sie wissen.

„Von der Homepage des Österreichischen Außenministeriums. Dort steht, dass ich entweder einen negativen PCR-Test vorweisen oder vor Ort zehn Tage in Quarantäne gehen muss."

Die Dame schüttelte den Kopf: „Das stimmt nicht. Sie hätten keinen Test gebraucht."

Ich fühlte mich von der ganzen Welt auf den Arm genommen. Da hatte ich all die Strapazen der letzten zwei Tage auf mich genommen und letzten Endes war alles umsonst gewesen. 150 € hatte ich für den Test bezahlt, die Radarstrafe dazu und natürlich das Benzin nach Salzburg und retour. Insgesamt hatte ich rund 200 € und eine Menge Nerven verloren und das sollte nun alles umsonst gewesen sein?

„Den Test haben Sie umsonst gemacht. Der wäre nicht nötig gewesen", erklärte sie immer und immer wieder, während sie auf ihrer Tastatur herumtippte und mein Gepäck aufnahm.

„Ja, das haben Sie mir jetzt oft genug erklärt, aber jetzt ist es sowieso schon zu spät", antwortete ich genervt. Ich konnte nicht verstehen, warum die Dame auch noch so oft darauf herumhaken musste, dass ich den Test umsonst gemacht hatte.

Wie auch immer, ich checkte ein, begab mich zum Gate und trat endlich meine lang ersehnte Reise zu meinem Verlobten an.

Kapitel 13

*„Verfolge, was immer dich fasziniert
und zum Leben erweckt.“*

Elizabeth Gilbert – Big Magic

Das Gute an Corona war, dass das Reisen sehr angenehm war. Im Flieger saß in jeder zweiten Reihe ein Passagier. Ich musste einmal umsteigen. Im ersten Flieger zählte ich die Sitzplätze. Es handelte sich um eine Maschine für 600 Passagiere, de facto waren 30 an Board. Dementsprechend angenehm war es, mich auszubreiten und im Flugzeug zu schlafen, und so verging die Zeit auch sehr schnell.

Auf Sansibar musste ich nur noch mein Visum kaufen. Leider hatte die Dame am Schalter in Wien Recht behalten, niemand kontrollierte meinen negativen PCR-Test. Ein Mann maß lediglich meine Körpertemperatur. Immerhin erhielt ich meine Koffer sofort ohne Komplikationen. Ein Umstand, den ich nicht gewohnt war, aber natürlich genoss.

Endlich war es so weit. Ich schnappte meine Koffer und eilte, so schnell ich konnte, aus dem Flughafengebäude direkt in die Arme meines Verlobten. Es war so schön, ihn nach elf Monaten wieder umarmen zu können, seine Haut fühlen und seinen Geruch einatmen zu dürfen. Es gibt nicht genügend Worte, um zu beschreiben, wie glücklich ich in diesem Moment war.

Liebesbezeugungen in der Öffentlichkeit waren auf Sansibar nicht gern gesehen. Das wusste ich. Deshalb hielt ich mich eher zurück und war umso überraschter, wie fest Yakoub mich an sich drückte. Nach all der Zeit, in der wir uns nicht sehen konnten, hätten wir ewig so dastehen können, fest ineinander verschlungen, in der Hitze der Insel.

Irgendwann lösten wir uns doch voneinander und fuhren in seine Wohnung, die er sich mit einer afrikanischen Kleinfamilie teilte. Ja, es gibt tatsächlich hin und wieder Kleinfamilien in diesem Land. Die nette Frau war Köchin, sie hatte einen Sohn mit etwa 14 Jahren und eine Tochter, die ich auf etwa 8 Jahre schätzte. Bei ihnen setzte uns der Taxifahrer ab.

„Der Taxifahrer hat so gelacht", erzählte Yakoub mir etwas später. „Ich habe gewusst, dass du um die Ecke kommen wirst, als ich deine Koffer rollen gehört habe. Ich habe zu ihm gesagt: ‚Hörst du das? Jetzt kommt meine Frau.' Er war ganz erstaunt, dass du es wirklich warst."

Er lachte und ich lachte mit ihm. „So gut kenne ich dich, meine Frau." Damit hatte er recht, er kannte mich wirklich gut. Deshalb wusste er auch, dass ich verrückt nach Strand und Meer war. Das Einzige, was wir an diesem wundervollen Tag noch unternahmen, war ein Strandspaziergang, um den Sonnenuntergang zu beobachten und die Zweisamkeit zu genießen.

Wir blieben nur zwei Tage in der Stadt, dann reisten wir nach Kiwengwa, den Ort, an dem unsere Hochzeit stattfand. Die Freundin von Yakoubs Bruder Rama war Italienerin, aber zu dieser Zeit in Italien. Deshalb ließ sie uns großzügigerweise in ihrem Haus übernachten. Es war ein wundervolles Strandhaus, direkt am Meer. Wenn am Abend die Flut einsetzte, schwappten die Wellen sogar über den Zaun bis in den Garten, der jedoch ausschließlich aus Sand bestand. Das Haus machte von außen einen eher kleinen Eindruck, was womöglich an den größeren Häusern lag, die es umgaben. Innen jedoch wirkte es ziemlich groß. Neben dem großzügigen Wohnbereich, in dem sich die Küche, ein großer Esstisch und eine minimalistische Wohnzimmergarnitur befanden, waren auf dieser Ebene auch ein großes Schlafzimmer und zwei Badezimmer untergebracht. Yakoub nutzte ausschließlich das Badezimmer direkt neben dem Schlafzimmer. Ich durfte den Luxus des europäisch eingerichteten Badezimmers samt klassischer Dusche, wie ich sie von zu Hause kannte, genießen.

Das Haus hatte auch noch ein zweites Stockwerk, in dem sich allerdings nur ein Gästezimmer befand, das man auch nur über eine Holztreppe von außen erreichen konnte. Es war also nicht direkt mit dem Hauptwohnbereich verbunden. Rama, dem Gastfreundschaft stets wichtig war, zog vorübergehend in dieses Zimmer, um uns unsere Privatsphäre zu gewähren. Ich fand diese Geste mehr als großzügig.

Eine Freundin von Ramas Freundin – ebenfalls eine Italienerin, die zu dieser Zeit in Italien war – war ein ebenso großzügiger Mensch. Obwohl sie uns nicht kannte, stellte sie uns ihr Haus für unsere Hochzeit zur Verfügung. Wir durften darin die Hochzeitsnacht verbringen. Der Garten am Strand war groß genug, um die Gäste an Tischen unterzubringen und die Zeremonie durchzuführen. Yakoub hatte für unsere Traumhochzeit wirklich alle Hebel in Bewegung gesetzt.

Es ist unglaublich, wie sehr man die gemeinsame Zeit zu schätzen weiß, wenn sie etwas Besonderes und vor allem Seltenes ist. Jeden Moment, jede Sekunde mit Yakoub saugte ich förmlich auf. Wir waren unzertrennlich in dieser Zeit, klebten durchgehend aneinander, als würde uns dann niemand mehr trennen können.

Die Woche, die wir vor der Hochzeit miteinander verbrachten, genossen wir beide in vollen Zügen. Obwohl es noch einiges vorzubereiten gab, hatten wir viel Zeit füreinander. Das lag wohl auch daran, dass wir kaum schliefen. Es war fast so, als wäre die gemeinsame Zeit zu kostbar gewesen, um sie zu verschlafen. Tagsüber genossen wir das Inselleben in all seiner Pracht, den Strand, die Sonne und das Meer. Wir schlenderten durch den Markt, sprachen mit Verwandten und ich tauchte nahtlos wieder in den afrikanischen Alltag ein. Am Abend gingen wir tanzen, trafen uns mit Freunden und feierten das Leben.

Die Vorbereitungen für die Hochzeit liefen quasi nebenbei. Mein Verlobter hatte bereits den Großteil der Arbeit übernommen, bevor ich nach Sansibar gekommen war, da er alle Leute kannte, die uns dabei unterstützten. Ein Freund von ihm stellte sich als Kameramann zur Verfügung, er war ein professioneller Fotograf und Filmemacher. Ein anderer Freund der Familie erklärte sich bereit, das Essen zu kochen und als Buffet aufzubauen. Eine weitere Freundin, mit der er beruflich oft zusammenarbeitete, wollte sich um die Dekoration kümmern. So kam es, dass wir lediglich den Standesbeamten offiziell organisieren mussten. Der Rest wurde von Freunden übernommen, die sich natürlich alle bei Fragen an Yakoub wandten. Ich konnte ihm ansehen, wie sehr ihn diese Aufgabe stresste. Er war noch dünner geworden in den Monaten, in denen wir uns nicht gesehen hatten.

Doch neben all dem Stress konnte ich ihm auch die Freude über unser Wiedersehen und unsere bevorstehende Hochzeit ansehen. Seine Augen leuchteten förmlich, wenn er mich ansah oder wenn er vor Freunden über mich sprach. Noch nie fühlte ich mich von einem Menschen so geliebt wie von Yakoub.

Als er mir die Location für unsere Hochzeit zeigte, schien er vor Vorfreude zu explodieren. Der Anblick war einfach himmlisch. Das Haus hatte ein ganz eigenes Flair. Es war ein Rohbau, der dennoch vollkommen aussah. Palmen zierten den Garten und schützten ihn so vor dem starken Wind der Ostküste. Lediglich ein Holzzaun trennte den Garten vom Strand. Natürlich hatte Yakoub mir zuvor Fotos von dem Grundstück geschickt, doch die konnten den Charme des Hauses nicht annähernd festhalten. Ich war hellauf begeistert.

Einen Tag vor der Hochzeit fuhren wir in die Stadt. Dort sollte ich meine traditionelle Hennabemalung bekommen. Dies ist bei Hochzeiten auf Sansibar üblich, da sich die Braut für ihren Bräutigam schön macht. Mein Verlobter hatte mir zuvor ein paar exemplarische Hennabemalungen gezeigt und so konnte ich der Dame genau erklären, was mir gefiel.

Die Malerin war offensichtlich eine verrückte, unendlich selbstbewusste Frau. Sie entführte mich in eine dunkle Kammer, wobei ich mich natürlich nicht allzu wohl fühlte. Yakoub wollte noch etwas erledigen, doch sein Bruder Rama wartete vor dem Gebäude. Als großer Bruder nahm er immer noch die Beschützerrolle ein, also passte er selbstverständlich auch auf mich auf.

Ich fühlte mich noch unwohler, als ich bemerkte, dass die verrückte Malerin kein Wort Englisch sprach. Nach einigem

Gruschen und Kramen öffnete sie eine Flügeltür und Rama stand davor. Erleichtert bemerkte ich, dass sie mich nicht in der finsteren Kammer bemalen wollte, sondern dass wir den Raum lediglich von der Innenseite betreten hatten, im Endeffekt aber genau am Straßenrand Platz nahmen. Viele Leute gingen vorbei und jeder Einzelne grüßte die verrückte Frau mit ihrem Namen. Sie schien eine Berühmtheit in der Stadt zu sein. Es dauerte gefühlt zehn Minuten, bis sie beide Arme und einen Unterschenkel bemalt hatte. Das Ergebnis war erstaunlich, sie war wirklich talentiert. Ich war zufrieden mit meiner Bemalung und als Yakoub zu uns stieß, leuchteten seine Augen vor Stolz.

Als ich meine Sandalen wieder anzog, ging sich der Abschluss der Schuhe gut mit der Hennabemalung aus. Doch durch eine unbedachte Bewegung verrutschten die Riemen der Sandale und ich verschmierte einen Teil der Bemalung.

„Oh nein!", rief ich aus. Wie konnte ich nur so tollpatschig sein.

„Oh, schade. Aber das wird bei der Hochzeit nicht auffallen", erklärte Yakoub. Damit hatte er recht. Außerdem war mein Brautkleid lang. Ich würde also meine Füße extra herzeigen müssen, damit man die Bemalung sehen konnte.

Trotzdem war Rama sofort zur Stelle und zog mir meinen Schuh aus. Er gab mir einen seiner Flipflops, trug meine Sandale und ging selbst barfuß durch die schmutzige Stadt zum Auto zurück. Ich protestierte mehrmals und wollte, dass er seinen Schuh wieder anzog, doch Rama – die gute Seele – ignorierte mich einfach und ging barfuß weiter.

Zurück in Kiwengwa nahm ich sofort auf der Sitzecke der Terrasse mit Meerblick Platz, legte meine Arme und Beine so hin, dass die Hennabemalungen vor jeglicher weiterer Zerstörung sicher waren, und bewegte mich nicht mehr.

Yakoub lachte mich aus: „Schatz, die Bemalungen sind schon trocken. Du kannst dich bewegen!"

„Ich will aber auf Nummer sicher gehen, dass ich nichts mehr zerstöre."

„Willst du bis zur Hochzeit so sitzenbleiben?"

„Nein, nur noch ein paar Minuten."

Er amüsierte sich köstlich über meine Pose. Schließlich nahm ich meinen Mut zusammen und bewegte mich wieder. Im Lauf des Abends fiel die getrocknete dunkelbraune Schicht schrittweise ab, bis das Henna seine typische rötliche Farbe erhielt.

Unabhängig von meiner Hennabemalung lagen Yakoub und ich den Großteil des Abends auf der Terrassenbank und genossen das Rauschen des Meeres.

„Morgen werde ich deine Frau", sagte ich mit einem zufriedenen Lächeln und spürte, wie mein ganzer Körper vor Aufregung kribbelte.

„Ja, endlich!", sagte Yakoub und küsste mich.

Unglaublich, aber wahr, nun war es endlich so weit. Nach all den Strapazen, nach all dem Warten, den Geduldsproben und Problemen war der Tag unserer Hochzeit tatsächlich gekommen.

Wir bereiteten uns im Strandhaus darauf vor. Mtumwa, Yakoubs Schwester, die ein Jahr jünger war als er, war meine Brautjungfer. Ich hatte sie darum gebeten, weil sie mir von Anfang an sympathisch war. Sie war immer gut gelaunt und hatte mich vom ersten Tag an als Familienmitglied aufgenommen. Ja, das taten eigentlich alle in Yakoubs Familie, aber zu Mtumwa hatte ich einen besonders guten Draht.

Als sie beim Strandhaus ankam, hatte ich meine Nägel bereits lackiert. Ich hatte frühmorgens damit begonnen, um mir ähnliche Strapazen wie mit der Hennabemalung zu ersparen. Yakoub bereitete mir noch einen exotischen Obstteller zum Frühstück zu und verabschiedete sich dann von uns, um bei der Location – die ganz in der Nähe des Strandhauses war – alles vorzubereiten.

Mtumwa und ich unterhielten uns so gut wie möglich. Das Gespräch war eine gute Swahili-Übung für mich, da sie kein Englisch sprach. Sie erzählte mir davon, dass sie einen Polizisten kennengelernt hatte, den sie heiraten wollte, aber ihre Familie war dagegen. Sie waren der Meinung, dass Mtumwa noch zu jung, zu unreif war, um bereits eine Ehefrau zu sein. Ich verstand beide Seiten. Tatsächlich wirkte Mtumwa viel jünger, als sie war – eher noch wie ein Teenager. Ich konnte aber natürlich das Gefühl nachempfinden, den einen Menschen unbedingt an sich binden zu wollen.

Nach unseren Schwärmereien über Männer begannen wir mit den Vorbereitungen. Mtumwa musste mir lediglich assistieren. Da ich befürchtete, die Afrikanerinnen würden keine Ahnung von dem Umgang mit europäischen Haaren haben, hatte ich selbst meine geplante Frisur oft geübt.

Mit dem Lockenstab erzeugte ich meine erste schöne Locke und Mtumwa staunte: „Oh, wow!"

Als sie meine Haare mit ihren großen Augen bewunderte, wusste ich, dass ich Recht behalten hatte. Es war gut, dass meine Frisur selbst machte, während meine Brautjungfer mir die Haare hielt, die nicht im Weg sein durften.

Während ich mich schminkte, machte sich auch Mtumwa fertig. Sie sah sehr hübsch aus in ihrem cremefarbenen Kleid – natürlich mit Kopftuch.

Mittlerweile war eine weitere Freundin von Yakoub und seiner Schwester eingetroffen. Ihr Name war Sabahi. Sie war eindeutig von der verrückten Seite, aber auf eine liebenswerte Art – ähnlich wie die Frau, die mein Henna gemalt hatte. Sabahi war so dünn, dass man den Eindruck hatte, sie könnte jederzeit einfach abbrechen. Ihre großen Augen ließen sie ein bisschen gefährlich erscheinen, ihre raue Stimme unterstrich diesen Eindruck. Kaum war sie ins Zimmer getreten, hatte sie schon überall ihre Sachen ausgebreitet. Für mich hatte sie eine praktische kleine Handtasche dabei und jede Menge Schmuck. Ich nahm lediglich ein blausilbernes Armband von Mtumwa an, der Rest war mir zu globig.

Gemeinsam halfen mir die beiden Mädels in mein Hochzeitskleid. Sie staunten, als sie mich darin sahen. Vor lauter „Ah" und „Oh" brachten sie ihre Münder kaum mehr zu und sie konnten kaum noch damit aufhören, an meinem Kleid herum zu zupfen und mich anzustrahlen. Ich erwiderte ihr Strahlen, fühlte ich mich doch wie eine wunderschöne Braut.

Ich freute mich über ihre Reaktion. Vor allem freute ich mich aber auf die Reaktion meines Bräutigams.

Kurze Zeit später betrat der Fotograf Truth mit seinem Assistenten das Zimmer. Erst machte er ein paar Fotos von mir, dann drehte er einige kurze Sequenzen für unseren späteren Hochzeitsfilm – wie ich mich selber im Spiegel betrachtete und noch ein letztes Mal meine Haare perfektionierte.

Anschließend versteckte ich mich hinterm Haus, damit Yakoub, der in der Zwischenzeit von der Location zurückgekehrt war, sich ebenfalls in Schale werfen konnte.

Ich wusste, dass wir mit dem Auto gemeinsam zur Location fahren mussten, und so hatten wir beschlossen, dass er am Gartenzaun des Strandhauses auf mich warten würde – mit Blick zum Meer. So war es auch. Truth hielt die Szene für den Film fest, als ich am Strandhaus vorbeischritt, direkt auf meinen Bräutigam zu, ihm auf die Schulter tippte und er sich schließlich umdrehte. Dies war der Moment, als er mich zum ersten Mal in meinem Brautkleid sah. Er strahlte übers ganze Gesicht. Mein Anblick schien ihm zu gefallen. Ich war gerührt von seiner Reaktion, wie vorsichtig er seine Arme um mich legte, als könnte er mich zerbrechen, mit welcher Bewunderung er mich anblickte. Es war ein unglaublich schönes, herzerwärmendes Gefühl.

Yakoub selbst sah auch sehr schick aus. In seinem weinroten Sakko mit schwarzer Anzughose, weißem Hemd, einer schwarzen Fliege und einer weißen Ansteckblume war er einfach perfekt. Wir genossen den Moment am Zaun, ehe wir uns auf den Weg zu unserer Hochzeit machten.

Wir fuhren im Auto vor, die Hochzeitsgesellschaft erwartete uns. Yakoub stieg ganz standesgemäß vor mir aus und öffnete die Tür für mich. Er reichte mir seine Hand und ich stieg ebenfalls aus dem Auto. Zum ersten Mal sah ich die Location in voller Dekoration, in all ihrer Pracht. Ich war beeindruckt von der Harmonie, die das Grundstück ausstrahlte. Ich war aber auch beeindruckt von der romantischen Stimmung, von der Begeisterung unserer Gäste, als sie mich in meinem Brautkleid sahen und vor allem von dem großen Publikum, das sich hinter dem Zaun angesammelt hatte. Am Strand stand gefühlt das ganze

Dorf, allen voran eine Schar an Kindern, die beeindruckt über den Zaun lugten, um jedes Detail unserer Hochzeit hautnah mitzuerleben.

Als Yakoub und ich Hand in Hand Richtung Altar schritten – ich nenne den Tisch so, auch wenn es sich um eine rein standesamtliche Zeremonie handelte – spielte der DJ unser Wunschlied „Come what may" aus dem Film Moulin Rouge. Die Tische, die den Sandgang zierten, waren weiß und pfirsichfarben dekoriert. Genauso, wie ich es mir gewünscht hatte, jedoch noch schöner, als ich es mir vorgestellt hatte. Der Altar wurde von einem Bogen überspannt, unter dem wir unsere Plätze einnahmen. Es war der einzige Platz, an dem wir nicht direkt unter einer Palme standen, also auch bestimmt nicht von einer Kokosnuss getroffen werden konnten. Mein Bräutigam hatte wirklich gute Arbeit geleistet.

Meine Familie und meine Freunde waren gewissermaßen ebenfalls mit dabei. Zwar konnte aufgrund der Quarantänebestimmungen letzten Endes niemand mitfliegen, doch wir konnten es so organisieren, dass Rama mit meinem Handy die ganze Hochzeit mitfilmte und die Videos sequenzweise nach Österreich schickte. So waren alle, die mir wichtig waren, etwas zeitversetzt mit dabei. Sie konnten sehen, wie ich am Strand entlang schritt, wie ich in meinem Kleid mit der Sonne um die Wette strahlte und wie ich den schönsten Tag meines Lebens genoss.

In diesem Moment empfand ich so viel Glück, dass ich es gar nicht in Worte fassen kann. Aus meinem Inneren durchströmte mich eine Wärme, eine Gewissheit, dass dies der Moment war, für den ich geboren worden war. Ich war zu hundert Prozent davon überzeugt, dass Yakoub und ich ein Herz und eine Seele waren, dass wir zusammengehörten, welche Steine uns auch noch in den Weg gelegt werden sollten.

„Lisa und Yakoub, ihr seid jetzt eins, ihr seid von jetzt an ein Körper, für immer miteinander verbunden", sagte der Standesbeamte feierlich. Vor Rührung und Glück hätte ich beinahe zu weinen begonnen, doch ich wollte die Gäste nicht verwirren, die dies womöglich für Trauer halten könnten, und so gelang es mir, auch ohne Tränen meinen großen Moment in vollen Zügen zu genießen.

Yakoub schob den Ring auf meinen Finger und ich tat es ihm gleich.

„Hiermit erkläre ich euch zu Mann und Frau. Sie dürfen die Braut jetzt küssen!" Es waren die schönsten Worte, die ich in meinem Leben gehört hatte. Ich wusste, dass ich meinen Platz im Leben gefunden hatte. Es sollte so sein, wie die Gravur unserer Eheringe es sagte: 10.10.2020 – milele (für immer).

Nach der Zeremonie nahmen mein Mann und ich stolz sämtliche Glückwünsche der Gäste entgegen. Jeder wollte ein Foto mit uns machen. Es waren viele Models anwesend – vor allem männliche –, die mein Mann beruflich kennen gelernt hatte und die mittlerweile zu Freunden geworden waren. Selfies waren für sie das A und O.

Glücklich nahm ich sämtliche Gratulationen entgegen. „Willkommen in der Familie", sagte Abdi.

„Danke", antwortete ich. „Als du mich vor anderthalb Jahren für mein Praktikum begrüßt und mir die ganze Stadt gezeigt hast, hättest du da gedacht, dass du heute auf meiner Hochzeit sein würdest?"

„Nein, nein. Das hätte ich wirklich nicht gedacht", sagte Abdi mit seinem typischen großen Grinsen. „Aber ich freue mich wirklich für euch!"

Yakoub führte mich zum Tisch. Wir hatten zwar ein Buffet aufgebaut, doch als Braut musste ich mich natürlich nicht anstellen. Allan brachte mir einen Teller voll vegetarischer Köstlichkeiten. Er brachte uns auch eine besondere Flasche Sekt, damit mein Mann und ich auf unsere frische Ehe anstoßen konnten.

Die Stimmung war toll, der Sonnenuntergang näherte sich und nach dem Essen eröffneten wir die Tanzfläche. Ich war froh, dass ich mich für flache Schuhe entschieden hatte. Damit fiel mir das Tanzen am Strand leichter, auch wenn der Sand flach getreten war. Ich zählte ohnehin nicht zu den Frauen, die mit hohen Schuhen gehen konnten und mein Mann war nur wenige Zentimeter größer als ich. Also passte einmal mehr alles perfekt zusammen.

Im Lauf des Abends öffneten Yakoub und ich das Geschenk meiner Freundin Nina. Ich hatte sie in meinem ersten Jahr in Tansania kennen gelernt. Nina lebte in der Schweiz. Sie gehörte zu den seltenen, ganz besonderen Menschen auf dieser Welt. Sie hatte einen so liebevollen Charakter, man konnte sich gar nicht vorstellen, dass irgendjemand sie nicht mögen könnte. Dies hatte sie einmal mehr wenige Wochen vor unserer Hochzeit bewiesen. Sie hatte ein Päckchen aus der Schweiz nach Österreich geschickt und mir in einer Nachricht genaue Anweisungen dazu gegeben. Unter anderem sollten wir das Geschenk im Lauf des Abends öffnen, wenn wir etwas zur Aufhellung der Stimmung brauchten, und wir mussten es dem DJ geben. Das taten wir dann auch.

In dem Päckchen befand sich ein USB-Stick, der die Form eines Schlüssels mit einem Herzen hatte. „Der Schlüssel zum Herzen", wie Nina ihn in ihrem beiliegenden Brief nannte. Yakoub und ich sahen einander neugierig an. Was befand sich wohl auf dem USB-Stick? Gemäß Ninas beigefügter Anleitung gaben wir den Stick dem DJ. Er schloss ihn an und öffnete das Fenster am PC.

„Da ist nur ein Lied oben", erklärte er verwirrt.

„Ein Lied?" Meine Neugierde stieg. „Spiel es ab", wies ich den DJ an.

Parallel dazu öffneten Yakoub und ich den zweiten Brief, der sich im Päckchen befand. Darauf stand der Text zu dem Song, den der DJ nun startete. Yakoub nahm meine Hand und begann, mit mir zu diesem Song, der unglaublich romantisch klang, zu tanzen.

Es war ein schöner Moment, den ich genoss und dessen romantische Stimmung ich aufsaugte, als könnte ich diesen Moment dadurch ewig festhalten.

Als das Lied zu Ende war, las ich den Brief erneut. Da erst verstand ich, welch enorm großes Geschenk ich in den Händen hielt. Den Song hatte Nina von einem befreundeten Musiker in Simbabwe aufnehmen lassen. Sie selbst hatte den Text geschrieben, der unsere Geschichte erzählte. Die erste Strophe beschrieb den Abend, als Yakoub und ich uns kennengelernt hatten, aus meiner Sicht. Die zweite Strophe beschrieb denselben Abend aus seiner Sicht und der Refrain war eine Einheit über unseren ersten gemeinsamen Tanz.

Als ich erkannte, dass Nina uns dieses unglaubliche, beste Hochzeitsgeschenk aller Zeiten gemacht hatte, stieg eine Welle an Emotionen in mir auf und Tränen der Rührung füllten meine Augen. Viele Paare hatten ein Lied, dass sie als „ihr Lied" bezeichneten. Ein ganz spezieller Song, den sie in irgendeiner bedeutenden Situation gehört oder zu dem sie aus irgendeinem unvergesslichen Grund einen besonderen Bezug hatten. Mein Mann und ich aber hatten jetzt tatsächlich „unser Lied". Es war unser Song, den Nina extra für uns erschaffen ließ.

Unser offizieller Hochzeitstanz fand nach Sonnenuntergang zu dem Song „Perfect" von Ed Sheran statt. Leider war zu diesem Zeitpunkt der Fotograf nicht mehr anwesend und so filmte unser Freund Tiger den Tanz. Erfreut darüber, meine Familie und Freunde in Österreich an der Hochzeit teilhaben zu lassen, schickte ich das Video sofort ab. Leider erkannten wir erst am nächsten Tag, dass Tiger voller Begeisterung die ganze Zeit über mitgesungen hatte. Nun klang unser Hochzeitstanzvideo also, als hätten wir einen nur bedingt begabten Sänger engagiert. Doch wir nahmen es mit Humor.

Auf jeder Hochzeit geschehen Ausrutscher irgendeiner Art. Auf unserer Hochzeit waren es zwei. Zum einen das Video mit Tigers Gesang, zum anderen die Tatsache, dass die verrückte Sabahi, die uns netterweise eine Hochzeitstorte geschenkt hatte, diese einfach am nächsten freien Tisch platzierte. Unglücklicherweise war dies der Tisch, vor dem wir getraut wurden und den wir für die Unterschriften der Dokumente benötigten, der Tisch, den ich als Altar bezeichnete. Und so steht nun eine Schachtel – in der sich die Torte befand – im Mittelpunkt vieler unserer Hochzeitsfotos. Zum Zeitpunkt unserer Trauung war mir die Schachtel gar nicht aufgefallen, doch auf den Fotos ist sie wirklich nicht zu übersehen.

Nachdem wir einige Zeit getanzt hatten, holten die Kitesurfer, mit denen Yakoub und Rama befreundet waren, uns von der Tanzfläche. Sie führten uns zum Strand, wo sie eine Überraschung für uns vorbereitet hatten.

Es war nicht zu übersehen, dass es sich dabei um ein Lagerfeuer am Strand handelte. Als wir näherkamen, sah ich jedoch erst, wie viel Mühe die Männer sich gegeben hatten. Denn als Rahmen für das Lagerfeuer hatten sie ein großes Herz aus Sand gebaut, in dessen Rand sie einen Schriftzug eingraviert hatten: „Happy Wedding, we marry you."

Wir waren gerührt von dieser schönen Idee und natürlich starteten die Afrikaner sofort mit einem Fotoshooting am Lagerfeuer.

Ursprünglich hatte ich gedacht, dass die Hochzeit durch die Abwesenheit meiner Familie einen bitteren Beigeschmack haben würde, doch dies war keineswegs so. Durch die Mühe, die sich alle gegeben hatten, vermittelten sie mir das Gefühl, im Kreis meiner Familie zu sein. Ich wusste, dass sie das tatsächlich so sahen, dass sie alle mich nun als ein Mitglied ihrer Familie sahen und mich mit offenen Armen aufnahmen.

Besonders viel Energie investierte Yakoubs Bruder Rama. Er behielt den Überblick über so ziemlich alles, was an diesem Tag vor sich ging. Vom frühen Morgen an war er beschäftigt gewesen, alle Beteiligten hatten sich bei Fragen an ihn gewandt. Nun, da sich die meisten Gäste verabschiedet hatten, blieb ihm erstmals Zeit zum Durchatmen.

„Wo ist Rama?", fragte ich Yakoub, als mir seine Abwesenheit auffiel.

„Er ist nach Hause gegangen, um sich umzuziehen."

Ich lachte. „Jetzt zieht er sich um?"

Natürlich war mir nicht entgangen, dass Rama der einzige Mensch in Shorts und Shirt auf der Hochzeit gewesen war.

„Er war so beschäftigt, dass er vorher keine Zeit dafür hatte", erklärte Yakoub lachend.

Nach einer gefühlten Ewigkeit tauchte Rama tatsächlich frisch geduscht, gestylt und in weißem Hemd mit schwarzer Hose auf. Wir konnten uns das Lachen nicht verkneifen.

„Rama, dieses Outfit hätte vor ein paar Stunden perfekt gepasst", sagte ich zu ihm.

Er grinste mich an: „Das war der Plan, Shamegi, aber ich hatte keine Zeit zum Umziehen."

Nun, da er wieder zurückgekehrt und offensichtlich bereit zum Feiern war, fuhren wir alle in den besten Club des Dorfes, in dem wir auch in der Woche zuvor schon mehrmals zum Tanzen gewesen waren.

Als wir den Club betraten, waren natürlich sofort sämtliche Augen auf uns gerichtet. Hier war es schon eine Seltenheit, eine Weiße zu sehen. Doch eine weiße Braut im Club zu sehen, brachte alle Einheimischen zum Staunen. Komischerweise machte mir das dieses Mal überhaupt nichts aus. Grundsätzlich stand ich nicht gerne im Mittelpunkt, doch an diesem Abend war ich so unglaublich stolz darauf, allen meinen Ehemann zu präsentieren und mich als Frau eines Afrikaners bezeichnen zu dürfen, dass ich den Augenblick im Rampenlicht sogar genoss.

Der Beachclub hatte zwei Etagen, wobei die obere so versetzt war, dass letzten Endes der gesamte Club im Freien war. Wir gingen auf die obere Etage, auf der üblicherweise weniger los war. Es waren etwa fünfzehn unserer Gäste mitgekommen, um ausgelassen mit uns zu feiern. Natürlich wurde auch getrunken, aber in erster Linie wurde getanzt.

Eine der Kellnerinnen kam auf meinen Mann zu und sagte zu ihm: „Gratuliere, deine Frau tanzt wie eine Afrikanerin."

Yakoubs Augen leuchteten vor Stolz und auch ich freute mich über dieses Kompliment. Außerdem fühlte ich mich selbst wie eine Afrikanerin, denn niemand hier verhielt sich so, als wäre ich in irgendeiner Weise anders als sie. Sie alle nannten mich Shamegi – Schwägerin. Ich war eine von ihnen.

Wir gingen erst nach Hause, als mein Brautkleid nicht mehr weiß, sondern braun war von all dem Sand und Staub, was von dem Spaß zeugte, den wir hatten.

Kapitel 14

„Das, was wir aus dem, was wir haben,
machen, nicht das, was uns mitgegeben ist,
unterscheidet einen Menschen von einem anderen.“

Nelson Mandela – Der lange Weg zur Freiheit

Als ich am nächsten Morgen erwachte, war ich so glücklich wie noch nie. Als Erstes sah ich meinen Ehemann an, in dessen Armen ich lag. Dann sah ich meinen Ehering an. Ich war verheiratet. Dieser Gedanke zauberte ein breites Lächeln auf mein Gesicht. Liebevoll weckte ich meinen Ehemann auf, indem ich ihn mit Küssen übersäte und dazwischen immer wieder „Mume wangu, mume wangu" sagte – Mein Ehemann, mein Ehemann. Lachend öffnete er die Augen und strahlte mich an. In seinem Blick lag so viel Liebe, dass ich förmlich dahinschmolz.

An jedem Tag unserer Flitterwochen, mit jedem Blick, den er mir zuwarf, und jeder Berührung, die ich erhielt, zeigte mein Mann mir, wie sehr er mich liebte. Ich war überglücklich, hier mit ihm im Paradies. Es blieben uns noch volle zwei Wochen, um unsere Ehe zu genießen, bevor ich wieder zurückfliegen musste.

In diesen zwei Wochen versuchte mein Mann, mir all meine Wünsche zu erfüllen, und so kam es, dass wir Freunde besuchten, die eine Kitesurf-Schule hatten. Es war die Gruppe junger Männer, die bei der Hochzeit das Lagerfeuer für uns gemacht hatte.

Seit Jahren wollte ich schon Kitesurfen lernen, doch es hatte sich einfach nie ergeben. Yakoub wusste das und so organisierte er einen kurzen Kurs für uns beide. Ich fand allein schon die Tatsache, dass wir als Mann und Frau gemeinsam Sport machten, sehr schön. Für viele Paare war dies normal, doch für uns war jede gemeinsame Tätigkeit etwas Besonderes. Omi, ein Freund meines Schwagers Rama, nahm sich an drei Tagen Zeit, um uns das Kiten beizubringen. Am dritten Tag war ich schon etwas ungeduldig. Wir hatten noch viel vor und wollten am nächsten Tag in die Stadt fahren, um dort organisatorische Dinge zu erledigen, und ich war noch immer nicht im Wasser gewesen. Hinzu kam, dass Omi meinen Mann anrief und ihm mitteilte, dass das Wetter zu schlecht war, um zu kiten. Der Wind war einfach nicht ausreichend. Ich war etwas betrübt, da ich wusste, dass es sich dann während meines Aufenthalts nicht ausgehen konnte, dass ich tatsächlich Kitesurfen lernte.

„Wir werden dich zumindest aufs Wasser bringen, bevor du zurückfliegst", versprach Yakoub mir.

Indes hatten wir eine weitere Beschäftigung, der wir in diesen Tagen nachgingen. Wir hatten darüber gesprochen, dass die Grundstückspreise auf Sansibar aktuell so niedrig wie noch nie waren. Da aufgrund der Coronakrise die Touristen ausblieben, verkauften viele Einheimische ihren Grund, um Geld zum Leben zu haben. Um ihren Grund tatsächlich loszuwerden, gingen sie oft mit dem Preis sehr weit herunter.

„Wenn wir ein schönes Stück Land finden, das von den Italienern noch nicht entdeckt wurde, können wir es zu einem sehr günstigen Preis erhalten", erklärte Yakoub, der nebenbei mit seinem Bruder Rama über dieses Thema fachsimpelte.

„Sobald die Italiener einen schönen Fleck hier entdecken, kaufen sie alles auf, um ihre Villen zu bauen. Dann kostet ein Stück Land oft das Zehnfache."

So entstand die Idee, ein Stück Land auf Sansibar zu kaufen. Wir sahen darin zwei Vorteile: Zum einen hatten wir vor, irgendwann ein kleines Haus auf Sansibar zu bauen. Wir wollten diese Möglichkeit nutzen, um zumindest einmal im Jahr Urlaub in der Heimat meines Mannes zu machen, seine Freunde und Familie zu besuchen und somit später unseren Kindern Kontakt zu ihren Wurzeln zu ermöglichen. Zum anderen war ein Grundstück eine gute Geldanlage. So günstig wie jetzt würden wir es nie wieder bekommen und falls wir in eine finanzielle Notlage schlittern sollten, konnten wir den Grund um ein Vielfaches wieder verkaufen. Obwohl wir nicht viel Geld auf der Seite hatten, klang es für mich dennoch sinnvoll, in diesem Fall zu investieren. So kam es, dass wir einige Grundstücke in Kiwengwa – dem Ort, an dem wir geheiratet hatten – begutachteten.

Als einheimischen Mittelsmann nahmen wir Omi mit, der die besten Kontakte herstellen konnte. Somit nutzten wir den windstillen Tag, um ein weiteres Grundstück zu besichtigen.

Das Stück Land lag beinahe neben dem Haus, in dem wir geheiratet hatten. Es lag auf einem kleinen Hügel, umgeben von Natur. Lediglich ein weiteres kleines Häuschen lag daneben, zu dem aber nicht einmal eine Straße führte. Zum Strand konnten wir nicht sehen, aber ein Weg führte in einer Gehzeit von zehn Minuten zum Meer.

„Es gibt hier Strom, Wasser können wir direkt aus dem Boden pumpen. Wir brauchen also nur einen Brunnen zu bauen. Der Boden ist auch gut, weil er nicht steinhart ist, aber auch nicht zu weich. Durch den Hügel haben wir keine Probleme mit Hochwasser oder Abwasser in der Regenzeit", übersetzte Yakoub die Unterhaltung mit dem Verkäufer.

„Wir müssen damit rechnen, dass innerhalb von ein paar Jahren weitere Leute hier Land kaufen und Häuser bauen. Es wird also eine kleine Siedlung entstehen und nicht mehr so viel Natur hier sein. Aber der Eigentümer würde den Straßenbau für uns organisieren."

„Er will eine Straße für uns bauen?", fragte ich ungläubig nach.

„Ja, wie sollen wir sonst ein Haus bauen? Der Bagger und der Lastwagen müssen doch irgendwie durch den Busch kommen und wir müssen später auch unser Auto irgendwo hinstellen."

„Oh, das wird aber teuer", seufzte ich.

„Lass uns abwarten, welchen Preis er uns nennt."

Ich liebte diesen Fleck jetzt schon. Im Gegensatz zu den anderen Grundstücken, die wir bisher besichtigt hatten, sah ich hier förmlich unser Haus stehen. Ich sah unsere gemeinsame Zukunft, meinen Mann und mich und unsere Kinder, die im Garten spielen würden. Ich sah die Möglichkeit, hier Urlaub zu machen und das Haus das restliche Jahr über zu vermieten, um etwas Geld einzunehmen. Ja, dies war das Grundstück, das ich kaufen wollte, und ich sah in Yakoubs Augen, dass es ihm genauso ging.

Nervös wartete ich, bis der Verkäufer schließlich den Preis nannte: 3.500 $. Dieser Preis lag etwa im Bereich der anderen Grundstücke.

„Und was kostet der Straßenbau?", fragte ich nervös.

„Der ist im Preis inbegriffen", erklärte mein Mann.

Ich sah ihn kurz mit großen Augen an, bevor ich zu lachen begann und den Kopf schüttelte.

„Was ist?", wollte er wissen.

„Afrika", sagte ich und er stimmte in mein Lachen mit ein. Mittlerweile reichte dieses Wort aus, um ihn darauf hinzuweisen, wie verrückt seine Welt manchmal für mich war.

Wir beschlossen, eine Nacht drüber zu schlafen, ob wir das Stück Land tatsächlich kaufen wollten. Am nächsten Morgen war ich noch immer so überzeugt davon, wie ich es am Tag zuvor gewesen war. Deshalb fuhren Yakoub, Rama und Omi los, um den Eigentümer des Grundstücks zu treffen. Wie mir erklärt wurde, handelte es sich nicht um den Mann, der es uns gezeigt hatte. Dieser war nur ein weiterer Mittelsmann, der die Geschäfte für den Eigentümer übernahm und dadurch einen kleinen Anteil der Einnahmen erhielt. Sicherheitshalber wollte ich nicht dabei sein, da ich wusste, dass Land an Weiße um ein Vielfaches des einheimischen Preises verkauft wurde.

Natürlich dauerte es ewig, bis der Mann tatsächlich am vereinbarten Ort erschien. Als typischer Afrikaner hatte er keinen Stress und so war er noch zum Fischen am Meer, als die anderen schon am Treffpunkt waren.

Ungeduldig wartete ich darauf, dass sie endlich zurückkamen und mir berichteten, wie es gelaufen war. Als die Drei endlich zu Hause waren, dämmerte es bereits.

„Was ist passiert? Wie ist es gelaufen?", fragte ich ungeduldig.

Mein Mann antwortete mit einem breiten Grinsen: „Wir bekommen es!"

Jubelnd fiel ich ihm um den Hals. Dann erzählte er, wie die Verhandlungen gelaufen waren: „Der Mann hat uns vier Stunden warten lassen, bevor er endlich gekommen ist. Als er dann da war, wurde ich sehr seriös. Rama hat sich neben mir richtig verspannt, weil ich so entschieden mit ihm verhandelt habe, aber es hat sich gelohnt. Wir bekommen das Grundstück um 3.500 $. Der Straßenbau ist inklusive und weil ich ihm so sympathisch war, schenkt er uns noch pro Seite einen Meter Land dazu."

Wir lachten und sagten beide gleichzeitig: „Afrika."

So kam es also, dass wir ein Grundstück in der Größe von 400 m^2 inklusive Straßenbau zum Preis von knapp 3.000 € erhielten. Aufgrund des guten Wechselkurses hatte ich meinen Mann angewiesen, unbedingt in Dollar zu verhandeln, und so wurde die ganze Sache noch ein bisschen günstiger für uns.

Das Geld mussten wir in bar bezahlen. Wir wollten ohnehin in die Stadt fahren, wo wir es besorgen konnten. Da die Verhandlungen so lange gedauert hatten, beschlossen wir, erst am nächsten Morgen in die Stadt zu fahren – also einen Tag später als geplant.

Wir hatten zwar viel zu erledigen, doch ich war trotzdem nicht beleidigt, dass wir noch eine zusätzliche Nacht in Kiwengwa verbrachten.

Nachdem wir fast zwei Wochen in den Genuss des wundervollen Strandhauses gekommen waren, fühlte sich das kleine Zimmer in Stone Town erdrückend an. Besondere Schwierigkeiten hatte ich hier mit der rein afrikanischen Toilette, also dem Loch im Boden. Ich vermisste es, richtig zu duschen. Hier gab es kein fließendes Wasser, die Eigentümerin des Appartements oder ihr Sohn trugen täglich einige Eimer Wasser ins obere Stockwerk. Aus der großen Tonne, in die sie es füllten, schöpfte man es wieder heraus und goss es über seinen Körper. Dies war die Dusche, an die ich mich kaum gewöhnen konnte. Die Einheimischen – folglich auch mein Mann – putzten sich sogar die Zähne über diesem Loch, das immerhin sechs Personen teilten. Das war für mich definitiv zu viel, weshalb ich meine Zähne über dem Becken putzte, indem das Geschirr abgewaschen wurde.

Yakoub merkte, dass ich mich unter diesen Gegebenheiten nicht allzu wohl fühlte. Wie immer tat er alles, um mir mein Leben so angenehm wie möglich zu machen. Er organisierte ein anderes Zimmer für uns. Dabei handelte es sich um ein Appartement von einem Freund. Zwar steckte das ganze Haus noch in Renovierungsarbeiten, bevor es vermietet werden sollte, doch eben deshalb durften wir es benutzen. Hier standen mir eine normale Dusche zur Verfügung sowie eine klassische Toilette, wie ich sie von zu Hause gewohnt war.

Ich hatte ein schlechtes Gewissen meinem Mann gegenüber, da ich mich wie eine verwöhnte Prinzessin fühlte. Für ihn waren diese Zustände immerhin Alltag und ich konnte nicht einmal eine Woche durchbeißen.

„Du musst nicht in diesem Zimmer bleiben. Ich weiß, dass es für dich schwieriger ist, weil du diese hygienischen Zustände nicht gewöhnt bist", sagte Yakoub verständnisvoll. „Ich will, dass du dich hier wohlfühlst. Du bist meine Frau und ich bin dein Mann. Es ist meine Aufgabe, dafür zu sorgen, dass es dir gut geht."

Ich war zwar gerührt von seinen Bemühungen, doch ein schlechtes Gewissen hatte ich trotzdem. Da half es ein bisschen, dass unser Umzug zumindest Yakoubs Freund Allan zugute kam.

In Afrika ist es nichts Außergewöhnliches, sich gegenseitig zu helfen, wo immer man kann. Während Yakoub und ich im paradiesischen Strandhaus geschlafen hatten, war Allan in sein Zimmer gezogen. Nun, da wir in einem anderen Zimmer untergekommen waren, freute er sich, länger in Yakoubs Zimmer bleiben zu dürfen. Wenn man die Leute nicht kannte, verlor man leicht den Überblick darüber, wer wirklich in einem Haus oder Zimmer wohnte, wer letzten Endes für die Miete aufkam und wer nur ein Freund oder Verwandter war, dem man mit einer Unterkunft einen Gefallen tat. Ich mochte diese Einstellung und nahm mir vor, auch in Österreich offener mit Schlafplätzen in meiner Wohnung umzugehen, falls es einmal notwendig sein sollte. Es waren kleine Dinge, die von großer Hilfsbereitschaft zeugten und diesen Kontinent prägten.

Die Woche in Stone Town wurde zu einer geschäftigen Zeit für meinen Mann und mich. Wir mussten das Geld für unser Grundstück besorgen und noch einmal nach Kiwengwa fahren, um es abzugeben. Außerdem musste mein Mann den Kaufvertrag unterschreiben, der in Europa niemals als legales Dokument durchgegangen wäre. Auf einem DIN A5-Zettel stand geschrieben, dass Yakoub nun der Eigentümer des Grundstücks war und wie viel er bei der Übernahme bezahlt hatte. Zumindest hatten beide Parteien unterschrieben. Ich war stolz auf diesen Schritt, der ein Symbol für das gemeinsame Leben war, das mein Mann und ich uns nun aufzubauen begannen.

Neben diesen bürokratischen Aufgaben kauften wir auch noch jede Menge Gewürze ein, die wir bei der Hochzeitsfeier in Österreich als Gastgeschenke überreichen wollten. Außerdem kauften wir vier verschiedene Stoffe. Diese nahm ich mit nach Österreich, damit Yakoub dort zumindest ein wenig Material für seine Arbeit zur Verfügung hatte. Für unsere Wohnung wünschte ich mir noch etwas Dekoration, aus dem Großteil der Stoffe konnte er jedoch Kleidung und dergleichen für Verwandte und Freunde nähen.

Des Weiteren benötigten wir eine Kopie unserer Heiratsurkunde, damit ich zumindest etwas in der Hand hatte. Das Original sollte mein Mann behalten, er benötigte es für seinen Antrag zum Aufenthaltstitel. Diesen Antrag füllten wir gemeinsam aus, da er auf Deutsch gestellt wurde.

Zu einer schönen Verpflichtung zählte ein weiterer Besuch bei meinen Schwiegereltern Suleiman und Arafa. Beide waren nicht zur Hochzeit gekommen, was ich äußerst seltsam fand. Arafa wäre gerne gekommen, sie war aber leider krank geworden. Suleiman hingegen war auf keiner einzigen Hochzeit seiner Söhne gewesen, obgleich er sich über unsere Heirat freute. Beide gratulierten uns herzlichst. In ihren Gesichtern konnte ich sehen, dass sie sich aufrichtig für uns freuten und mich wirklich gerne in ihrer Familie aufnahmen. Dies ließ die Tatsache, dass sie nicht mit uns gefeiert hatten, für mich umso skurriler erscheinen.

Auch dieses Mal überreichte ich meiner neuen Familie Mitbringsel. Für Suleiman und Arafa hatte ich Aspirin mitgebracht. Von Yakoub wusste ich, dass sie ständig krank waren und keinen Zugang zu qualitativ hochwertiger Medizin hatten. Seiner Schwester Sharifa schenkte ich Springschnüre für ihre vier Kinder. Wie immer waren alle dankbar für die Geschenke.

Yakoub unterhielt sich mit seinem Bruder Sefu über unser Stück Land. Sefu war sehr gebildet, sprach fließend Englisch und war ein geschickter Geschäftsmann, dem Yakoub zu hundert Prozent vertraute. Die beiden hatten ein gutes Verhältnis und so bat mein Mann ihn, gelegentlich nach unserem Grundstück zu sehen, wenn Yakoub endlich in Österreich war. Sefu nahm diese Aufgabe gerne an.

Nach dem Besuch bei unserer Familie – ich liebte es, sie so zu nennen – schlenderten wir noch durch die Straßen von Yakoubs Geburtsort. Dort begegneten wir einer Gruppe junger Männer, die er von Kindheit an kannte. Sie gratulierten uns herzlich zur Hochzeit und luden uns zu einem Fußballspiel am kommenden Sonntag ein.

„Sie wissen, dass die Gegner große Augen machen, wenn eine weiße Frau zu ihrem Spiel kommt. Deshalb laden sie dich ein, für mich interessieren sie sich gar nicht", erklärte Yakoub lachend. Bei unserem dichten Zeitplan hatten wir dafür keine Zeit mehr beziehungsweise wollten wir uns dafür keine Zeit mehr nehmen. Vielmehr nutzten wir die letzten gemeinsamen Tage und Abende zum Tanzen und zum Genießen unserer frischen Ehe. Die Zeit, die wir miteinander verbringen durften, war äußerst wertvoll, doch sie verging viel zu schnell.

Der Abschied war der blanke Horror. Als ich meinen Mann anderthalb Jahre zuvor zum ersten Mal verlassen musste, hatte ich gedacht, dass dies der schwerste Abschied gewesen war, den es geben konnte. Doch dieses Mal war es um ein Vielfaches schwieriger. Zwei Tage vor meinem Abflug konnte ich die Gedanken daran schon nicht mehr verdrängen. Immer wieder übermannte mich ein Schleier der Traurigkeit, gefolgt von einigen Tränen. Yakoub musste ich nicht erklären, was in mir vorging. Er wusste es, denn er fühlte genauso. In jedem dieser Momente nahm er mich in den Arm und sagte: „Weine nicht, meine Frau." Doch ich konnte erkennen, dass auch er feuchte Augen hatte.

Als der Tag des Abschieds tatsächlich gekommen war, fühlte ich mich innerlich zerrissen. *„Ich kann nicht in diesen Flieger steigen"*, dachte ich. Verzweifelt suchte ich nach einem Ausweg, nach einer Lösung, wie ich doch noch auf Sansibar bleiben konnte. Meine Gedanken kreisten darum, einfach nicht mehr nach Österreich zurückzukehren, einfach auf der Insel zu bleiben, bei meinem Mann zu bleiben. In mir ging ein Konflikt vor sich, der wohl eher typisch für ein Kind war als für eine erwachsene Frau. Auf der einen Seite wusste ich, dass ich in Österreich meine Verpflichtungen hatte und dass es unrealistisch war, nicht mehr zurückzukehren. Auf der anderen Seite suchte ich fieberhaft nach einer Möglichkeit, bei meinem Mann bleiben zu dürfen. In Gedanken spielte ich sämtliche Szenarien durch, die mir einfielen. Doch letzten Endes entschied nicht mein Verstand, welchen Weg ich ging. Es war mein Körper, der sich zu verselbstständigen schien, einfach den Weg aufnahm und die Schritte zum Taxi tat.

Panik machte sich in mir breit. Die mittlerweile alt vertraute Panik, die ich schon so oft gefühlt hatte, wenn ich nicht wusste, wann ich meinen Mann wiedersehen durfte. Innerlich war ich bereits zerbrochen, bevor ich in den Flieger stieg. Yakoub und ich saßen im Taxi, schweigend, hielten nur unsere Hände, während die Tränen ihren freien Lauf nahmen.

„Alles wird gut", flüsterte er mir zu, als das Taxi das Flughafengelände erreichte. Ich nickte, doch für mich fühlte sich nichts gut an.

Das Taxi parkte, Yakoub stieg aus und begann mit dem Ausladen der Koffer, während mein Körper – weiter selbstständig wie in Trance – das Taxi verließ.

„Ich will nicht gehen", schluchzte ich.

Mein Mann umarmte mich, so fest er konnte. „Bald sehen wir uns wieder", flüsterte er mit brüchiger Stimme. „Alles wird gut, bald sehen wir uns wieder."

Zu gern hätte ich etwas erwidert, doch ich fand keine Worte. Mein Schluchzen war längst in ein bitterliches Weinen übergegangen. Natürlich wusste ich, dass dies auf offener Straße in Afrika auf Unverständnis stieß, doch das war mir in diesem Moment egal. Mir war alles egal außer mein Mann. Ich wollte ihn nicht verlassen. Doch Yakoub war vernünftiger als ich und so löste er irgendwann doch die Umarmung, sah mir tief in die Augen und sagte eindringlich: „Ich liebe dich."

„Ich liebe dich auch." Beinahe lautlos formten meine Lippen die Worte.

Mein Mann gab mir einen letzten Kuss auf die Stirn, dann trat er einen Schritt zurück und mein Körper verselbstständigte sich wieder, schob mich zum Gate, während ich ihn innerlich anschrie: *„Was tust du denn da? Du kannst doch nicht einfach gehen! Dreh sofort um!"*

Doch diesen Kampf hatte ich verloren.

Niedergeschmettert hörte ich im Flugzeug alle Songs auf und ab, die mich an die letzten Wochen erinnerten. Ich sah den Sonnenuntergang über dem Kilimanjaro und ließ dabei meine Flitterwochen Revue passieren. Es waren schöne Erinnerungen an meine Hochzeit, an unsere gemeinsame Zeit, an die geballte Ladung Liebe, die mein Schatz mich hat fühlen lassen. Obwohl diese Erinnerungen eine gewisse Wärme in mein Herz zauberten, stand der Schmerz des Abschieds im Vordergrund. Ich wusste, dass ich so nicht weitermachen konnte. Ich konnte mich nicht immer wieder von meinem Mann verabschieden, ohne zu wissen, wann ich ihn wiedersehen durfte. Ich hatte es so satt, nicht selbst entscheiden zu dürfen, wie ich mein Leben mit meinem Mann verbringen durfte. Je weiter das Flugzeug mich trug, desto mehr veränderten sich meine Gefühle. Weg von Trauer, innerer Gebrochenheit und Verzweiflung hin zu Wut auf die Behörden und die menschenverachtenden Gesetze, für die ich kein Verständnis hatte.

Meine Reise dauerte dieses Mal fast 24 Stunden von Yakoubs Haustür bis zu meiner. Genügend Zeit, um über die Zukunft nachzudenken. In mir wuchs der Gedanke an ein Leben
in Afrika. Natürlich war dies nicht unsere erste Wahl, doch ich
begann mich dennoch mit dem Gedanken anzufreunden. Für
die nächsten Monate hatten wir einen konkreten Plan, um an
den Aufenthaltstitel für meinen Mann zu gelangen. Doch wir
konnten uns wie immer nicht darauf verlassen, dass unser Plan
funktionieren würde, und so dachte ich einmal mehr über die
Alternativen nach. Mit dem tiefsitzenden Gefühl der Trauer über
den Abschied in mir ließ ich erstmals konkret die Alternative
zu: Sollte dieses Verfahren wieder nicht funktionieren, wollte
ich nach Afrika gehen. Als magische Grenze setzte ich mir dafür – vorerst nur für mich selbst, ohne dies mit meinem Mann
zu besprechen – den kommenden Mai. Denn dann hatten wir
zwei Jahre lang für sein Visum gekämpft. Sollte ein zweijähri-
ger Kampf nicht erfolgreich sein, konnte dies nur ein Zeichen
sein, dass ich mein Leben in Afrika fortführen sollte.

Kapitel 15

„Sich auf das zu verlassen, was ein Mensch sagt,
ist immer risikobehaftet. Wahrheiten sind stets provisorisch,
während Lügen oft verrückbar sind.“

Henning Mankell – Die schwedischen Gummistiefel

Für Yakoub und mich gehörte es mittlerweile zum Alltag, dass eine Komplikation die nächste jagte. Insofern war es auch kaum verwunderlich, dass seine Reise nach Nairobi ein ebenso großes Abenteuer war wie unsere bisherigen Versuche, an ein Visum für ihn zu gelangen.

Es war Montag, noch eine Woche bis zu Yakoubs Termin an der Österreichischen Botschaft in Nairobi, die ihm nun endlich sein Visum als Familienangehöriger ausstellen sollte. Um unsere Heiratsurkunde beglaubigen zu lassen, hatte mein Mann an diesem Tag noch einen Termin in Dar es Salaam, also auf dem Festland. Frühmorgens reiste er mit der Fähre an, um pünktlich beim Konsul zu erscheinen. Dieser war ein freundlicher, weißer Mann, dem Dialekt nach vermutlich ein Wiener.

Woher ich das wusste? Nun, der Konsul versuchte während seines Gesprächs mit meinem Mann sage und schreibe acht Mal, mich telefonisch zu erreichen. Schließlich versuchte er es sogar an meinem Arbeitsplatz, wo ihm die Sekretärin mitteilte, dass ich an diesem chaotischen Tag wirklich keine Zeit zum Telefonieren hatte.

Während in unserem Institut alles drunter und drüber ging, da zwei Kollegen an Corona erkrankt waren und wir restlichen drei Physiotherapeuten nun auch deren Patienten behandeln mussten, durchstand mein Mann in Dar es Salaam noch viel größere Probleme.

Der Konsul erklärte ihm, dass die Unterschrift auf unserer Heiratsurkunde nicht gültig wäre. Er konnte das Dokument nicht beglaubigen, weil er den Standesbeamten, der unsere Trauung vollzogen hatte, nicht kannte. Deshalb beauftragte er meinen Mann damit, auf Sansibar einen anderen Standesbeamten zu finden, der ihm eine neue Heiratsurkunde ausstellen würde, und dann wieder aufs Festland zurückzukommen. Erst dann könnte er die Beglaubigung durchführen.

All das erfuhr ich am Abend, als ich vollkommen geschlaucht von einem harten Arbeitstag zu Hause angekommen war. Ich versuchte noch, den Konsul telefonisch zu erreichen, was natürlich nicht mehr möglich war, da es bei ihm schon fast Mitternacht war.

Am nächsten Morgen stand ich früh auf, um sofort mit ihm zu telefonieren. Neben den Komplikationen mit der Heiratsurkunde erklärte er mir noch ein weiteres Problem: „Ich bin mir ziemlich sicher, dass Ihr Gehalt nicht ausreichen wird, um ein Visum für Ihren Mann zu erhalten. Es gibt einen gesetzlich festgelegten Deckelbetrag, der besagt, dass Ihnen am Ende jedes Monats eine bestimmte Summe übrigbleiben muss, wenn man all Ihre Fixkosten von Ihrem Gehalt abzieht."

„Ja, das wissen wir bereits", dachte ich genervt. Immerhin hatte ich auch eine Kalkulation aufgestellt und meinem Mann für die Botschaft mitgegeben.

Doch dann sprach der Konsul weiter: „Jedes Monat muss Ihnen eine Summe von 1.000 € von Ihrem Nettogehalt übrigbleiben, sofern ich das richtig im Kopf habe."

Mir blieb die Luft weg. Mit dieser Summe hatte ich natürlich nicht gerechnet. Ich wusste, dass mein kleines Gehalt dafür nicht ausreichen würde. Panik machte sich in mir breit, als der Konsul weitersprach.

„Der Hintergrund dieses Deckelbetrags ist, dass der Staat Österreich eine Absicherung verlangt. Falls Sie sich nach einem Monat wieder scheiden lassen, Ihr Mann aber ein Visum für ein Jahr hat, müssen Sie trotzdem für die restlichen elf Monate seinen Unterhalt bezahlen. Sie müssen auch nach der Scheidung für all seine Kosten aufkommen."

Wut stieg in mir auf, sie ließ die Panik schlagartig verschwinden. In welchem Land lebte ich eigentlich? Waren die Bürokraten in Österreich wirklich so gefühlskalt, emotionslos, dass sie sich nicht vorstellen konnten, dass zwei Menschen aus Liebe heirateten? Der Staat, in dem ich lebte, in dem ich geboren wurde, ging von Grund auf davon aus, dass ich eine Scheinehe eingegangen war. Es machte mich so unglaublich wütend, dass ich in diesem verfluchten Land ständig meine Liebe zu meinem Mann beweisen musste. Mit Menschenrechten konnte das nicht mehr viel zu tun haben.

Der Konsul beteuerte noch, dass er mir mit seiner Aussage nur helfen und uns vorwarnen wollte. Ich bedankte mich bei ihm, legte auf und stampfte wütend in meiner Wohnung auf und ab. Ich fühlte mich erniedrigt und im Stich gelassen von dem Staat, der sich meine Heimat nannte und mir doch nur Steine in den Weg legte.

Mein Mann hatte eine schwere Zeit durchzustehen – wieder einmal. Und ich konnte ihm nicht helfen. Verzweifelt fuhr er mit der Fähre nach Sansibar zurück, in dem Wissen, dass er umsonst nach Dar es Salaam gereist war und wieder Geld für die Reise verloren hatte. Er fand einen Standesbeamten, der ihm die Hochzeitsurkunde neu ausstellte und unterschrieb. Leider dauerte der Prozess jedoch einige Tage, sodass er die fertige Urkunde erst am Samstagvormittag in der Hand hielt. Sein Flieger nach Nairobi würde am Sonntagabend gehen. Der Konsul hatte ihm zwar erklärt, dass er für die erforderlichen Beglaubigungen nicht mehr nach Dar es Salaam kommen musste, doch auf der Heiratsurkunde fehlte der Stempel des Konsulats und wir waren uns nicht sicher, ob die Aussage daher noch gültig war.

Wie auch immer, es gab keinen anderen Weg, als in den Flieger nach Nairobi zu steigen. Mein Mann musste den Termin an der Botschaft wahrnehmen.

Einige Tage zuvor erfuhr er außerdem, dass er für seinen Flug einen negativen Coronatest vorweisen musste, da Nairobi mit hohen Infektionszahlen zu kämpfen hatte. Yakoub ging ins Mnazi Mmoja Hospital in Stone Town. Dort teilte man ihm mit, dass er das Ergebnis nicht innerhalb der erlaubten Frist erhalten konnte. Man gab ihm jedoch den Hinweis, dass er im Krankenhaus in Dar es Salaam das Ergebnis noch am gleichen Tag bekommen würde.

Das machte Yakoub schon wieder nervös, weil er die Heiratsurkunde erst so spät erhielt und folglich nicht früher aufs Festland reisen konnte. Am Samstag nahm er die Fähre und begab sich in Dar es Salaam sofort in ein Krankenhaus. Dort bat er um einen Coronatest.

„Das können Sie gerne tun, aber die Ergebnisse liegen erst in zwei Tagen vor", erklärten ihm die Ärzte.

Yakoub traute seinen Ohren nicht. „Wir sind in Afrika. Du kannst hier niemandem etwas glauben", erklärt er mir verzweifelt am Telefon.

Es war spät geworden an diesem Tag und niemand konnte ihm mehr helfen. Deshalb stand er am nächsten Tag früh auf und machte sich erneut auf den Weg. Mein Mann klapperte alle Krankenhäuser in der Stadt ab und fragte, ob sie einen Coronatest machen könnten. Niemand erklärte sich bereit, ihm das Ergebnis noch am gleichen Tag auszuhändigen.

„Weißt du was?", sagte er zu mir. „Ich werde versuchen, jemanden zu bestechen, damit er mir ein gefälschtes Testergebnis vorlegt."

„Ja, tu das. Das ist eine gute Idee", bestätigte ich ihn. „All die Regeln und Gesetze haben uns schon so viele Probleme gemacht, weil sie immer gegen uns sind. Warum sollen wir es nicht einmal auf die afrikanische Art versuchen?"

Noch nie hatten wir illegal gehandelt, jeder Schritt im Visumprozess war rechtlich korrekt gewesen. Doch mir platzte gleich der Kragen, weil wir Tag für Tag neue Hürden zu bewältigen hatten und meinem Mann die Zeit davonlief. Es waren nur noch wenige Stunden, bis er am Flughafen sein musste.

Etwa eine Stunde später bekam ich dann die erleichternde Nachricht: „Ich habe das Testergebnis. Ein Arzt hat es mir ausgestellt, dafür musste ich ihm aber das Doppelte eines echten Coronatests an Schmiergeld bezahlen."

Das war Afrika. Alle Probleme ließen sich lösen, wenn man nur tief genug in die Tasche griff.

Wenige Stunden später musste Yakoub dieses Prinzip erneut erfahren. Ich saß zu Hause und war besorgt, weil ich seit Ewigkeiten nichts mehr von meinem Mann gehört hatte. Er müsste schon längst gelandet sein, war aber nicht erreichbar. Ich kannte seinen Reiseplan und wusste, dass er seit mittlerweile einer Stunde in seiner Unterkunft sein sollte. Doch bisher gab es kein Lebenszeichen von ihm. Was war passiert?

Nervös lief ich in meiner Wohnung auf und ab, überprüfte alle zwei Minuten mein Handy auf neue Nachrichten, die natürlich nicht eintrafen. Immer wieder versuchte ich, meinen Mann telefonisch zu erreichen, doch sein Handy war noch immer nicht eingeschaltet. Das war kein gutes Zeichen. Ich wusste, dass er in der Unterkunft Gratis-WLAN hatte und dieses sofort nutzen wollte, um mich zu kontaktieren.

„Eine Stunde gebe ich ihm noch", sagte ich mir. „Wenn er dann noch immer nicht erreichbar ist, rufe ich in der Unterkunft an und frage, ob er angekommen ist."

Just in diesem Moment klingelte mein Handy – es war Yakoub.

„Was ist passiert?", fragte ich, ohne ihn zu begrüßen. Zu groß war meine Angst, dass er wieder in Schwierigkeiten steckte.

„Es war so schlimm", erklärte er ohne Umschweife. In seiner Stimme erkannte ich, wie erschöpft er war.

„Das Visum für Nairobi habe ich ohne Probleme erhalten. Doch als ich den Flughafen verlassen wollte, um ein Taxi zu rufen, hat mich die Polizei aufgehalten. Sie haben mich gefragt, wo ich herkomme, und mir so viele Fragen gestellt. Ich weiß nicht, warum, aber sie haben mich behandelt wie einen Verbrecher. Ich habe ihnen gesagt, dass ich mein Visum schon habe und sie keinen Grund haben, mir Fragen zu stellen, die sonst nur die Einwanderungsbehörde stellt. Doch sie haben nicht aufgehört. Irgendwann ist ein Mann vorbeigegangen und hat mir zugeflüstert, dass sie mich nicht gehen lassen, bevor ich ihnen Geld gegeben habe. Und so war es dann auch. Ich habe ihnen Geld gegeben, schon wieder Geld, immer Geld. Bald haben wir nichts mehr. Aber anders wäre ich von dort nicht weggekommen. Ganze drei Stunden haben sie mich gelöchert."

„Das tut mir alles so leid", versuchte ich, ihn zu trösten. Doch die Geschichte war noch nicht zu Ende.

„Der Taxifahrer hat mich zu der Unterkunft gebracht, in der du das Zimmer für mich gebucht hast. Aber es war kein Zimmer mehr frei, deshalb haben sie mich wieder weggeschickt."

„Was? Wie kann das sein? Wo bist du jetzt?", fragte ich entrüstet.

„Der Taxifahrer hat mir dabei geholfen, ein anderes Zimmer zu finden. Es ist nicht so schön und teurer als das andere. Aber etwas Besseres konnte ich um diese Uhrzeit nicht mehr finden. Ich bin so hungrig. Die ganze Reise über hatte ich keine Zeit, etwas zu essen."

Selbst per Videochat konnte ich deutlich erkennen, welche Spuren diese beschwerliche Reise in seinem Gesicht hinterlassen hatte. Ich fühlte mich so schlecht, weil er all diese Qualen durchmachen musste, all diese Erniedrigungen und unfairen Behandlungen. Zu gern wollte ich ihm helfen, aber ich wusste nicht, wie.

„Versuch zumindest, ein bisschen zu schlafen. Morgen ist noch einmal ein wichtiger Tag und dann haben wir hoffentlich das Schlimmste überstanden", sprach ich ihm gut zu.

„Ja, ich versuche es", antwortete er zermürbt.

Auch ich versuchte zu schlafen. Doch wegen des ganzen Dramas und der Sorge um meinen Mann bekam ich in dieser Nacht kein Auge zu.

Am nächsten Tag, Montagmorgen, nahm das Chaos weiter seinen Lauf. Mein Mann wollte extra früh aufstehen, um vor seinem eigentlichen Termin an der Botschaft zu sein. Er wollte die Dokumente noch beglaubigen lassen, wie der Konsul in Dar es Salaam es ihm aufgetragen hatte.

Es war ihm so wichtig, früh genug an der Botschaft zu sein, dass er einfach aufstand, sich fertigmachte und das Haus verließ. Verwirrt stellte er fest, dass es draußen noch dunkel war. Ein Blick auf die Uhr verriet ihm, dass es erst vier Uhr morgens war. Wir mussten beide lachen, als er mir später diese Geschichte erzählte, auch wenn ich wusste, dass er vor lauter Schlafmangel und zu wenig Essen vollkommen durch den Wind war.

Zwei Stunden später machte er sich wirklich auf den Weg zur Botschaft. Doch hier folgte die nächste Überraschung: Die Botschaft war nicht mehr da. Offenbar war sie umgezogen, denn das Gebäude, dessen Adresse im Internet angegeben wurde, stand leer.

Mein Mann fragte einen Sicherheitsbeamten, wo er die Botschaft für Österreich finden würde. Dieser erklärte ihm prompt den Weg. Als Yakoub mir am Abend die Geschichte erzählte, dachte ich noch: *„Das Problem wurde zumindest schnell gelöst."*

Aber es wäre ja nicht unser Leben, wenn ein Problem so einfach zu lösen gewesen wäre. Der Passant hatte ihm nämlich nicht den Weg zur „Embassy of Austria" geschildert, sondern den Weg zur „Embassy of Australia".

Zermürbt stand mein Mann also vor der Australischen Botschaft. Zum Glück fand er jemanden, der ihm tatsächlich den Weg zur Österreichischen Botschaft erklären konnte. Diese erreichte er schlussendlich kurze Zeit nach seinem Termin. Deshalb wollte ihn die zuständige Dame, eine richtige *African Mama*, nicht mehr eintreten lassen. Als sie sah, dass er kurz vor einem emotionalen Zusammenbruch stand und in Tränen auszubrechen drohte, erbarmte sie sich doch noch und nahm sich Zeit für ihn.

Natürlich hatte er somit keine Zeit mehr für die Beglaubigungen gehabt.

„Das ist kein Problem", erklärte ihm die *African Mama*. „Jedoch fehlt der Stempel auf der Heiratsurkunde und außerdem brauchen Sie ein polizeiliches Führungszeugnis."

Wir hatten die Liste der notwendigen Dokumente so oft überprüft. Von einem polizeilichen Führungszeugnis war nie die Rede gewesen.

„Sie können die Dokumente nachbringen. Organisieren sie alles und vereinbaren Sie dann einen neuen Termin bei uns."

„Die Reise von Sansibar nach Nairobi ist für mich sehr umständlich. Kann ich die Dokumente nicht per E-Mail senden?", fragte Yakoub.

„Nein, das ist leider nicht möglich. Sie müssen noch einmal persönlich erscheinen", erklärte die *African Mama*.

Nach all dem Chaos war Yakoub fix und fertig. Er reiste nach Tansania zurück und begann wieder mit der Organisation der fehlenden Papiere.

Auf Sansibar kümmerte er sich um das polizeiliche Führungszeugnis, das er zum Glück innerhalb einiger Tage erhielt – natürlich ging dies nur für ein entsprechend hohes „Trinkgeld" so schnell.

Anschließend setzte er seine Reise von Sansibar nach Dar es Salaam fort. Sein Weg führte ihn zu dem Konsul, der behauptet hatte, dass er nicht mehr zu ihm kommen müsste. Warum er uns damals nicht gleich den erforderlichen Stempel gegeben hatte, wussten wir nicht. Wir waren beide nicht einmal mehr wütend, sondern einfach nur erschöpft von den ewigen Lügen, an denen offenbar sogar die Österreicher beteiligt waren. Wie dem auch sei, dieses Mal erhielt mein Mann den Stempel für unsere Heiratsurkunde, womit sie endlich offiziell beglaubigt war. Auf das polizeiliche Führungszeugnis setzte der Konsul ebenfalls seinen Stempel.

Kurz vor Weihnachten war endlich alles erledigt. Mein Mann machte einen weiteren PCR-Test – es war also wirklich kein Wunder, dass wir allmählich kein Geld mehr hatten – und flog erneut nach Nairobi, um die Papiere dort abzugeben.

Das war alles, was er zu erledigen hatte. Niemand wollte mit ihm sprechen. Seine Papiere wurden lediglich entgegengenommen. Eine Antwort würde er per E-Mail erhalten, hieß es.

Sicherheitshalber hatte mein Mann eine Unterkunft gebucht, in der er zumindest eine Woche verbringen wollte, um eine Antwort von der Botschaft abzuwarten.

Zu gerne hätte ich ihm einen Teil dieser Strapazen abgenommen, doch von Österreich aus konnte ich nicht viel für ihn tun. Mir war bewusst, welches Opfer er brachte, nur um mit mir zusammen zu leben.

Zum Glück war mein Mann ein sehr kommunikativer Mensch und so fand er schnell Freunde in Nairobi. Ich war erleichtert, dass er nicht den ganzen Tag alleine in einer fremden Stadt verbrachte, sondern sich zum Spazieren oder zum Abendessen mit jemandem treffen konnte.

Yakoub machte sich nicht allzu viel aus Weihnachten. Als Moslem war ihm dies nicht die heiligste Zeit des Jahres. Dennoch fand ich es traurig, dass er durch all die Komplikationen die Feiertage nicht bei seiner Familie verbringen konnte. So verbrachte also mein Mann seine Weihnachten mit neuen Freunden in Nairobi.

In jener Nacht hatte ich einen Traum. Ich sah meinen Mann in einem Flugzeug sitzen, er saß am Fenster, die Welt außerhalb der Maschine war deutlich zu sehen. Er befand sich in der Wüste. Der Sand hatte einen Rotton, der mich eher an den Ayers Rock erinnerte als an Afrika. Trotzdem war mir irgendwie klar, dass es sich um Nairobi handelte. Dann startete der Flieger, mein Mann wurde von der Wucht des Starts in den Sitz gedrückt. Mit scheinbar endloser Geschwindigkeit schoss das Flugzeug in die Luft, sodass es von Feuer umhüllt wurde. Der Flieger steuerte direkt von der Wüste in eine Eislandschaft. Die gesamte Umgebung, die ich durch das kleine Fenster neben meinem Mann sehen konnte, veränderte sich schlagartig. Plötzlich war die Landschaft blau-weiß vom Eis. Innerhalb von Sekunden war kein Feuer mehr zu sehen, stattdessen wurde das Flugzeug überall von Frost bedeckt. An dieser Stelle erwachte ich und ich war sicher, dass dieser Traum eine Art Zeichen war. Mein Mann flog vom Feuer ins Eis, er würde es nach Österreich schaffen.

Kapitel 16

„Angst zu haben bedeutet nicht,
dass ich dem nicht zu trotzen wage,
was mich erschreckt."

Henning Mankell –
Die italienischen Schuhe

Während mein Mann all diesen Strapazen ausgesetzt war, beschäftigte mich etwas anderes. Auf Facebook verfolgte ich die offizielle Seite der „Zeit im Bild", um informiert zu bleiben. Leider brachte die Seite nicht nur die Möglichkeit mit sich, Informationen über die Geschehnisse in der Welt zu erhalten, sondern sie bot auch jede Menge Raum für Meldungen über den Terroranschlag in Wien sowie über das abgebrannte Flüchtlingslager Moria auf der griechischen Insel Lesbos. Angesichts der Tatsache, dass ich soeben einen afrikanischen Moslem geheiratet hatte, ließ es mich noch weniger kalt, wie abartig sich manche Österreicher über Ausländer und über Muslime im Speziellen äußerten. Die „Zeit im Bild" veröffentlichte auf ihrer Facebookseite beispielsweise am 22. Dezember 2020 folgende Aussage von Bundespräsident Alexander Van der Bellen:

„Menschen, die auf Lesbos waren, schildern das Lager übereinstimmend als Katastrophe. Sie sprechen von einer Notsituation, die Erste Hilfe erfordert. Diskutieren wir bitte jetzt nicht über Änderungen in der Flüchtlingspolitik, geschweige denn in der Migrationspolitik. Setzen wir eine humanitäre Geste im Sinne von Erster Hilfe. Das kann nur heißen, prioritär Familien mit Kindern dort herauszuholen.
Erstens funktioniert die Hilfe vor Ort nicht. Und zweitens: Weihnachten ist die Zeit der Herbergssuche, wie es der Kardinal gesagt

hat. Ist es uns wirklich egal, wie es den Leuten dort geht, obwohl wir helfen könnten? Wir haben Platz genug."

Prompt folgten sämtliche fremdenfeindliche Kommentare, deren Inhalt ich an dieser Stelle kurz wiedergeben möchte.

Eine Person schlug vor, alle Flüchtlinge in leeren Kreuzfahrtschiffen in ihre Heimatländer zurückzubringen, um diese wieder aufzubauen. So würden sie Europa nicht zur Last fallen. Schließlich sei Europa kein Schlaraffenland zur Versorgung illegaler Migranten.

Eine weitere Person kritisierte, dass Österreicher sich einsperren lassen, während Personen aus Risikogebieten jederzeit um Asyl betteln durften. Es folgten mehrere Beschimpfungen.

Am meisten schockierte mich jedoch ein Kommentar, in dem kritisiert wurde, dass WIR zum Schutz des Gesundheitssystems zu Hause bleiben mussten, während unzählige Menschen, die bestimmt unter diversen Krankheiten litten, in unserem Land aufgenommen und in unseren Krankenhäusern versorgt wurden. Dies würde einen Ausnahmezustand provozieren. Außerdem sei es kein Wunder, wenn bürgerkriegsähnliche Zustände entstehen würden, wenn man Flüchtlinge besser behandeln würde, als Österreicher.

Ich fragte mich ernsthaft, was im Kopf dieser Menschen vorging. Diese Kommentare zu lesen, setzte eine Reihe von Gedanken in mir frei. Warum gingen manche Menschen automatisch davon aus, dass Flüchtlinge besser behandelt werden als sie selbst? Wie kam diese Frau auf den Gedanken, dass ein bürgerkriegsähnlicher Zustand gedroht hätte, nur weil unschuldige Kinder aufgenommen worden wären? Warum glaubten Österreicher, die im coronabedingten Lockdown steckten, dass sich aufgenommene Flüchtlinge nicht an die gleichen Regeln halten müssten? Ich verstand diese Gedanken damals nicht und ich kann sie bis heute nicht verstehen.

Was für mich auffallend war, waren die schlechten Grammatikkenntnisse der Personen, die sich im Rahmen der sozialen Netzwerke am heftigsten äußersten. Dies sehe ich durchaus als Zeichen, dass Fremdenhass auf mangelnde Bildung zurückzuführen ist. Wie könnte es auch anders sein in einem Land, dessen Geschichte den Versuch der Ausrottung einer ganzen religiösen Minderheit beinhaltet?

Ebenfalls auffallend fand ich, dass diese Menschen interessanterweise oft glaubten, ein aufgenommener Flüchtling würde ein besseres Leben führen, als es ihnen selbst möglich war. Der Neid auf einen Wohlstand, den sich diese Personen aber nur selbst ausmalten, der in Wirklichkeit nicht einmal realistisch für einen Flüchtling war, resultierte in unbändigem Hass auf eine ganze Menschengruppe. Woher kam dieser Neid?

Neben all den Fragen, die mich bezüglich unserer gesamten Gesellschaft so intensiv beschäftigten, machte ich mir auch Sorgen um meinen Ehemann. Wie würden die Menschen ihn behandeln, wenn er erst einmal in Österreich war? Konnte er – konnten wir – diesem Fremdenhass standhalten? War es wirklich realistisch, hier eine Familie zu gründen, wo wir doch wussten, dass unsere Kinder allein durch ihre Hautfarbe täglicher Diskriminierung ausgesetzt werden würden?

Unser gemeinsames Leben hier aufzubauen, bedeutete auch, dass wir uns der Situation stellten und somit ein Zeichen setzten, wodurch sich wiederum andere Fragen stellten. Wollten wir diese Last auf uns nehmen, den Kampf gegen Rassismus zu unserem Alltag machen? Wollten wir tatsächlich mit unserer Ehe ein Zeichen setzen? Diese Fragen waren wesentlich leichter zu beantworten, weil wir wussten, worauf wir uns einließen. Ja! Ich wollte ein Zeichen setzen im Kampf gegen Rassismus. Ja! Ich wollte versuchen, ein Leben mit meinem dunkelhäutigen Ehemann in Österreich aufzubauen und eine Familie mit ihm zu gründen. Nein! Ich ließ mich nicht unterkriegen von einer Horde ungebildeter Menschen, die zu blind, zu erfüllt von Hass und Neid waren, um das Gute in anderen Menschen zu sehen. Sollten sie sich doch ihr Leben schwer machen, sollten sie doch ihre Zeit mit sinnlosen Kommentaren verschwenden, die nur die negativen Gefühle in ihnen selbst verstärkten. Wir – mein Mann und ich – ließen uns davon nicht unterkriegen.

Dies war immerhin auch einer der Gründe, warum ich mit der Eheschließung den Nachnamen meines Mannes angenommen hatte. Ich sah dies als Zeichen, dass ich hinter ihm stand, dass ich zu ihm gehörte, dass wir fortan eine Familie waren. Ich wollte damit aber auch ein Zeichen gegen Rassismus setzen. Zahlreiche Menschen hatten mir vor der Hochzeit den Rat gegeben, den Namen meines Mannes nicht anzunehmen, um mir keine Steine in den Weg zu legen. Doch ich sah das anders. Die Menschen sollten lernen, mich als Frau Ahmada zu akzeptieren. Sie sollten ruhig etwas überrascht aussehen, wenn sie eine Frau Ahmada erwarteten und plötzlich eine blauäugige Blondine vor ihnen stand. Mir gefiel der Gedanke an diese kleine Provokation sogar, weil ich mir dadurch erhoffte, die Menschen zum Nachdenken anzuregen. Darüber, wie schnell man andere Menschen in Schubladen steckte oder wie schnell Vorurteile entstanden. Ich war mir meiner Sache sicher und ich war stolz darauf, den Namen meines Mannes zu tragen. Sein Kampf wurde dadurch zu unserem Kampf.

Wie schwierig es für ihn in Österreich werden würde, konnte ich nur erahnen. Ich dachte viel darüber nach. Mich beschäftigte auch immer wieder der Gedanke, ob die Menschen meinen Mann als „einfach eingewanderten Afrikaner" akzeptieren würden oder ob ihm automatisch der Flüchtlingsstempel aufgedrückt werden würde.

Selbst innerhalb meiner Familie war dies ein Thema. Mein Bruder arbeitete im Sozialbereich – eine Zeit lang hatte er auch mit Flüchtlingen gearbeitet – und er begann einen Satz liebend gern mit den Worten: „Also bei meinen Flüchtlingen war das immer so …"

Ich hätte jedes Mal aus der Haut fahren können, wenn er das sagte. „Mein Mann ist aber kein Flüchtling!", schrie ich ihn dann immer beinahe an. Doch meine aufbrausende Reaktion war jedes Mal umsonst, denn ich konnte sicher sein, dass mein

Bruder bei unserem nächsten Gespräch wieder meinen Mann in einen Topf mit den Flüchtlingen warf.

Wie also konnte ich die Gesellschaft davon in Kenntnis setzen, dass mein Mann einfach nur nach Österreich gekommen war, wenn ich es nicht einmal bei meinem Bruder schaffte? Ironischerweise war seine Freundin aus Deutschland nach Österreich gekommen, um hier mit ihm gemeinsam zu leben. Niemals hätte er seine deutsche Freundin als Flüchtling bezeichnet, obwohl sie in exakt der gleichen Situation war wie mein Mann.

Es war also kein Wunder, dass ich nachts kaum noch schlief, wenn all diese Gedanken mich plagten.

Zur Weihnachtszeit waren die negativen Gedanken und Gefühle natürlich wieder besonders schlimm. Dieses Jahr beschloss ich, den 24. Dezember nicht zu feiern. Ich war schon seit Jahren ohne Bekenntnis, glaubte auch an keinen Gott und Weihnachten war für mich nur noch ein Familienfest. Mein Ehemann war nicht da – wozu sollte ich da also ein Familienfest feiern?

An den nächsten Tagen wollte ich mich durchaus mit meinen Eltern, meinem Bruder und seiner Familie treffen, doch am 24. Dezember blieb ich demonstrativ allein.

Am Abend meditierte ich und sandte eine gedankliche Botschaft ins Universum: *„Siehst du, liebes Universum, hier sitze ich jetzt also – allein am 24. Dezember. Du hast es so gewollt. Wenn ich an Weihnachten nicht allein sein soll, dann schick mir endlich meinen Mann!"*

Zumindest hatte ich kein schlechtes Gewissen, weil er in Nairobi festsaß und ich die Feiertage im Kreis der Familie verbrachte. So waren wir wenigstens gemeinsam einsam.

Am 25. Dezember erhielt mein Mann eine E-Mail mit der Information, dass er am 28. Dezember noch einmal zur Botschaft kommen sollte, um dort eine Liste abzuholen. Im ersten Moment waren wir erleichtert, dass Yakoub in Nairobi geblieben war, doch im nächsten Moment begann es in unseren Köpfen schon wieder zu rattern. Was hatte das zu bedeuten? War diese Liste etwas Gutes oder etwas Schlechtes? Die Behörde hatte sich in der E-Mail sehr kurz gehalten und nur diesen einen Satz mit Datum und Uhrzeit des Termins geschrieben. Somit wussten wir einmal mehr nicht, was meinen Mann erwarten würde. Man könnte meinen, dass wir das Warten, das Zittern und Bangen schon gewohnt waren, aber jeder einzelne Tag machte mich wieder nervös. Jede Meldung dieser Art raubte mir immer noch nachts meinen Schlaf.

Als Yakoub endlich den Termin hatte, musste ich natürlich wieder arbeiten. In einer kurzen freien Minute sah ich gespannt auf mein Handy. Irgendwie hatte ich dieses Mal das Gefühl, dass endlich alles gut werden würde und mein Mann endlich sein Visum erhalten würde. Doch wo auch immer dieses Gefühl herkam, es hatte mich getäuscht. Die besagte Liste war eine Aufzählung an Dokumenten, die entweder fehlten oder falsch ausgestellt worden waren. Die Mitarbeiter der Botschaft teilten meinem Mann mit, dass sie ihm die Information für ein anderes Visum gegeben hätten. Demnach hatten wir zwar alle erforderlichen Dokumente erbracht, aber für den Antrag, den er gestellt hatte, hätten sie ihm eine andere Information übermitteln müssen. Dieser Fehler der Behörde kostete uns erneut mehrere hundert Euro, da mein Mann schon wieder umsonst nach Nairobi geflogen war und die Zeit dort in einem Hostel abgesessen hatte.

Das Einzige, was mich davon abhielt, laut zu schreien und los zu weinen, war die Tatsache, dass ich in der Arbeit war. Ich musste mich auf meine Patienten konzentrieren, auch wenn mir das an diesem Tag unendlich schwerfiel. Wieder einmal stellte sich die Frage: Was sollten wir tun? Und wieder einmal gab es darauf nur eine Antwort: Genau das, was sie von uns verlangten. Wir waren der Behörde hilflos ausgeliefert. Nur die Botschaft konnte das Visum ausstellen, also mussten wir gehorchen. Und wir mussten weiter zusehen, wie fremde Menschen, die weder meinen Mann noch mich kannten, über unser Schicksal und unser Leben bestimmten.

Am Abend telefonierten mein Mann und ich lange, um die neue Situation zu besprechen. Ein Großteil der erforderlichen Dokumente sollte kein Problem sein, da ich sie besorgen musste.

Dank moderner Plattformen konnte ich sie alle online beantragen. Das Hauptproblem war jedoch, dass das Deutschzertifikat meines Mannes nicht akzeptiert worden war. Man verlangte von ihm, erneut einen Deutschkurs in Dar es Salaam zu besuchen. Die Behörde wollte lediglich eine Bestätigung dieses speziellen Instituts anerkennen. Für meinen Mann bedeutete dies, dass er aufs Festland ziehen und schleunigst mit dem Kurs beginnen musste. Neben den offensichtlichen Hürden, wie etwa der Frage, wo er zu dieser Zeit wohnen sollte, gab es noch ein großes Problem. Die Botschaft in Nairobi gab uns eine Frist vor. Sie verlangten von uns, dass mein Mann spätestens bis 20. Jänner 2021 die erforderlichen Dokumente persönlich in Nairobi abgab. Der Deutschkurs dauerte jedoch sechs Wochen. Somit konnte Yakoub das Zertifikat gar nicht innerhalb der genannten Frist erbringen.

„Ich glaube, das machen die absichtlich", sagte ich zu meinem Mann am Telefon. „Ich kann mir einfach nicht vorstellen, dass diese Leute uns aus Versehen die falsche Liste gegeben haben und jetzt auch noch diese Frist setzen, die wir gar nicht einhalten können."

„Ich verstehe diese Welt auch nicht", stimmte mein Mann in meine Verzweiflung mit ein. „Sie wollen einfach nicht, dass ich nach Österreich komme. Sie tun alles, um uns zum Aufgeben zu bringen."

Viel konnte ich meinem Mann nicht erwidern, das Sprechen fiel mir schwer. In meinem Hals steckte ein riesiger Kloß, meine Augen hatten sich schon wieder mit Tränen gefüllt und die Sehnsucht nach meinem Mann steigerte sich beim Videotelefonieren ins Unermessliche.

„Ich liebe dich", sagte er in einem Tonfall, als würden wir uns für immer verabschieden müssen.

Ich nickte und nach einigen Schluchzern flüsterte ich: „Ich dich auch."

Am nächsten Tag blätterte ich im Südwind-Magazin und stieß dabei auf einen kurzen Text, der da stand, als hätte der Autor gewusst, was in meinem Kopf vor sich ging:

Kein Mensch hat es verdient, in Österreich geboren geworden zu sein. Kein Mensch hat es verdient, hier in Sicherheit, Wohlstand und Frieden leben zu dürfen.

Kein Mensch hat es verdient, seine Heimat verlassen zu müssen, sei es wegen Krieg oder existenzieller Not. Kein Mensch hat es verdient, einen negativen Asylbescheid zu bekommen. Kein Mensch hat es verdient, allein aufgrund dessen „illegal" zu sein.

Wer hat es sich verdient, darüber zu richten, welcher Flüchtling „illegal" im Land ist und wer in Österreich bleiben darf?

Lassen wir uns nicht einreden, dass nur manche von uns das Recht haben, hier in Sicherheit, Wohlstand und Frieden leben zu dürfen. Es geht um Menschenrechte, und die verdient man nicht, die gelten für alle.

„Wirklich?", fragte ich laut, obwohl niemand bei mir war. War es denn wirklich so, wie es hier geschrieben stand? Man sollte es meinen, doch die Realität sah anders aus. Natürlich hatten mein Mann und ich das Glück, dass er kein Flüchtling war, doch trotzdem spiegelte dieser Text unsere Situation wider. Was ich auch nicht verstand, war, warum Flüchtlinge in Österreich aufgenommen wurden und mein Mann nicht kommen durfte. Verstehen Sie mich nicht falsch! Ich finde es gut, wenn Flüchtlinge, die sich entsprechend integrieren, hier aufgenommen werden. Mein Mann arbeitete jedoch schon an seiner Integrierung, bevor er überhaupt hierherkam und ihm wurde der Weg nach Österreich verwehrt. Das passte nicht zusammen. Es steckte keine Logik hinter den Entscheidungen des Innenministeriums. Die Entscheidung darüber, ob jemand dieses Land betreten durfte oder nicht, wurde mehr oder weniger willkürlich getroffen. Es sei denn, man hatte genug Geld.

Geld wurde zunehmend zu einem Problem für uns. Viel war nicht mehr da. Am Ende des Monats waren keine Ersparnisse mehr übrig, jeden Cent gaben wir für das Visum aus. Mit der Zunahme dieses Problems bewegten wir uns auch wieder mehr in Richtung des Gedankens, dass ich nach Sansibar gehen sollte.

Ja, ich hatte ein gutes Leben in Österreich. Ich hatte Spaß an meiner Arbeit, ich fühlte mich in meiner Wohnung wohl und ich mochte natürlich die Tatsache, dass ich Freunde und Familie jederzeit sehen konnte. Doch ich konnte nicht ohne meinen Mann leben. Bald sollten wir den Zeitpunkt erreichen, an dem wir zwei Jahre für sein Visum kämpften und die Situation erschien noch immer so ausweglos wie zu Beginn.

Ich hatte schon lange gesagt, dass dieser Antrag der letzte sein sollte, den wir versuchten. Sollte es wieder nicht funktionieren, sah ich dies als Zeichen, dass ich nach Afrika gehen sollte. Nun, bald schien der Zeitpunkt gekommen zu sein, an dem ich mich tatsächlich entscheiden musste.

Kapitel 17

„Wir können nicht mehr tun, als unser Leben
an dem auszurichten, was in unseren Augen richtig ist,
und versuchen, in unserer Verwirrung einen Sinn zu finden,
um mit Eleganz und Würde die Karten auszuspielen,
die uns gegeben wurden."

Barack Obama – Ein verheißenes Land

Silvesterabend 2020. Mit jenem Abend sollte dieses verfluchte Jahr endlich ein Ende finden. Medien berichteten andauernd in Sätzen wie diesem. Die Menschen, denen ich begegnete, sagten Sätze wie diesen. Das Jahr 2021 konnte nur besser werden, meinten sie.

Da wir uns im dritten Lockdown befanden, verbrachte ich diesen Silvesterabend naturgemäß allein. Ursprünglich war dies für mich kein Problem. Ich hatte Silvester ohnehin noch nie gemocht. Dieses ganze Schießen und Knallen hatte mich schon immer genervt und letzten Endes war die Party doch selten so gut, wie man es sich erhofft hatte.

Je näher der Abend rückte, desto schlechter wurde meine Stimmung. Dies lag nicht am Jahreswechsel an sich, sondern schlichtweg an der Tatsache, dass mich alle Menschen nach meinen Plänen fragten.

„Ich werde schlafen", antwortete ich meistens. „Und ich freue mich darauf, einschlafen zu können, wann ich will, ohne dafür belächelt zu werden."

Die Reaktionen waren immer die gleichen: Zuerst lachten die Leute darüber, doch dann wurde ihnen bewusst, dass ich allein war und sie begannen, mich zu bemitleiden. Ich wollte das nicht, ich war mit meiner Entscheidung zufrieden. Doch je öfter ich den Satz hörte: „Aber du kannst doch an Silvester nicht alleine sein!", desto mehr brannte sich in mein Gehirn die Botschaft ein: „Du bist allein! Du bist allein!" Das ging so lange, bis ich am Abend nur noch weinte.

Die einzig logische Schlussfolgerung, um diesen Abend zu überstehen, war für mich Alkohol. Ich setzte Glühwein auf, trank mehrere Tassen und um Mitternacht öffnete ich eine Flasche Sekt für mich ALLEIN. Wieder dieses Wort.

Zum Glück war an diesem Abend die Verbindung gut genug, um mit meinem Ehemann per Video zu telefonieren. Er durfte in Gesellschaft feiern, mit seinem Bruder und seinen Freunden. Ich war wirklich froh, dass er noch rechtzeitig von Nairobi zurückgekommen war, um diesen Abend nicht allein verbringen zu müssen. Ihm wurde dieses Trauergefühl erspart.

Am nächsten Morgen war ich leicht melancholisch. Ich durchdachte meine Möglichkeiten, dachte daran, was mich dieses Jahr wohl erwarten würde. Sollte 2021 das Jahr werden, in dem mein Mann endlich zu mir kommen durfte? Oder sollte es das Jahr werden, in dem ich endgültig nach Afrika ging? Welche Möglichkeiten hatten wir dort, um uns ein Leben aufzubauen? Welche Möglichkeiten hatten wir, um in medizinischen Notfällen gut versorgt zu werden? Fragen über Fragen, die mich zu einer simplen Schlussfolgerung brachten: Dieses Jahr war ganz genau wie das letzte, es hatte sich durch den Jahreswechsel nichts geändert. Wie hätte das auch sein können, dass eine einzige Nacht das Leben leichter machte? Es war ein dummer Gedanke, ein Aberglaube. Letzten Endes standen mein Mann und ich noch immer am gleichen Punkt: Wir hatten viele offene Fragen, wir hatten keine Antworten und wir waren getrennt.

Die einzige Möglichkeit, die wir momentan hatten, war, das Problem pragmatisch anzugehen. Ich schickte Yakoub Geld, um nach Dar es Salaam zu reisen und dort das Sprachinstitut aufzusuchen. Wir hofften darauf, dass er bereits am Montag, also in drei Tagen, mit dem Deutschkurs beginnen konnte. Ein

Freund hatte Yakoub versichert, dass er bei ihm wohnen konnte. Als mein Mann die Fähre am Festland verließ, konnte er diesen Freund aber nicht erreichen. Afrika!

Wenige Minuten später rief er mich an und teilte mir mit: „Mein Vater hat gesagt, dass einer seiner Brüder ganz in der Nähe des Instituts lebt und ich bei ihm wohnen kann. Das ist sogar praktischer als bei meinem Freund, weil es viel näher ist. Ich wusste gar nicht, dass ich dort einen Onkel habe." Er lachte, da er selbst erkannte, wie afrikanisch diese Aussage klang.

Sein Vater hatte neun Geschwister, die Yakoub teilweise gar nicht kannte. Seine Mutter hatte einen Bruder und sieben Halbgeschwister, zu denen sie auch keine wirkliche Beziehung hatte. Mein Mann hatte zehn Brüder und Schwestern, wobei er ebenfalls nur zu einem Teil von ihnen ein geschwisterliches Verhältnis hatte. Manche sah er nie, er wusste nur, dass es sie gab.

Die gute Nachricht war, dass mein Mann sich tatsächlich für den nächsten Deutschkurs anmelden konnte. Die schlechte Nachricht war, dass dieser erst in einer Woche startete. Yakoub kehrte deshalb noch einmal für eine Woche nach Sansibar zurück, um seinem Vater, der Obsthändler war, bei der Arbeit zu helfen und dadurch ein wenig Geld zu verdienen.

Indes schrieb ich eine E-Mail an die Botschaft in Nairobi, in der ich die Situation erklärte und um Verlängerung der Frist bat. Sie mussten doch anhand meiner Schilderungen erkennen, dass wir alles taten, um die erforderlichen Dokumente zu erbringen – so dachte ich.

Vor geraumer Zeit hatte ich bereits eine E-Mail geschrieben, in der ich mich auf die Forderung einer Krankenversicherung bezog. Es wurde gefordert, dass ich meinen Mann in Österreich versicherte. Diese Versicherung musste ich bereits vor Beantragung des Visums abschließen. Eine Forderung, die für mich nicht nur keinen Sinn ergab, sondern mich erneut an meine finanziellen Grenzen brachte. Schließlich wurde mir mitgeteilt, dass die Ausstellung des Visums mitunter sechs Monate dauern konnte. Ich bat in meiner E-Mail um eine Erklärung, wie dies üblicherweise gehandhabt wurde, da ich keine sechs Monate Versicherung bezahlen wollte, wenn mein Mann noch gar nicht in Österreich war.

Auf diese Nachricht, die mittlerweile mehrere Monate zurücklag, hatte ich noch immer keine Antwort erhalten. Deshalb kopierte ich sie unter mein neues Anliegen – die Verschiebung der Frist – und fügte im Betreff „DRINGEND!!" ein.

Tatsächlich erhielt ich noch am selben Tag eine Antwort, die allerdings mehr als enttäuschend ausfiel. Die zuständige Dame schickte mir lediglich einen Block an Gesetzestexten, die mir bereits bekannt waren. Der Text erklärte noch einmal, dass wir alle Dokumente zeitgerecht erbringen mussten und dass wir eine Krankenversicherung abschließen mussten. Keine meiner Fragen wurde beantwortet. Am Ende der E-Mail wurde ich noch darauf hingewiesen, dass ich mich bei Fragen an die zuständige Landeshauptmannschaft wenden sollte.

Was hatte die Landeshauptmannschaft in Österreich mit der Verschiebung eines Termins in Kenia zu tun? Warum gab es Ansprechpartner bei der Österreichischen Botschaft, wenn diese mich nur weiterverwiesen und mir weder konkrete Antworten gaben, noch irgendein Interesse daran zeigten, mir zu helfen? Ich wurde wütend, richtig wütend. Meine Vermutung, dass die Botschaft uns absichtlich die falsche Liste gegeben hatte, sah ich mit dieser Aktion bestätigt.

Was sollten wir nun tun? Wenn wir die Frist nicht aufschieben konnten, was würde dann passieren? Sollten all die Bemühungen der letzten Monate schon wieder umsonst gewesen sein? Mussten wir schon wieder von vorne beginnen? Hatte das alles überhaupt noch einen Sinn?

Wir wussten nicht, wie wir dieses Problem lösen sollten. Deshalb unternahmen wir vorerst nichts, außer uns die Köpfe darüber zu zerbrechen. Fieberhaft überlegte ich, wen ich um Hilfe bitten konnte, doch mir fiel niemand ein. Freunde und Familie bekundeten uns ihr Mitleid, was gut gemeint war, doch leider half uns dieses Mitleid auch nicht weiter.

„Ich trau mich schon gar nicht mehr, dich zu fragen, wie es aussieht", sagte eine Freundin bei einem gemeinsamen Spaziergang. Vielen meiner Freunde und Verwandten ging es ähnlich. Da sie ohnehin keine guten Nachrichten erwarteten, erkundigten sie sich immer vorsichtiger nach der aktuellen Lage.

„Ich werde beten", sagte Yakoub oft. Als gläubiger Moslem schien ihm das meist die beste Lösung zu sein.

Einige Tage nach der Hiobsbotschaft öffnete ich meine E-Mails. Überrascht sah ich, dass die Botschaft mir eine Nachricht geschickt hatte. Damit hatte ich nicht gerechnet, weshalb ich nicht wusste, ob ich eine gute oder schlechte Nachricht erwarten sollte. Mein Herz schlug bis zum Hals, als ich die E-Mail öffnete. Und da stand es schwarz auf weiß:

Sehr geehrte Frau Ahmada!

Vielen Dank für Ihre E-Mail.
In Entsprechung Ihres Ersuchens
stimmt die Botschaft einer einmaligen
Fristverlängerung bis einschließlich
10.03.2021 zu.

Mit freundlichen Grüßen

Österreichische Botschaft Nairobi

Ich ließ einen Freudenschrei los, mein Herz schlug heftig. Ich sprang in die Luft, beruhigte mich dann kurz, um die Nachricht noch einmal zu lesen und zu überprüfen, ob ich sie korrekt gelesen hatte. Ja, das hatte ich. Unsere Frist wurde tatsächlich verschoben. Erneut sprang ich jubelnd in die Luft und rief sofort meinen Mann an: „Deine Gebete wurden erhört!"

Yakoub freute sich mit mir. Dieser Moment der Erleichterung war förmlich eine Wohltat inmitten all der schlechten Nachrichten, die wir bis dato erhalten hatten.

Erfreut informierte ich meine Familie über die gute Nachricht. Sie freuten sich natürlich mit uns. Damit hatte wohl niemand gerechnet.

Es war nur eine kurze Nachricht, doch diese brachte uns so viel Erleichterung, so viel Hoffnung, dass ich wahrlich fasziniert war. Mein Mann konnte sich somit voll und ganz auf seinen Deutschunterricht konzentrieren und ich hatte Zeit, die restlichen Dokumente vorzubereiten.

Die Verlängerung der Frist tat auch unserer Beziehung gut. Manchmal bedrückte es mich, dass wir so viel über Bürokratisches sprachen und gefühlt nur am Organisieren waren. Nun war wieder frischer Wind in unsere Beziehung gekommen. Wir konnten uns wieder lockerer, freier unterhalten. Wir konnten wieder über Alltägliches sprechen und über Belangloses lachen.

Die Notwendigkeit eines weiteren Sprachkurses brachte mit sich, dass Yakoub umzog. Er sollte sechs Wochen lang bei seinem Onkel wohnen und täglich den Deutschunterricht besuchen. Da blieb kaum noch Zeit, um zu arbeiten. Selbst wenn er Zeit gehabt hätte, gab es nicht einmal eine Aussicht auf Arbeit. Die Coronakrise hatte zur Folge, dass nach wie vor kaum Touristen ins Land kamen und die Menschen um jeden Cent, den sie durch Gelegenheitsjobs verdienten, kämpften. Alle, die in der Tourismusbranche arbeiteten – und das war ein großer Teil der Bevölkerung –, bangten um ihre Jobs oder hatten diese bereits verloren. Mein Mann bemühte sich, eine Anstellung zu finden. Er wollte zumindest ein paar Stunden pro Woche arbeiten, um den Kurs und seinen Unterhalt zu finanzieren. Doch wir erkannten bald, dass es dazu keine Möglichkeit gab. So beschloss ich, ihm immer wieder Geld zum Leben zu schicken. Einerseits war dies für mich eine zusätzliche Belastung, da ich ohnehin für seinen Deutschkurs und sämtliche weitere Visakosten inklusive all der Flüge nach Nairobi aufkommen musste, andererseits fand ich es gut. Dieser Weg ermöglichte meinem Mann, sich intensiv auf seinen Sprachkurs zu konzentrieren – und das tat er auch. Nachdem er nach Hause kam, machte er immer eine kurze Pause und begann dann sofort wieder mit Übungen, um das Gelernte zu vertiefen. Ich konnte deutlich erkennen, dass er im Gespräch mit mir immer sicherer wurde. Er sprach freier Deutsch und seine Aussprache wurde schnell deutlicher. Seine Bemühungen, sein Fleiß und sein Ehrgeiz ließen mich das Positive in der Situation sehen. Er würde es in Österreich viel leichter haben, wenn er schon bei seiner Ankunft gut Deutsch sprach.

Kapitel 18

„Nichts wirkt entmenschlichender
als die Abwesenheit
menschlicher Gesellschaft."

Nelson Mandela –
Der lange Weg zur Freiheit

Das Leben ohne meinen Mann war für mich alles andere als lustig. Neben all der Unsicherheiten rund um sein Visum und der Angst, ob er es diesmal tatsächlich erhalten würde, gab es auch in meinem Alltag Herausforderungen. Die Beschränkungen im Lockdown führten dazu, dass ich häufig alleine war, auch wenn es allmählich Lockerungen gab, durch die ich zumindest an den Wochenenden meine Freunde im Freien treffen konnte. Natürlich trug zu diesen Möglichkeiten auch das wärmere Wetter bei. Skifahren war für mich jeden Winter Pflicht gewesen, doch in diesem Jahr war dafür kein Geld übriggeblieben. Schritt für Schritt kam der Frühling zum Vorschein und kostenlose Aktivitäten wie etwa Wandern waren wieder möglich.

Trotz dieser Erleichterungen war ich noch immer viel alleine und ich fühlte mich wirklich einsam. In der Arbeit hatte ich ein paar schwierige Tage, an denen ich erschöpft nach Hause kam. Zu gerne wäre ich jeden Tag nach Hause gekommen in dem Wissen, dass mein Mann mich in die Arme nahm und mir sagte, dass sich irgendwann alles wieder zum Guten wenden würde. Zwar sagte er mir diese Worte, doch immer nur durchs Telefon. Mir fehlten seine Berührungen. Er fehlte mir.

Wir waren mittlerweile vier Monate verheiratet und ich fand es deprimierend, dass wir noch immer nicht zusammenleben durften. Nachts schlief ich immer weniger, die Gedanken drängten sich in den Vordergrund. Es waren Gedanken über unsere gemeinsame Zukunft, aber auch über das Hier und Jetzt. Womöglich war es Schicksal, dass der Job im Moment für mich nicht einfach war, dass ich meinen Alltag so dermaßen satthatte. War dies ein Zeichen? Oder interpretierte ich zu viel in die Situation hinein?

Die Zeit verging schnell, Yakoub beendete seinen Deutschkurs. Nach der Prüfung erkundigte er sich über die beste Möglichkeit, einen PCR-Test für seinen Flug nach Nairobi zu machen. Man hatte ihm einen Termin für Montag, den 08. März gegeben. Am Mittwoch zuvor sollte er sein Zertifikat erhalten. Ich war sicher, dass er die Prüfung bestanden hatte, und trotz aller Nervosität hatte auch er ein gutes Gefühl.

Die Organisation des PCR-Tests war nicht leicht. Lange Zeit hatte der Präsident von Tansania behauptet, dass das Land von Corona befreit war, da sie die Krankheit erfolgreich weggebetet hatten. Doch der internationale Druck, vor allem aus Westafrika, wurde immer größer. Kurz bevor mein Mann nach Nairobi flog, ergriff das Land daher doch endlich Maßnahmen zur Eindämmung des Virus. Dazu zählte leider auch, dass ein PCR-Test in Dar es Salaam 100 $ kostete. Eine Frechheit angesichts der Tatsache, dass es sich hierbei um das Monatsgehalt vieler Menschen handelte. Yakoub beschloss, nach Sansibar zu fliegen, um dort einen Test zu machen. Er erhielt die Information, dass er dort 20 $ kostete. Sein Vater wollte ihn dabei unterstützen, da er wusste, dass auch ich am Ende meiner finanziellen Möglichkeiten angekommen war.

Ich fand die Idee gut, da ich wusste, wie sehr mein Mann unter der Entfernung zu seiner Familie litt. Er wollte die Zeit, die er von mir getrennt war, zumindest mit seinen Freunden verbringen. Eine kurze Rückkehr nach Sansibar bot ihm die Möglichkeit, Freunde und Familie zu treffen.

In den paar Tagen, die zwischen seiner Ankunft auf Sansibar und dem Tag, an dem er den Test machen musste, vergangen waren, erkannten die Krankenhäuser leider die Profitmöglichkeit durch die Coronatests. So kam es, dass ein Test auch auf der Insel 80 $ kostete. Yakoub wurde trotzdem von seinem Vater unterstützt, was ich bewundernswert fand.

Mir wurde bewusst, dass wir auf Sansibar immer jemanden hatten, der hinter uns stand und der im Notfall für uns da war, wenn wir Hilfe benötigten. Eine Tatsache, die die Entscheidung, für immer nach Afrika zu gehen, deutlich leichter machte – falls ich mich doch noch dafür entscheiden sollte.

Am Mittwoch nach Yakoubs Prüfung saß ich sprichwörtlich auf Nadeln. Ich wusste, dass der Tag gekommen war, an dem er das Ergebnis seiner Deutschprüfung erfahren sollte. Zwar hatte ich nie daran gezweifelt, dass er sie bestehen würde, doch ich wollte es trotzdem offiziell von ihm hören, um mich mit ihm gemeinsam freuen zu können. Im Laufe des Vormittags warf ich immer wieder einen Blick auf mein Handy, doch leider hatte Yakoub keine Daten und konnte mir somit noch keine Neuigkeiten mitteilen. Nach der Arbeit ging ich eine Runde laufen. Als ich zurückkehrte, hatte ich endlich eine Nachricht von ihm empfangen:

„Meine Frau, ich liebe dich so sehr. Die Ergebnisse sind da. Ich habe die Prüfung nicht bestanden."

Bum, ein Schlag ins Gesicht. Er hatte nicht bestanden? Wie war das möglich? Ich las weiter und erfuhr, dass ihm nur drei Punkte fehlten, was mich sehr ärgerte. Das konnte ich mir einfach nicht erklären. Wir sprachen mittlerweile viel Deutsch miteinander und für mich war deutlich, dass sich seine Sprache stark verbessert hatte.

Wir telefonierten sofort, um die Situation zu besprechen. Auch Yakoub selbst und sein Lehrer konnten sich nicht erklären, warum er nicht bestanden hatte.

Doch was bedeutete das nun für uns?

Am Montag hatte er den Termin in Nairobi, dort sollte er alle Dokumente nachreichen, um sein Visum zu erhalten. Das Zertifikat für den bestandenen Deutschkurs stand an oberster Stelle. Was sollten wir nun tun?

In ausweglosen Situationen begann ich üblicherweise zu weinen. Doch dieses Mal hatte mein Körper ein neues Stadium der Verzweiflung erreicht und so lief ich zur Toilette, um mich zu übergeben.

Zum Glück war mein Mann ein pragmatischer Mensch, der in ausweglos erscheinenden Situationen noch immer versuchte, eine Lösung zu finden. So machte er sich auf den Weg nach Dar es Salaam, um den Direktor zu überreden, ihm doch ein positives Zertifikat auszustellen. Es wäre zu schade gewesen, wenn alles an drei lächerlichen Punkten gescheitert wäre.

Leider war das Institut sehr streng und überreichte ihm nur das Zertifikat, auf dem stand, dass er die Prüfung nicht bestanden hatte. Mein Mann erklärte seinem Lehrer, zu dem er ein gutes Verhältnis hatte, unsere Situation. Immerhin kam sein Lehrer ihm etwas entgegen und stellte eine Bestätigung darüber aus, dass er ein fleißiger Schüler war und erfolgreich am Kurs teilgenommen hatte.

„Vielleicht geben sie sich in Nairobi damit zufrieden", mutmaßte Yakoub, doch ich hatte da weniger Hoffnung.

„Versuchen kannst du es auf jeden Fall. Aber wir sollten nicht vergessen, dass die Behörden nur nach Fehlern suchen, die wir machen und durch die sie dir das Visum nicht geben müssen." Für positive Gedanken war ich einfach zu niedergeschlagen.

Im Gespräch mit seinem Lehrer erfuhr mein Mann auch, warum er die Prüfung nicht bestanden hatte. Sie war in vier große Bereiche gegliedert: Hören, Lesen, Schreiben und Sprechen. Im Kapitel „Schreiben" musste er einen Brief verfassen. In diesem Brief hatte er zu viele Fehler gemacht, die immer Artikel betrafen oder bei denen er den Dativ und den Akkusativ verwechselt hatte.

Dies war immerhin eine logische Erklärung. Bisher hatte ich nicht verstanden, warum er die Prüfung nicht bestanden hatte, obwohl er täglich gelernt und sich so intensiv darauf vorbereitet hatte. Doch für Artikel gab es keine Regeln, die man lernen konnte, und es dauerte lange, um das nötige Gefühl für die Sprache zu entwickeln. Außerdem ärgerte ich mich darüber, dass die Unterscheidung zwischen Dativ und Akkusativ so streng bewertet wurde, da viele Österreicher selbst die beiden Fälle nicht unterscheiden konnten. Doch es war, wie es war.

Meinem Mann standen stressige Tage bevor. Er reiste wieder nach Sansibar zurück, um dort den PCR-Test zu machen, den er für seinen Flug nach Nairobi benötigte. Mittlerweile hatte man auch auf der Insel das Geschäftskonzept mit dem Virus entdeckt, weshalb der PCR-Test nun 120 $ kostete. Doch Auswege und Alternativen gab es keine mehr. Yakoub machte den Test und kehrte am nächsten Tag mit dem Ergebnis in der Hand nach Dar es Salaam zurück. Von dort sollte der Flieger ihn am Montag früh nach Nairobi bringen.

Indes schwirrten in meinem Kopf die Gedanken umher. Was würde meinen Mann dieses Mal auf der Botschaft erwarten? Konnten wir mit guten Nachrichten rechnen? Uns war mitgeteilt worden, dass diese Woche die absolute Deadline für das Erbringen der restlichen Dokumente war. Nun waren die Dokumente nicht vollständig. Unser Plan war, dass Yakoub versuchte, mit der Teilnahmebestätigung des Deutschkurses durchzukommen. Sollten sie dies nicht akzeptieren, wollte er über eine weitere Fristverlängerung verhandeln. Am 16. April bestand die nächste Möglichkeit, um die Deutschprüfung zu wiederholen.

Viel mehr Sorgen bereitete mir jedoch, ob die Botschaft einen Antrag ohne Krankenversicherung akzeptieren würde. Sollten sie den Antrag ablehnen und tatsächlich von uns verlangen, dass ich meinen Mann selbst versicherte, machte ein weiterer Antrag keinen Sinn mehr. Eine Selbstversicherung konnten wir uns ohnehin nicht leisten.

Nach langem Hin und Her, schlaflosen Nächten und endlosen Überlegungen kam ich zu folgendem Fazit: Schon seit Jahren schlummerte in meinem Inneren die Idee, ein Leben in Afrika aufzubauen. Schon als Kind hatte dieser Kontinent mich angezogen. Schon bevor ich meinen Mann kennenlernte, hatte ich darüber nachgedacht, ob ich mein Leben nach Afrika verlagern sollte. Immer wieder hatte ich Dinge erlebt, die ich als Zeichen interpretierte, um nach Afrika zu gehen. Sollte die Botschaft am Montag den Antrag ablehnen und eine Selbstversicherung verlangen, sah ich dies als letztes Zeichen, mich endgültig für ein Leben in Afrika zu entscheiden.

Ich bereitete meine Familie und Freunde darauf vor. Auch wenn wir oft über dieses Thema gesprochen hatten, wollte ich ihnen noch einmal bewusst machen, dass es nun ernst werden würde.

Ich selbst bereitete mich auch innerlich darauf vor, dass es nun tatsächlich zu diesem lebensverändernden Entschluss kommen konnte. In meinem Kopf ging ich bereits die Schritte durch, die ich zu tätigen hätte, falls ich nach Sansibar ging. Es musste so viel organisiert werden, dass ich im Fall der Fälle definitiv einen genauen Plan brauchte, auch wenn dies eine typisch europäische Herangehensweise war. Mir war bewusst, wie gegensätzlich es wäre, ausgerechnet für eine Auswanderung nach Afrika strukturiert vorzugehen, doch ich war nun einmal ein organisierter Mensch und ohne To-Do-Listen funktionierte in meinem Leben gar nichts.

Mein Mann freute sich zwar darüber, dass ich bereit war, im Notfall zu ihm zu kommen, doch er setzte nach wie vor alles daran, sich bestmöglich für die Botschaft vorzubereiten. Wir besprachen noch einmal, was er ihnen bezüglich Krankenversicherung sagen sollte, und er wollte ihnen erklären, dass er im April schon die Deutschprüfung wiederholen konnte. Wir hofften darauf, noch einmal einen Aufschub der Frist zur Nachreichung der Dokumente zu erhalten, auch wenn ich dies weniger wahrscheinlich fand als mein Mann.

In der Nacht vor seinem Termin an der Botschaft schlief ich kaum. Für Schlaf war ich viel zu nervös, in meinem Kopf schwirrten tausende Gedanken umher, die ich nicht ordnen konnte. Als ich aufwachte, war Yakoub bereits in Nairobi, was mich schon einmal beruhigte. Zumindest war mit dem Flug und auch bezüglich Coronatest alles gut gegangen. Natürlich musste ich an diesem Tag wieder arbeiten. Mein Plan war voll, somit hatte ich keine Zeit, um zwischendurch mein Handy auf

Nachrichten zu überprüfen. Erst in meiner Mittagspause sah ich gespannt nach. Mein Mann hatte mir eine Sprachnachricht hinterlassen, in der er erklärte, dass die Dokumente auf der Botschaft entgegengenommen worden waren. Mehr jedoch nicht. Niemand hatte sich für ihn Zeit genommen. Niemand wollte sich anhören, was er zu sagen hatte. Mein Herz rutschte in die Hose. Ich konnte mir beim besten Willen nicht vorstellen, dass seine Dokumente ohne jeden Kommentar akzeptiert wurden.

„Wann erfahren wir, wie es weitergeht?", fragte ich meinen Mann am Abend, als wir endlich Zeit zum Telefonieren hatten.

„Das haben sie nicht gesagt."

„Wie werden sie Kontakt mit dir aufnehmen?"

„Sie werden eine E-Mail schreiben."

„Wie lange kann es dauern, bis sie sich melden?"

„Das haben sie auch nicht gesagt."

Yakoub war fix und fertig, was ich gut nachvollziehen konnte. Schon um ein Uhr morgens hatte er am Flughafen sein müssen, um nach Nairobi zu fliegen. Nun saß er schon wieder am Flughafen und wartete auf seinen Rückflug. Erfolg konnte er in der Zwischenzeit keinen verbuchen.

„Okay. Ich wünsche dir einen guten Flug. Komm gut nach Hause und schlaf dich erst mal gründlich aus. Wir können morgen in Ruhe darüber sprechen", sagte ich und verabschiedete mich von ihm.

Natürlich musste ich nun auch Familie und Freunde – die ebenso gespannt auf Neuigkeiten warteten wie ich – darüber informieren, dass wir alle uns wieder einmal gedulden mussten und es wieder keine Neuigkeiten gab.

Die Situation war trostlos. Ich war nicht einmal traurig, sondern vielmehr genervt. Natürlich setzte die Österreichische Botschaft wieder einmal alles daran, uns den Antrag für Yakoubs Visum so unangenehm wie möglich zu gestalten. Um mich abzulenken, setzte ich meine gedankliche Liste zur Vorbereitung auf ein Leben in Afrika fort. Ich durchsuchte meine Wohnung und schrieb alles auf, was ich verkaufen konnte, um möglichst viel Geld zusammenzukratzen.

Am nächsten Tag hatten mein Mann und ich Zeit, um uns in Ruhe über die aktuelle Situation zu unterhalten. Wir wollten wieder ein bisschen positive Stimmung in unser Leben bringen. Das war wirklich mehr als nötig und so beschlossen wir, uns als nächstes auf unser Grundstück zu konzentrieren. Unabhängig davon, in welchem Land wir unser gemeinsames Leben verbringen würden, brauchte unser Stück Land auf jeden Fall eine Mauer. Wenn Yakoub nach Österreich kommen würde, musste unser Grundstück abgegrenzt sein. Sollte ich nach Sansibar gehen, würde dies ohnehin unser Zuhause werden. Wir berieten über die Wahl der Mauer, die Kosten, die auf uns zukommen würden, und darüber, wie wir den Mauerbau am besten organisieren konnten. Es tat gut, endlich wieder einmal über normale Dinge zu sprechen wie ein ganz normales Ehepaar.

Kapitel 19

„Nicht alle Menschen, die atmen,
sind auch lebendig."

Marlo Morgan – Traumfänger

Während all diese komplizierten Schritte und langen Wartezeiten unseren Alltag dominierten, ging auf den Straßen Österreichs etwas vollkommen Absurdes vor sich. Tausende Demonstranten versammelten sich, um angeblich gegen die Coronamaßnahmen der Regierung zu demonstrieren. Was auf den Straßen Wiens wirklich geschah, war eine Versammlung rechtsradikaler Menschen, die aus dem ganzen Land angereist waren, um ordentlich Krawall zu machen. Die echten „Coronaleugner" spielten hierbei nur noch eine untergeordnete Rolle. An vorderster Front stand der FPÖ-Abgeordnete Herbert Kickl. Er schürte Hass, bestärkte sämtliche rechtsradikalen Gruppierungen in ihren illegalen Handlungen und forderte dazu auf, sich gegen die Regierung zu wehren.

Wie war es möglich, dass in Österreich ein Politiker tun und lassen konnte, was er wollte? Wie war es möglich, dass Neonazis, die Identitären und unzählige weitere rechtsradikale Gruppierungen auf offener Straße – und dabei unterstützt von einem Abgeordneten des Parlaments – randalierten, Naziparolen riefen und ihren Hass auf die Welt ganz offen kundtaten?

Diese Fragen beschäftigten mich zu jener Zeit intensiv. Fragen, die sich dabei zunehmend in den Vordergrund meiner Gedanken drängten, waren dieser Natur: Konnte ich von meinem afrikanischen, muslimischen Ehemann wirklich erwarten, dass er für mich in dieses Land zog? Konnte ich von der Bevölkerung des Landes, in dem ich geboren und aufgewachsen war, erwarten, dass sie meinen Mann in Frieden mit mir leben ließ? Wollte ich in dem Land, zu dem Österreich geworden war – ausländerfeindlich, rechtsradikal und dadurch letzten Endes gefährlich – wirklich meine farbigen Kinder großziehen?

Natürlich war mir von Anfang an bewusst, dass Rassismus und Rechtsextremismus in Österreich allgegenwärtig waren. Doch bisher wurde es nicht akzeptiert, dass diese Ansichten auf offener Straße ausgelebt wurden. Mit den Demonstrationen in Wien hatte der Fremdenhass für mich eine neue Dimension erreicht.

All diese Gedanken ließen mich nicht mehr los. Mich beschäftigte nun nicht nur, ob ich womöglich nach Afrika gehen sollte, weil es mir gefallen würde, mein Leben mit meiner Familie dort aufzubauen. Mich beschäftigte auch die Frage, was aus Österreich werden sollte und ob die Auswanderung nach Sansibar womöglich der Absprung war, den ich rechtzeitig schaffte, bevor die Situation hierzulande vollständig eskalierte.

Zusätzlich beschäftigte es mich, dass ich überhaupt derartige Gedanken hatte. Sie waren ein Spiegelbild dessen, wozu sich das Land, das ich einst als sicheren Hafen empfunden hatte, entwickelt hatte und genau das fand ich erschreckend.

Neben diesen schwerwiegenden Themen gab es auch immer mehr Kleinigkeiten, die meinen Mann und mich plagten. Der Unterschied zwischen den Welten, in denen wir lebten, war deutlicher zu spüren denn je. Aufgrund der Pandemie waren die Arbeitsplätze auf Sansibar ohnehin rar. Hinzu kam, dass mein Mann ständig zwischen Sansibar, Dar es Salaam und Nairobi hin- und herreiste. Dadurch verlor er Kunden und Mittelsmänner, die nicht verstanden, warum er andauernd abwesend war. Bald erhielt er keine Anrufe mehr von Bekannten, die Aufträge an ihn weitergeben konnten. Die Situation wurde für ihn zunehmend unangenehmer. Zudem wussten wir nach wie vor nicht, wie die Botschaft in Nairobi über sein Visum entschieden hatte. Die einzige Möglichkeit, einen sicheren Arbeitsplatz zu erhalten, war eine feste Anstellung in einem Hotel. Doch dafür hätte er einen Vertrag unterschreiben müssen, demzufolge er mindestens ein Jahr angestellt wäre. Das war natürlich nicht möglich, solange wir nicht wussten, in welchem Land wir unser gemeinsames Leben aufbauen wollten. So blieben nur noch Gelegenheitsjobs übrig. Mein Mann ging fischen, verkaufte Obst am Markt oder führte die wenigen Touristen, die sich auf die Insel verirrten, für ein kleines Trinkgeld herum.

Da er mir zunehmend sein Leid kundtat, wusste ich, dass er gerne finanzielle Unterstützung von mir gehabt hätte. Jedoch hatten wir vereinbart, dass er selbst für sich sorgen und ich mich um Ersparnisse für unser Grundstück kümmern würde. Es war nicht leicht für mich, täglich seine Klagen darüber zu hören, dass er keine Energie zum Arbeiten, aber auch kein Geld für Essen hatte. Ich hatte schon viele Geschichten über Afrikaner gehört, die im Lauf ihrer Ehe mit einer weißen Frau sehr bequem geworden waren. Obwohl ich das meinem Mann nicht zutraute, wollte ich trotzdem vorsichtig sein. Deshalb erklärte ich ihm meine Gedanken:

„Weißt du, wir haben keine Ahnung, wie die Behörden dieses Mal entscheiden. Ich habe gesagt, dass ich bereit bin, nach Sansibar zu gehen, falls sie deinen Antrag ablehnen. Aber wie kann ich nach Sansibar gehen, wenn wir dort keine Grundlage haben? Wie willst du deine Familie – unsere zukünftigen Kinder und mich – ernähren, wenn du nicht einmal dich selbst ernähren kannst? Natürlich weiß ich, dass die Situation für dich nicht leicht ist, aber ich muss sehen, dass du in der Lage bist, für unsere Familie zu sorgen. Wenn du das nicht kannst, kann ich auch nicht nach Sansibar gehen."

Meine Worte waren hart, dessen war ich mir bewusst. Dennoch musste er sein Leben in die Hand nehmen. Ich hatte Angst vor seiner Reaktion, ob er mich beschimpfen oder einfach nur den Kopf schütteln würde, ob er wütend, frustriert oder enttäuscht reagieren würde. Doch er verstand meine Sicht der Dinge. Von diesem Tag an teilte er mir zwar mit, wie schwierig sein Alltag war, doch das Jammern hatte ein Ende.

Indes lief mein Alltag weiter, wie ich es mittlerweile gewohnt war. In Österreich musste ich nicht hungern, daran war hier nicht einmal zu denken. Ich war schon immer eine Kompensiererin und griff in emotional schwierigen Situationen seit jeher zu Schokolade. Dieses Mal war es nicht anders, nur dass mich mein Verhalten in ein weiteres Dilemma stürzte: Wie konnte ich guten Gewissens zu Hause sitzen und Unmengen an Schokolade essen, während mein Mann täglich darum kämpfte, sich überhaupt etwas zu essen leisten zu können? Machte mich das nicht zu einer furchtbaren Ehefrau? Sollte ich nicht doch meine Linie ändern und ihm das Geld schicken, anstatt es für Schokolade auszugeben?

Ich besprach dieses Thema mit mehreren Freunden, die mir alle das Gleiche sagten: „Jetzt übertreib mal nicht. Wenn dein Mann seinen Alltag nicht selbstständig bewältigen kann, habt Ihr ein wirklich großes Problem. Und was bringt es ihm, wenn du keine Schokolade mehr isst? Schau auf dich und iss so viel du willst, wenn es dir guttut.“

Tatsächlich musste ich diese Aussage mehrere Male hören, um zu akzeptieren, dass mich mein Verhalten nicht zu einer schlechten Ehefrau machte. Dennoch plagte mich dieses Thema immer wieder. Schließlich besprach ich es mit meinem Mann, der mir zum Glück auch keine Vorwürfe machte, sondern der Meinung war, dass ich das tun musste, was mir in unserer schwierigen Situation half.

Nie hätte ich gedacht, dass solche Kleinigkeiten mich aus der Bahn werfen konnten. Tatsächlich bestimmten zahlreiche solcher Gedanken mein Leben. Je mehr Zeit sich die Behörden mit einer Antwort ließen, desto verrückter schienen meine Gedanken zu werden.

Die Coronasituation machte das Ganze natürlich nicht besser. Mein 29. Geburtstag stand kurz bevor. Ein Datum, in das ich bisher viel Hoffnung gelegt hatte.

„Bis zu meinem Geburtstag bist du hoffentlich bei mir“, hatte ich vor Monaten zu meinem Mann gesagt.

In den vergangenen Monaten hatten wir immer wieder unterschiedliche Daten ausgewählt, in die wir eben jene Hoffnung legten. Doch von Mal zu Mal wurde unsere Hoffnung wieder zerstört. Vor einem Jahr hatte ich meinen Geburtstag im ersten Lockdown schon alleine verbracht. Nun musste ich ihn zumindest wieder ohne meinen Mann verbringen und womöglich erneut ganz alleine. Die Andeutungen der Regierung stimmten mich nicht gerade positiv.

In der Arbeit hörte ich mir nach wie vor täglich die Sorgen meiner Patienten an, kaum jemand hatte etwas Positives zu erzählen. Dies zermürbte mich zunehmend. Noch schlimmer war jedoch, dass ich nie nach Hause kommen und dort einfach von meinem Mann in den Arm genommen werden konnte. Ich konnte ihm meine Sorgen nach wie vor nur per Videotelefonie mitteilen. Mir fehlten seine Berührungen und mir fehlte auch immer mehr der Glaube daran, dass unser aktueller Plan ein gutes Ende nehmen konnte.

In einer Situation von tiefer Hoffnungslosigkeit gibt es nichts Wichtigeres als einen Partner, der einem die nötige Stütze gibt. Doch mein Mann war nicht da. Er war noch immer nicht da.

Drei Wochen nach seinem Termin in Nairobi schrieb mein Mann eine E-Mail an die Botschaft und erkundigte sich nach dem Stand der Dinge. Drei Tage später erhielt er eine Antwort.

Es wurde ihm mitgeteilt, dass die Dokumente nach Österreich weitergeleitet worden waren und wir uns ab jetzt gedulden mussten. Die Dame, die meinem Mann schrieb, bat außerdem eindringlich darum, nicht mehr nachzufragen, wie weit der Prozess fortgeschritten war. Sie begründete dies damit, dass die Botschaft in Nairobi nun nicht mehr zuständig war, sondern die Behörde in Österreich, weshalb sie uns ohnehin nicht mehr weiterhelfen konnte. Sie gab jedoch keine Auskunft darüber, um wen genau es sich handelte, geschweige denn, an wen wir uns bei Fragen wenden konnten. Sobald meinem Mann das Visum erteilt wurde, würde die zuständige Behörde sich bei ihm melden. Wann dies sein konnte, wurde uns ebenfalls nicht mitgeteilt.

„So weit sind wir noch nie gekommen", sagte ich zu ihm. „Trotzdem heißt das leider noch gar nichts. Eigentlich möchte ich mich freuen und ich glaube, dass das gute Nachrichten sind, aber ich traue mich nicht, zu viel zu hoffen."

Meinem Mann ging es ebenso. Doch der guten Laune wegen beschlossen wir, dies als gutes Zeichen zu sehen und einfach einmal zu lachen. Es tat so gut, etwas Positives in all den Mühen zu sehen, ein wenig Hoffnung zu schöpfen und sich einfach einmal gemeinsam über etwas zu freuen.

Am nächsten Tag erzählte Yakoub mir, dass er mit einem Kollegen aus dem Deutschkurs geschrieben hatte. Dieser hatte unmittelbar nach der Prüfung sein Visum erhalten und war bereits in Deutschland. Ich schüttelte den Kopf: „Siehst du, nur die Österreicher lieben es, uns das Leben schwer zu machen. Überall sonst geht es viel leichter, zusammen zu sein."

Es war zermürbend. Die kurze Freude war schon wieder verflogen. Nun hatten wir nicht einmal mehr einen Ansprechpartner. Ungeduldig überprüften mein Mann und ich mehrmals täglich unsere E-Mails, immer in der Hoffnung, endlich eine Information erhalten zu haben. Mittlerweile war es mir schon fast egal, welche Antwort wir erhielten. Ich wollte einfach nur wissen, wie sie entschieden hatten. Ich hatte es so satt, in der Luft zu hängen, nicht zu wissen, wie und wo mein Mann und ich unser Leben verbringen durften, immer nur zu warten. Doch genau dies war es, was wir täglich taten – wir warteten.

Mein 29. Geburtstag war gekommen. Dank meiner großartigen Freunde und Kollegen wurde dieser Tag nicht so schlimm, wie ich es befürchtet hatte. Im Gegenteil, sie gaben sich alle große Mühe, um mir den Tag zu versüßen. Ich hatte mir den Nachmittag freigenommen, erhielt noch eine Massage am Ende des Vormittags und fuhr dann nach Hause, um mit einer Tasse Kaffee ein Buch in der Sonne zu lesen. Ich hatte das Glück, dass nach mehreren verregneten Tagen an diesem Tag sogar die Sonne für mich schien. Meine Schweizer Freundin Nina hatte – wie jedes Jahr – ein Geburtstagspaket geschickt. Ich rief meinen Mann an, sprach kurz mit ihm und stellte dann mein Handy so hin, dass er mir beim Auspacken des Geschenks zusehen konnte. Zumindest hatte ich dadurch das Gefühl, mit ihm gemeinsam meinen Geburtstag zu feiern. Ich wusste nicht, ob dies einem neuen Stadium der Verrücktheit zuzuschreiben war oder ob es für uns zur Normalität gehörte. Jedenfalls wurde mir in diesem Moment bewusst, dass mein ganzes Umfeld eben etwas internationaler war als bei anderen Menschen. Meine Freundin aus der Schweiz schickte mir ein Paket, das ich mit meinem Mann aus Sansibar öffnete. Alles nicht so schlimm, alles ganz normal, nur eben in größeren Dimensionen.

Am Abend trainierte ich gemeinsam mit zwei Kollegen, mit denen ich anschließend ein Glas Prosecco trank. Wir hatten alle zuvor einen Coronatest gemacht und deshalb beschlossen, dass dies in Ordnung war. Es war schön, zumindest im kleinen Rahmen zu feiern.

Vor dem nächsten Tag – unserem sechsmonatigen Hochzeitsjubiläum – hatte ich mich ebenfalls gefürchtet, doch wieder war diese Furcht nicht begründet. Meine beste Freundin Conny tat alles, um diesen Tag für mich zu einem besonderen zu machen. Wir unternahmen eine wunderschöne Wanderung, erneut war der Wettergott auf unserer Seite. Conny hatte jede Menge gutes Essen und zwei Flaschen Radler eingepackt, so dass wir am Gipfel einen ordentlichen Brunch genossen und erneut auf meinen Geburtstag anstießen. Dazu hatte Nina in ihr Paket einen kleinen Schokoladenkuchen und eine Kerze eingepackt. Ich steckte die Kerze in den Kuchen, zündete sie an und Conny sang am Berg „Happy birthday" für mich. Mit guten Freunden sind selbst die härtesten Zeiten halb so schlimm. Ich genoss den Tag in vollen Zügen, in den Bergen konnte ich meine Sorgen am ehesten vergessen.

Anschließend besuchte ich noch kurz meinen Bruder und seine Familie. Mein kleiner Neffe war mein Sonnenschein. Egal, wie schlecht es mir ging, wenn er mich anlächelte, war die Welt sofort ein Stück besser. Ich nutzte die Zeit, um mit ihm zu spielen, ein bisschen selbst wieder zum Kind zu werden und mit ihm gemeinsam mit dem Bobby Car durch den Garten zu fahren. Diese kleinen Momente machen das Leben erst lebenswert und so ging ein wundervoller Tag zu Ende.

Der Tag danach war viel schlimmer. Ich wusste nicht genau, woran es lag. Womöglich hatten sich meine Freunde so sehr bemüht, mir ein wundervolles Wochenende zu bescheren, dass das Loch der Einsamkeit, in das ich am darauffolgenden Tag fiel, mir noch viel tiefer erschien. Womöglich hatte ich zu viel Trauer unterdrückt, die nun wieder an die Oberfläche drang und meine Seele wie ein Fass, in dem sich zu viel Überdruck aufgebaut hatte, zum Explodieren brachte. Woran auch immer es lag, ich wachte an diesem Sonntag bereits sehr deprimiert auf. Da ich meine Wohnung schon viel zu lange nicht mehr geputzt und aufgeräumt hatte, begann ich sofort damit. Oft half es mir, meine Wohnung zu putzen, wenn ich mich schlecht fühlte. Das gab mir das Gefühl, auch meine Psyche zu reinigen. Doch dieses Mal half all das Putzen nichts.

Am Nachmittag setzte ich mich ein wenig in die Sonne, um mich zu beruhigen, ehe ich meine Cousine besuchte. Ich wusste, dass ich dort mehreren Leuten begegnen würde, die mir wichtig waren, und ich wollte sie nicht mit meiner depressiven Stimmung oder meinen Tränen belasten. Tatsächlich war der kurze Besuch sehr schwierig für mich. Neben meiner Cousine war auch ihr Freund zu Hause, ebenso ihre insgesamt drei Kinder. Außerdem war mein Bruder mit seiner Freundin und seinem Sohn dort. Es kostete mich alle Kraft, beim Anblick dieses ganz gewöhnlichen Familienlebens nicht zusammenzubrechen. Warum durfte ich das nicht auch haben? Ich fühlte mich wie eine Zuseherin, die zu Hause auf der Couch saß und im Fernsehen einen Film ansah, in dem all die anderen mitspielten. Es zerstörte mich innerlich, dass mein Mann nicht bei mir war.

Ich betrat das Wohnzimmer, um nach etwas zu sehen, woran ich mich nicht mehr erinnere. Es war nichts von Bedeutung. Doch als ich das Zimmer betrat, sah ich auf einem Kasten ein Foto von meinem verstorbenen Großvater. Es war der Großvater, dem zu

Ehren ich eine Tätowierung am Unterarm trug. In diesem Moment, in dem ich ohnehin schon psychisch angeschlagen war, riss der Anblick dieses Fotos mir fast das Herz entzwei. Ich verschwand kurz im Badezimmer, um mich zu sammeln. Doch zu einer normalen Unterhaltung fühlte ich mich nicht mehr fähig.

Ich wollte den Menschen, die mir wichtig waren, nicht diesen wundervollen Frühsommertag verderben und so entschloss ich mich dazu, sehr bald nach meiner Ankunft wieder aufzubrechen. Ich verabschiedete mich von allen, stieg in mein Auto und begann zu weinen.

Zu Hause angekommen zog ich sofort meine Sportsachen an, um eine große Runde zu laufen. Wie erhofft fühlte ich mich anschließend besser. Meinen Mann konnte ich leider nicht mehr erreichen, da er keine Daten mehr hatte. Zu gern hätte ich ihn gesehen und ihm von meinem Tag erzählt. Um die Wunden zu verschließen, hinterließ ich ihm zumindest eine Sprachnachricht, in der ich von meinen Erlebnissen und Gefühlen berichtete. Von den zahlreichen Emotionen, die ich an diesem Tag durchlaufen hatte, war ich so erschöpft, dass ich um neun Uhr abends einschlief.

Kapitel 20

„Um wirklich auf etwas vorbereitet zu sein,
muss man es tatsächlich erwarten.
Man kann sich nicht auf etwas vorbereiten,
während man insgeheim glaubt,
es werde nicht geschehen."

Nelson Mandela –
Der lange Weg zur Freiheit

Zwei Tage später begann auf Sansibar der Fastenmonat Ramadan. Mein Mann und ich hatten zuvor oft Witze darüber gemacht, dass er vermutlich sein Visum genau im Ramadan erhalten würde, wenn er enthaltsam leben musste. Zwar war es ihm erlaubt, seit der Hochzeit auch im Ramadan das Bett mit mir zu teilen, doch er durfte mich in dieser Zeit nicht berühren. Was hätte ich dafür gegeben, wenn er zumindest endlich angekommen wäre. Ich wäre ohne Zögern bereit gewesen, einen Monat lang enthaltsam mit ihm zu leben, solange er nur bei mir gewesen wäre. Doch einmal mehr wurde uns ein gemeinsames Leben nicht gegönnt.

Eine Nachricht einer Freundin stimmte mich trotzdem zuversichtlich. Sie hatte wiederum eine Freundin in Deutschland, die einen Pakistani geheiratet hatte, der ebenfalls noch um seinen Aufenthaltstitel dort kämpfte. Die Hochzeit hatte etwa ein Jahr vor unserer stattgefunden. Damals hatte man den beiden mitgeteilt, dass bis zum Erhalt des Visums nach der Hochzeit bis zu zwei Jahre vergehen konnten. Sie hatten eine Ewigkeit nichts von den Behörden gehört und hingen in der Luft, so wie mein Mann und ich es taten. Doch plötzlich erhielt der Pakistani einen Anruf von den Behörden, die ihm mitteilten, dass er das Visum erhielt, und zwei Tage später saß er schon im Flieger nach Deutschland.

Ich erzählte meinem Mann diese Geschichte und wir träumten gemeinsam davon, dass auch wir bald dieses Glück erleben dürfen würden.

Eines Tages erkundigte sich mein Vater nach dem aktuellen Stand der Dinge. Ich berichtete darüber, dass wir keinen Ansprechpartner mehr hatten, da die Dokumente nach Österreich weitergeleitet worden waren, uns jedoch keine weitere Auskunft gegeben werden konnte.

Mein Vater meinte dazu: „Hoffentlich stimmt das. Am Ende sagen sie das vielleicht nur und haben die Dokumente gar nicht weitergeleitet."

Diese Aussage machte mich stutzig. In Absprache mit meinem Ehemann schrieb ich daher eine E-Mail an die Botschaft, in der ich darum bat, mir die Kontaktdaten eines Ansprechpartners zukommen zu lassen. Die Antwort kam von einer Mitarbeiterin, mit der ich bisher noch nie in Kontakt getreten war. Sie wies mich darauf hin, dass sie bereits am 9. März (wir hatten mittlerweile den 21. April) in einer E-Mail darum bat, ihr meine aktuellen Lohnzettel zukommen zu lassen. Jene Lohnzettel, die mein Mann an der Botschaft abgegeben hatte, waren zu alt. Außerdem informierte sie mich darüber, dass die Papiere nicht weitergeleitet worden waren, und fragte, von wem wir diese Falschinformationen erhalten hatten.

Ich las die E-Mail mehrere Male, ehe ihr Inhalt mein Bewusstsein erreichte. Fieberhaft suchte ich nach der E-Mail vom 9. März, die ich tatsächlich im Spam-Ordner meiner alten E-Mail-Adresse fand. Warum sie an diese Adresse gesendet worden war, war mir schleierhaft. Immerhin hatte mein Mann explizit meine neue E-Mail-Adresse angegeben, über die ich auch seit einem halben Jahr mit den Behörden kommunizierte. Wie dem auch sei, ich war fuchsteufelswild. Ich verfluchte das Leben und diese unmenschlichen, rassistischen Beamten, die uns eiskalt belogen hatten, denn de facto war anderthalb Monate lang gar nichts geschehen. Dennoch ließ uns die Botschaft in dem Glauben, dass sie unsere Papiere bearbeiteten, und mein Mann war, als er sich nach dem Stand der Dinge erkundigt hatte, explizit darauf hingewiesen worden, dass er nicht mehr nachfragen sollte. Die Botschaft – so die damalige Nachricht – konnte uns an diesem Punkt nicht mehr helfen und musste selbst auf eine Antwort aus Österreich warten.

Ich war unendlich wütend darüber, dass uns diese Lüge aufgetischt worden war. Hätte mein Vater seinen Gedanken nicht geäußert, hätte ich womöglich lange nicht nachgefragt, wie weit der Prozess fortgeschritten war. Das konnte kein Zufall sein, das konnte kein Versehen sein. Ich sah mich bestätigt in dem Verdacht, dass die zuständigen Behörden alles daransetzten, uns Steine in den Weg zu legen, bis wir den Kampf um ein Visum aufgaben. Doch dazu sollte es nicht kommen. Ich fühlte mich schwach, ausgenutzt und innerlich leer, doch ich wollte weiter für ein gemeinsames Leben mit meinem Ehemann kämpfen. Wo ich die Kraft für diesen Kampf hernehmen sollte, wusste ich nicht. Ich reagierte wie üblich, indem ich meinen Tränen freien Lauf ließ. Unter das verzweifelte Geheul mischten sich zunehmend Wutausbrüche. Am liebsten hätte ich einen Boxsack gehabt, auf den ich hätte einschlagen können. Leider hatte ich keinen und so dauerte es eben etwas länger, bis ich mich beruhigte.

Nachdem ich mit meinem Mann gesprochen und mich ausgeweint hatte, ging ich die Sache pragmatisch an und schickte die geforderten Lohnzettel weiter. Womöglich war die Dame, die dieses Mal mit mir in Kontakt getreten war, ein wenig menschlicher. An diese Vorstellung klammerte ich mich mit voller Hoffnung wie ein Ertrinkender an einen Strohhalm. Ich brauchte sie, die Hoffnung. Ich brauchte alles, was mich daran glauben ließ, dass mein Mann und ich zusammen sein durften, dass Gerechtigkeit existierte und dass wir eines Tages unseren harten Kampf gewinnen würden.

So viele Menschen haben in ihrem Leben nicht das Glück, den einen Menschen, mit dem sie für immer zusammen sein wollen, zu finden. Ich hatte dieses Glück. Ich durfte meinen Lebensmenschen, meine bessere Hälfte, die mich ergänzte und zu einem besseren Menschen werden ließ, finden und dafür wollte ich kämpfen.

Nach mehreren Tagen, die sich wie eine Ewigkeit anfühlten, erhielt ich endlich die Information, dass die Papiere meines Mannes nun tatsächlich nach Österreich weitergeleitet wurden und hier darüber entschieden wurde, ob er ein Visum erhalten sollte. Diese Entscheidung konnte mehrere Wochen lang dauern, wurde mir mitgeteilt. Das waren grundsätzlich gute – oder zumindest keine schlechten – Nachrichten. Die Zeitspanne von mehreren Wochen erschien uns als relativ kurz. Immerhin kämpften wir schon über zwei Jahre für ein Visum und waren auch schon über ein halbes Jahr verheiratet. Dennoch beunruhigte mich die Aussage, dass in Österreich eine weitere Entscheidung über Yakoubs Visum gefällt werden sollte.

Zu dieser Zeit ging es mir nicht gut. Ich hatte zunehmend mit Darmproblemen zu kämpfen und neuerdings tauchte immer wieder kurz ein Tinnitus auf. Beruflich gab es viel zu tun, fast jede Woche fielen Überstunden an. Es blieb wenig Zeit zum Nachdenken, was einerseits gut, andererseits aber auch schlecht war. Was mich besonders belastete, war die Ungewissheit. Wie würde es weitergehen? Durfte mein Mann einreisen oder nicht? Ich war müde, unendlich müde. Ich fühlte mich regelrecht erschöpft von der Frage, wie unsere Zukunft aussehen würde, und der immer fehlenden Antwort.

Die Pandemie, die die Welt fest im Griff hatte, interessierte mich nicht weiter. Die Probleme der Bevölkerung, über die täglich berichtet wurde, konnte ich oft nicht nachvollziehen. Es war mir egal, ob mein Mann und ich nach seiner Einreise in Quarantäne gehen mussten, solange er nur endlich einreisen durfte. Es war mir egal, dass es schwierig wurde, einen Urlaub zu planen, solange ich meinen Alltag mit ihm verbringen durfte. Es war mir egal, dass die Zahlen der Arbeitslosigkeit täglich stiegen und auch mein Mann und ich von Armut betroffen sein konnten, solange wir diese Armut nur gemeinsam durchleben durften. Aber durften wir das? Würden wir dieses Mal endlich eine gute Nachricht erhalten?

Zwei Wochen, nachdem ich über das Versenden der Dokumente nach Österreich informiert worden war, schrieb ich an das Amt der Oberösterreichischen Landesregierung. Mir war mitgeteilt worden, dass diese Behörde fortan für die Bearbeitung des Antrags zuständig war, und ich wollte wissen, wie lange diese Bearbeitung dauern würde.

Die Antwort war wie immer enttäuschend. Der Antrag war in Papierform noch nicht in Österreich angelangt, womit sich mir sofort die Frage stellte, warum in Gottes Namen es im 21. Jahrhundert, in Zeiten, in denen man sogar per Fingerabdruck am Smartphone seine Bankgeschäfte von der Couch aus erledigen konnte, nicht ausreichte, unseren Antrag per E-Mail weiterzuleiten. Nein, natürlich musste er in Papierform über den halben Erdball reisen, ehe unser beschwerlicher Prozess weitergehen konnte. Wenn die Papiere endlich hier ankamen, würde es noch mehrere Wochen oder sogar mehrere Monate dauern, bis die Behörden eine Entscheidung darüber trafen, ob mein Mann das Visum überhaupt erhalten würde.

Ich erinnerte mich an das Jahr, in dem ich in einem Waisenhaus in Tansania gearbeitet hatte. Damals hatte ich meinen Bruder gebeten, mir einen USB-Stick zu senden. Er gab ihn im April bei der Post auf. Nachdem wir schon geglaubt hatten, dass die Post ihn verloren hatte, kam der USB-Stick doch noch an – im Dezember. Und nun schickten die Behörden tatsächlich unsere wertvollen Papiere per Post.

Ich war so frustriert von dieser Nachricht, dass ich schon wieder in Tränen ausbrach. Verzweifelt rief ich meinen Mann an und erklärte ihm die Situation.

„Warum tun sie uns das an?", fragte er, ebenso verzweifelt, wie ich es war.

In diesem Moment gab es nicht mehr viel zu sagen. Ich fühlte mich, als hätte ich diese Situation schon hundert Mal erlebt.

Eine schlechte Nachricht, ein Schlag ins Gesicht, ein Videotelefonat, bei dem uns die Worte fehlten. Nichts, was wir hätten sagen können, hätte etwas geändert. In diesem Moment existierten – wieder einmal – nur die Leere, die Verzweiflung, die weite Entfernung zwischen uns, die sich wie eine Schlucht aufklaffte, und es gab keine Aussicht darauf, diese Schlucht zu überwinden.

Am nächsten Morgen beschlossen wir, einen neuen Weg einzuschlagen. Schluss mit Höflichkeiten, Schluss mit netten Formulierungen, um den Behörden zu schmeicheln. Wir begannen mit Betteln.

Meine Antwort an die Dame der Österreichischen Behörde fiel wie folgt aus:

Sehr geehrte Frau D.,

vielen Dank für Ihre Antwort.

Mein Mann und ich haben diesen Antrag bereits vor 7 Monaten eingereicht. Seither wurden uns immer wieder falsche Informationen mitgeteilt, z. B. wurde uns vor zwei Monaten gesagt, dass der Antrag bereits in Österreich bearbeitet wurde.

Ich habe meinen Mann (durch die coronabedingten Reiseschwierigkeiten) seit 7 Monaten nicht mehr gesehen. Daher bitte ich Sie inständig, unseren Antrag so schnell wie möglich zu bearbeiten!

Mit freundlichen Grüßen,

Lisa Ahmada

Ich hoffte aus tiefstem Herzen, nicht wieder eine frustrierte Beamte erwischt zu haben, die diese Nachricht las und sich womöglich darüber ärgerte, dass ich unnötigerweise Kontakt mit ihr aufgenommen hatte.

Ich hoffte wirklich, dass die Dame, die diese E-Mail las, eine Frau mit Herz war, dass sie sich wenigstens ein bisschen in unsere Lage hineinversetzen konnte oder zumindest so viel Verständnis für uns aufbrachte, dass sie sich letzten Endes für eine schnelle Bearbeitung unseres Antrags einsetzen würde.

Doch Antwort erhielt ich keine und so blieb nur meine Fantasie, in der ich mir vorstellte, was wohl gerade auf den Behörden geschah.

Dies ist wohl die schlechteste Situation, in der man sich befinden kann, weil man nie genau weiß, an welchem Punkt die Fantasie mit einem durchgeht. Ich tendierte dazu, mir schlimme Situationen auszumalen. Dieses Mal versuchte ich, die Gedanken in meinem Kopf ganz bewusst zu ordnen. Ich zog mich zurück, wollte ein Wochenende lang keinen Menschen sehen – nicht einmal meinen geliebten kleinen Neffen – und versuchen, mich zu sammeln.

In meinem Inneren herrschte so viel Chaos, so viel Verzweiflung, dass ich nicht wusste, was ich mit mir anfangen sollte. Ich musste diesen Zustand ändern, um wieder Energie für meinen Alltag zu haben. Doch ich fühlte mich müde. Ich war richtig erschöpft von all den Ereignissen, die in den letzten zwei Jahren geschehen waren. Immer wieder glaubte ich daran, dass ein gutes Ende all die Strapazen wert war. Doch je mehr schlechte Nachrichten meinen Mann und mich erreichten, desto müder wurde ich. Allmählich verlor ich die Hoffnung.

Dann wiederum sah ich eine Dokumentation im Fernsehen über Frauen in der Türkei, die beim Versuch, sich von ihren Ehemännern scheiden zu lassen, bis zur Behinderung verprügelt wurden. Ich las einen Artikel über einen dreizehnjährigen Dschihadisten in Afghanistan, der bereitwillig Menschen tötete, die seine Einstellung nicht teilten, weil er gar nichts anderes kannte als diesen Krieg, in dem er aufgewachsen war. Ich behandelte eine Patientin, die nur noch im Bett lag und deren Wunden am ganzen Körper verbunden waren, weil der Krebs sie förmlich auffraß.

Ich erlebte all diese Dinge in einer Zeit, in der ich mich selbst so hoffnungslos fühlte, und fragte mich: „Worüber beschwere ich mich überhaupt? Habe ich das Recht, mein Problem als ein schlimmes Problem anzusehen? Habe ich das Recht, meinen Mann und mich selbst zu bemitleiden, weil wir nicht zusammen sein dürfen, während andere Menschen weitaus schlimmere Schicksale erleiden?"

Ich schwankte zwischen der Meinung, dass jeder Mensch Probleme hatte – wenn sie auch unterschiedlicher Art waren – und dass jeder Mensch das Recht hatte, sein Problem als schlimm zu empfinden, und der Meinung, dass ich dankbar sein musste für mein gutes Leben und alles nicht so schlimm war, weil andere Menschen ein viel größeres Elend zu ertragen hatten.

Ich wusste nicht, welche Meinung die richtige war. Ich wusste nur, wie ich mich fühlte: müde, verzweifelt, hoffnungslos, zerrissen, einsam und leer.

Eines Tages hatte ich in der Arbeit einen Patienten. Es handelte sich um einen Kunden der höheren Schicht, der mit seinem Unternehmen bestimmt bereits genug verdient hatte, um sich gemütlich zurückzulehnen. Bisher hatten wir uns immer gut unterhalten, die Themen waren ganz allgemeiner Natur gewesen – klassischer Therapie-Smalltalk also.

Dieses Mal nahm das Gespräch einen anderen Verlauf. Ich weiß nicht mehr, wie er darauf gekommen ist, doch plötzlich erklärte der Patient mir, dass „die Schwarzen alle ein Schweinsvolk sind". Er beließ es nicht bei diesem simplen, hirnlosen Kommentar, sondern erklärte in vollen Zügen, warum er dieser Ansicht war: „Die arbeiten mit einer Moral, das kann man sich bei uns gar nicht vorstellen. Glauben Sie mir, ich weiß, wovon ich rede. Ich war schon auf diversen Reisen in Afrika und habe gesehen, wie die arbeiten oder besser gesagt nicht arbeiten. Da wundert es einen nicht mehr, dass die alle arm sind, wenn die ihren Hintern nicht hochbekommen."

Ich war vollkommen schockiert von seinen Aussagen und froh, dass er während der Behandlung auf dem Bauch lag, wodurch er meinen Gesichtsausdruck nicht sehen konnte. Trotz Maske hätte ich meinen Schock wohl kaum verbergen können.

Zu gerne hätte ich meine Meinung kundgetan, doch dann wäre ein Streit entstanden und das wäre beruflich eine Katastrophe gewesen.

Als er mit seinen Beschimpfungen über „Die Schwarzen" fertig war, schwenkte er zum Thema Moslems. Seine Meinung über diese Gruppe Menschen war ähnlich widerlich.

In meinem Kopf sah ich mich schon sagen: „Ach, übrigens, ich habe einen schwarzen Moslem geheiratet."

Doch ich riss mich zusammen und beherrschte mich, so schwer es mir auch fiel.

Nach dieser Einheit war ich vollkommen durch den Wind. Zu Hause ließ mich der rassistische Monolog noch immer nicht los. Was tat ich meinem Mann da eigentlich an? Was verlangte ich da überhaupt von ihm? Konnte ich ihm wirklich zumuten, in diesem Land zu leben?

Ich beschloss, meine Gedanken dabei zu belassen und keine Entscheidung zu treffen. Vielmehr wollte ich – wieder einmal – abwarten, ob meinem Mann das Visum erteilt wurde. In meinem Hinterkopf erklang einmal mehr der Satz: *Vielleicht soll es einfach nicht sein, vielleicht soll ich nach Afrika gehen.*

Meinem Mann erzählte ich nichts von dieser Begegnung. Ich glaube, es war die erste belastende Situation, von der ich ihm nichts erzählte.

In der gleichen Woche hatte ich ein weiteres Erlebnis. Ich war auf dem Weg nach Hause und fuhr gerade auf die Autobahn auf, als das Auto vor mir meine Aufmerksamkeit erregte. Der Grund dafür war, dass die Nummerntafel verkehrt montiert gewesen war, sie stand auf dem Kopf.

„Wie kann einem so etwas passieren?", fragte ich mich selbst. Auf der Autobahn überholte ich den Wagen und war noch überraschter, als ich beim Blick in den Rückspiegel feststellte, dass die vordere Nummerntafel ebenfalls auf dem Kopf stand.

„Das muss einem doch auffallen, wenn man zu seinem Auto geht", mutmaßte ich verwirrt. Bei einem weiteren Blick in den Rückspiegel sah ich, dass eine Frau mit Kopftuch hinter dem Steuer saß. „Ah, das ist der Grund. Wahrscheinlich kann sie

nicht lesen und bemerkt deshalb nicht, dass ihre Nummern-
schilder am Kopf stehen."

Kaum hatte ich diesen Gedanken gedacht, schämte ich mich
auch schon dafür. Natürlich war dies eine mögliche Erklärung,
doch wäre ich auch auf die Idee gekommen, wenn eine Frau ohne
Kopftuch oder ein Mann den Wagen gefahren hätte? Ich hatte
mich eiskalt dabei ertappt, dass ich eine ausländische Frau in
eine Schiene schob. Selbst ich war also nicht frei von Vorurtei-
len. Daran wollte ich in Zukunft arbeiten.

Seit über zwei Jahren erklärte ich den Leuten, wenn sie sich
nach meinem Befinden erkundigten, dass es mir gut ging. Damit log ich sie jedes Mal an. Auch wenn ich versuchte, es zu ver-
stecken, sah es in mir drin alles andere als gut aus. Das belastende Druckgefühl auf meiner Brust wollte einfach nicht mehr
verschwinden. Mittlerweile fühlte ich mich seit mehreren Monaten durchgehend so, als würde ich jeden Moment einen Herz-
infarkt erleiden. Natürlich wusste ich, dass die Symptome psy-
chosomatischer Natur waren, doch selbst wenn es mir gelang,
mich durch Yoga und Meditation zu beruhigen, so hielt dieser
Zustand nur wenige Minuten an. Nach spätestens einer Stunde
war das Druckgefühl wieder da. Außerdem war ich müde, so unendlich müde. Ich war müde vom Leben, müde vom Versuch, die
Situation zu überleben. Niemand konnte mir helfen, warum hätte ich also jemandem erzählen sollen, wie es mir wirklich ging.

„Ich habe gute und schlechte Tage", war die Antwort, die am
ehesten der Wahrheit entsprach. Meine Freunde wussten dann,
was ich meinte. Ich sah es in ihren mitleidigen Blicken, die bestimmt gut gemeint waren, mir aber auch nicht weiterhalfen.
Es war wie eine Endlosschleife, in der ich festhing.

Am Wochenende sprach ich mit Yakoub. Es waren nur noch wenige Tage bis zum Ende des Ramadans. Das Fest des Fastenbre-
chens – allgemein als Zuckerfest bekannt – wird international
als Id-al-Fitr und auf Sansibar als Idi bezeichnet. Mein Mann
und seine Familie sehnten das Zuckerfest bereits herbei. Tage-

lang waren sie mit den Vorbereitungen beschäftigt. Sie sprachen darüber, was sie alles essen wollten, was sie anziehen sollten und wie sie die Feiertage – das Fest zieht sich jedes Jahr über drei Tage – verbringen würden.

Ich wollte in irgendeiner Weise an diesem besonderen Ereignis teilhaben. Deshalb beschloss ich, als Zeichen des Respekts, meinem Mann und seiner Familie – die nun ja auch meine Familie war – eine Ziege zu spendieren. Ja, das mochte seltsam klingen für die Leute, die mich kannten und wussten, dass ich Vegetarierin war, aber dennoch war mir diese Geste wichtig. Die Ziege wäre ohnehin gegessen worden und ich fand es wichtig, meine Familie zu unterstützen.

Ihre Freude über das Geschenk war groß.

Kapitel 21

„Auf dem Weg des Lebens – sei es in tobenden Stürmen,
im wärmenden Sonnenschein oder mitten im Auge
eines Zyklons – hängt es allein vom Willen ab,
ob man überlebt oder nicht."

Waris Dirie – Wüstenblume

Ich wurde 1992 geboren und wuchs auf in dem tiefen Glauben, eine Sache immer von meinem Geburtsland zu erhalten: Sicherheit. Ich konnte darauf vertrauen, bei jeder möglichen Verletzung im Krankenhaus behandelt zu werden. Ich genoss die Ausbildung, die ich mir wünschte. Später wusste ich, dass ich gute Chancen am Arbeitsmarkt hatte und selbst, wenn ich keinen Job gehabt hätte, hätte mich das Arbeitslosensystem immer noch aufgefangen. Ich musste mir nie Sorgen machen, ob ich meine Miete bezahlen oder mir ausreichend Lebensmittel leisten konnte. Ich lebte in einem Luxus, den ich für selbstverständlich hielt – bis zum Mai 2021.

Etwas änderte sich dieser Tage. Die Bevölkerung in Österreich wurde zunehmend gespalten. Auf der einen Seite standen jene Menschen, die sich strikt an die Coronamaßnahmen hielten, die sich bei der ersten sich bietenden Gelegenheit impfen ließen und all jene, die das nicht taten, aufs Schärfste verurteilten. Auf der anderen Seite standen diejenigen, die nicht an die Existenz des Virus glaubten, sondern vielmehr an eine von zahlreichen abstrusen Verschwörungstheorien. Auf dieser Seite stand leider auch eine große Anzahl rechtsextremer Gruppierungen. In diesem Teil der Bevölkerung fand man jede Menge Menschen, die die Krise ausnutzten, um ihren allgemeinen Unmut kundzutun. Niemals hätten sie sich impfen lassen, da sie befürchteten, dadurch einer Genmanipulation ausgesetzt zu sein oder Mikrochips implantiert zu bekommen.

Was das Impfen betraf, stand ich irgendwo dazwischen. Ich hielt weder die eine noch die andere Seite für vollständig richtig. Meiner Meinung nach gab es Menschen, bei deren Lebenssituation die Impfung durchaus Sinn machte, doch letzten Endes sollte dies jeder selbst entscheiden dürfen. Ich entschied mich vorerst dagegen, da mein Mann und ich in den nächsten Jahren ein Kind bekommen wollten und es noch keinerlei Forschungsergebnisse zu den Auswirkungen der Impfung auf eine Schwangerschaft gab. Wie hätte das auch möglich sein können, wenn die Impfung noch keine neun Monate lang verabreicht wurde. Ich war davon überzeugt, dass diese Entscheidung für mich die richtige war. Sollte alles komplikationslos verlaufen, wollte ich mich zu einem späteren Zeitpunkt durchaus impfen lassen. Bis dahin war die Sorge über eine Schädigung meines zukünftigen Kindes deutlich größer als meine Angst vor einer Coronainfektion. So gesehen war ich mit mir selbst im Reinen.

Leider war die Situation nicht ganz so einfach. Die Regierung gestaltete das Leben für nicht geimpfte Personen zunehmend unangenehm. Die Botschaft war klar: Wer sich impfen lässt, darf wieder normal leben, wer das nicht tut, muss mit deutlichen Einschränkungen rechnen. Ich fand diese Einstellung schockierend und beängstigend. Noch mehr verunsicherte mich die Nachricht, dass mein Chef durchaus befugt war, mich zur Impfung zu zwingen oder mich alternativ zu entlassen. Mein Mann hatte die gleiche Einstellung wie ich, wir wollten unsere zukünftigen Kinder unbedingt schützen.

So kam es also, dass wir innerhalb weniger Monate an einem vollkommen neuen Punkt standen: Der Rassismus und Rechtsextremismus in Österreich schritten unweigerlich voran, niemand schien diese Gruppierungen aufzuhalten. Die Freiheitliche Partei legte in den Umfragewerten deutlich zu, was mich zunehmend verängstigte. Dazu kam, dass mein Mann und ich als nicht geimpfte Menschen weniger Freiheiten, ja, sogar schlechtere Chancen am Arbeitsmarkt haben sollten als geimpfte Personen. Der Arbeitsmarkt sah ohnehin schlecht aus, die Arbeitslosigkeit war durch die Pandemie enorm gestiegen. Zusätzlich hatten wir im Visumsprozess schon so viele Falschinformationen erhalten, dass wir nicht sicher sein konnten, ob mein Mann, wenn er es jemals nach Österreich schaffen würde, tatsächlich Zugang zum Arbeitsmarkt erhalten würde. Ein weiterer Punkt war, dass der Immobilienmarkt sich in eine Richtung entwickelte, die unweigerlich Armut in Österreich schaffen würde. Wohnen wurde immer teurer, ein Eigenheim war für meinen Mann und mich zu diesem Zeitpunkt unleistbar – selbst, wenn wir beide einen Job gehabt hätten.

Zusammengefasst konnte man sagen, dass das Leben in Österreich innerhalb weniger Monate für meinen Mann und mich vollkommen unattraktiv wurde. Von der Sicherheit, auf die ich immer vertraut hatte, war nichts mehr übriggeblieben.

Wir sprachen über die Situation und kamen zu dem Entschluss, dass es tatsächlich sinnvoll wäre, unser gemeinsames Leben auf Sansibar aufzubauen. Die Antwort bezüglich seines Visums wollten wir natürlich noch abwarten, obwohl wir die Hoffnung auf einen positiven Bescheid mehr oder weniger aufgegeben hatten. Sollte mein Mann das Visum dennoch erhalten, wollte er nach wie vor nach Österreich kommen. Wir würden es schon irgendwie schaffen, uns durchzukämpfen. Sollte er das Visum nicht erhalten, wollte ich nach Sansibar gehen. Auch dort würden wir es schaffen, uns durchzukämpfen. Wo wir diesen Kampf bestreiten sollten, war im Grunde genommen egal. Ich beschloss, mir nicht mehr so viele Sorgen über die Absicherung unserer Zukunft zu machen, da wir de facto weder im einen noch im anderen Land davon ausgehen konnten, ein gutes Leben zu führen. Blieben wir in Österreich, so drohten wir hier in die Armut zu rutschen. Ging ich nach Sansibar, so bestand dieses Risiko immer noch, die Chance, uns etwas aufzubauen und somit erfolgreich zu leben, war dort aber mittlerweile größer. So kam es, dass ich schließlich bereit war, mein Leben in Österreich aufzugeben und nach Sansibar zu ziehen.

Diese neue Perspektive hatte einen großen Vorteil: Sie gab uns Hoffnung. Ich verbrachte meine Tage wieder damit, mein Swahili aufzubessern, mich über mögliche Arbeitsplätze auf Sansibar zu erkundigen und all meinen Besitz aufzulisten, den ich verkaufen wollte, um möglichst viel Geld für den Bau unseres Hauses zusammenzukratzen.

Außerdem beantragte ich drei Wochen Urlaub für Ende August. Ich wollte endlich wieder meinen Mann sehen und nicht mehr darauf warten, dass er zu mir kommen würden. Die Behörden gaben uns keinerlei Hoffnung, dass dies bald der Fall sein würde. In der Beruhigung der Pandemie sah ich die Chance, endlich wieder in den Flieger zu steigen und zumindest zwei Wochen mit meinem Mann zu verbringen. Die anschließende Quarantäne nahm ich dafür gerne auf mich.

Da wir innerhalb der drei Monate bis zu meinem Abflug nicht mit einer Antwort der Behörden rechneten, bereitete ich mich darauf vor, schon Ende August gewisse Dinge nach Sansibar mitzunehmen, die ich für ein Leben dort brauchen würde.

Indes kümmerte mein Mann sich um unser Grundstück. Wir planten, mit dem Bau eines Stores zu beginnen. In diesem kleinen Häuschen, das lediglich minimalst ausgestattet war, konnten wir unser Leben beginnen und Geld sparen, bis wir unser echtes Haus daneben bauen konnten. Später konnten wir den Store in eine Waschküche und einen Lagerraum umfunktionieren, der Bau wäre also nicht umsonst. Für den sofortigen Bau des echten Hauses fehlte uns leider das Geld.

Ich hatte mich relativ schnell auf diese neue Perspektive eingestellt, ich freute mich auf ein Leben auf Sansibar. Nachdem wir so lange ohne eine Entscheidung gelebt hatten und die große Unsicherheit über unsere Zukunft unseren Alltag beherrschte, freute ich mich nun darüber, das gemeinsame Leben mit meinem Mann in Angriff zu nehmen. Ich stellte mir vor, wie ich als Physiotherapeutin auf Sansibar arbeitete, wie mein Mann sich wieder als Schneider und Designer selbstständig machte, wie wir nebenbei Schritt für Schritt unser Haus bauten und später darin eine kleine Frühstückspension eröffneten. Ich stellte mir vor, wie ich unseren Gästen auf einer kleinen Veranda bei Sonnenaufgang selbstgemachte exotische Marmeladen zu ihrem Frühstück reichte und wie unsere Kinder unser gemeinsames Leben bereicherten. Ich freute mich auf all diese Dinge und kam davon ab, mir Sorgen über die Zukunft zu machen.

Diese Schwärmerei über ein gemeinsames Leben dauerte nicht lange an, dann erhielt ich tatsächlich eine E-Mail von der Bezirkshauptmannschaft. Offenbar waren die Papiere endlich dort angekommen, denn eine Mitarbeiterin schickte mir einen sogenannten Verbesserungsauftrag. Darin schrieb sie, dass mein Mann das A1-Deutschzertifikat nachreichen musste und ich meine Kontoauszüge der letzten drei Monate vorlegen musste. Sollten wir diese Papiere innerhalb von acht Wochen nach Erhalt der E-Mail nachreichen, würde unser Antrag weiterbearbeitet werden. Sollten wir diese Frist versäumen, wurde er automatisch abgelehnt. Es wunderte mich, dass die Behörde keine abgeschlossene Krankenversicherung verlangte, sondern unsere diesbezügliche Erklärung tatsächlich akzeptierte.

Nun könnte man meinen, dass dies gute Nachrichten wären, da wir ja monatelang darauf gewartet hatten. Leider stürzte mich die Nachricht aber wieder in ein tiefes Loch. Nach all der Hoffnungslosigkeit hatte ich mich soeben damit abgefunden, nach Sansibar zu ziehen. Durch diese Entscheidung hatte ich einen vollkommen neuen Blickwinkel auf unsere Zukunftschancen in Österreich erhalten und die Aussichten waren düster. Trotzdem wollte ich das Visum, für das mein Mann und ich über zwei Jahre gekämpft hatten, nicht jetzt, da es zum Greifen nahe war, einfach in den Sand setzen.

Zusätzlich ärgerte es mich, dass die Behörde meinen Kontoauszug verlangte. Wir hatten bereits die Belege für die Höhe meiner Miete und meines Einkommens erbracht. Folglich musste die Bezirkshauptmannschaft über meine finanzielle Situation Bescheid wissen. Ich fand es unverschämt, dass ich all meine Ausgaben offenlegen musste. Was hatten meine Ausgaben für Lebensmittel, Hygieneartikel oder die Tankkosten für mein Auto damit zu tun, ob mein Mann berechtigt war, bei mir zu leben?

Ich begann allmählich paranoid zu werden. Sollte ich wirklich Ende des Monats noch zur Tankstelle fahren oder kam ich nicht doch mit dem Sprit noch eine Woche aus, um weitere Abzüge auf meinem Konto zu vermeiden? Sollte ich tatsächlich noch einmal Lebensmittel einkaufen oder konnte ich eine Woche lang mit den Vorräten im Gefrierfach meines Kühlschranks überleben?

Alles, was ich tat, legte ich auf die Waagschale, um zu überdenken, ob ich mich damit in irgendeiner Form auffällig verhielt oder ob sich die jeweilige Ausgabe negativ auf den Antrag meines Mannes auswirken würde. In meinem Kopf ging ich bei jeder finanziellen Entscheidung – mochte sie noch so klein sein – die möglichen Folgen durch. Welche Szenarien konnten sich abspielen? Ab welchem Punkt befand ich mich in einer Grauzone? Was konnten die Behörden mir vorwerfen? In welchen Punkten würden sie mich wieder wie eine Verbrecherin darstellen? Das war es schließlich, was sie mit dem Anfordern meiner Kontoauszüge taten. Sie behandelten meinen Mann und mich wie Verbrecher, wieder einmal. Das machte mich wütend. Meine Wut vermischte sich mit meiner Verzweiflung über den Verlauf der Dinge.

Es mag unlogisch klingen, dass ich mich nicht sofort darüber freute, dass unser Antrag offenbar weiterhin behandelt wurde, doch was ich wirklich wollte, war Gewissheit. Ich wollte wissen, wohin unser Weg uns führte und dass wir die richtige Entscheidung trafen. Vor wenigen Tagen war ich mir eben dieser Lage sicher und nun war wieder alles offen.

Als ich meinen Mann über die Nachricht informierte, war er ebenso überrascht wie ich und er konnte sich auch nicht mehr richtig darüber freuen. Dennoch erkundigte er sich sofort beim Sprachinstitut über die nächste Möglichkeit, seine Prüfung zu wiederholen.

Wir beschlossen, unseren Plan zu ändern und Schritt für Schritt vorzugehen: Zuerst wollten wir die Dokumente an die Behörde senden und auf Erhalt des Visums hoffen. Sollten sie es uns nicht gewähren, wollten wir nach Sansibar ziehen. Es war nicht gut, beide Möglichkeiten auf einmal vorzubereiten, da uns das beide verrückt machte. Die ganze Situation überforderte mich auch so schon.

Wieder einmal mussten wir gemeinsam und doch getrennt mit einer schwierigen Situation fertig werden. Tagelang kreisten in meinem Kopf die gleichen Gedanken: *„Ich will nicht mehr! Ich kann nicht mehr! Ich will hier raus! Raus aus dem ewig gleichen Loch, raus aus der Ungewissheit, raus aus der Einsamkeit! Warum kann das alles nicht endlich aufhören?"*

Diese Fragen konnte ich mir stellen, so oft ich wollte. Niemand würde sie jemals hören, niemand würde mir eine Antwort darauf geben.

Die Stresssymptome nahmen zu dieser Zeit zu. Der Druck auf meiner Brust schien sich täglich zu vergrößern. Mein Ruhepuls war deutlich erhöht. Da ich viel Sport betrieb, wusste ich, dass er normalerweise bei 57 Schlägen pro Minute lag. Jetzt waren es 67. Es fiel mir schwer, morgens aufzustehen, wenn ich nicht sofort in die Arbeit gehen musste. Manchmal musste ich mich zum Duschen und Haare waschen zwingen, die Beine rasierte ich nur noch selten. Ich wachte auf und begann zu weinen, ich kam von der Arbeit nach Hause und begann zu weinen. Neben dem Kampf um meinen Ehemann entwickelte sich ein weiterer – ein Kampf gegen eine Depression.

Als der Lockdown in Österreich endlich ein Ende nahm, schien ich diesen Kampf zu verlieren. Während die anderen Menschen sich wieder frei fühlten, wurde mir die Leere in meinem Leben noch bewusster. Das Wochenende verbrachte ich alleine, weil zwei Freundinnen kurzfristig absagten und die anderen schon anderweitige Pläne hatten. Die Menschen kehrten wieder zurück in ihr soziales Leben. Sie freuten sich wieder darüber, gemeinsam mit ihrem Partner verreisen zu dürfen – zumindest in ein paar ausgewählte Länder. Sie begannen, Urlaube mit ihren Liebsten zu buchen und das Leben wieder zu genießen. Und ich? Ich war noch immer hier, in meiner Wohnung, allein. Nach all den harten Lockdowns, all den Regeln und Verboten sehnten sich die Menschen nach sozialen Kontakten. Sie sprachen davon, wie lange diese schwierige Zeit gedauert hatte und natürlich hatten sie damit recht. Doch die Zeit, die für mich als „die schwierige Zeit" galt, dauerte schon wesentlich länger und sie war noch immer nicht vorbei. Ich konnte die Freiheit nicht genießen. Nein, frei fühlte ich mich bestimmt nicht. Ich fühlte mich einsam, verloren, unbedeutend.

Die gemeinsame Einsamkeit des Lockdowns hatte für mich etwas Beruhigendes. Sie gab mir das Gefühl, nicht allein mit meinen Problemen zu sein. Alle Menschen in meiner Umgebung teilten in gewisser Weise die Einsamkeit mit mir, jeder auf seine eigene Art. Nun konnten sie alle wieder da weitermachen, wo sie vor Beginn der Pandemie aufgehört hatten, doch ich blieb alleine zurück in der Einsamkeit.

Ich hatte eine Woche Urlaub genommen, um mich von der vielen Arbeit zu entspannen. Davon wollte ich drei Tage mit meiner Freundin Conny in den Bergen verbringen. Darauf freute ich mich, doch bis es so weit war, verließ ich meine Couch kaum. Ich konnte einfach nicht aufhören zu weinen – ich wollte wirklich damit aufhören, doch ich konnte es nicht.

Am Abend sah ich ein Flugzeug am Himmel. Wie üblich flog es relativ knapp über den Dächern unserer Siedlung, da der Flughafen nicht weit entfernt war.

Wie ein kleines Kind begann ich, mit dem Flugzeug zu schimpfen: „Du bist doch ein Flugzeug. Warum bringst du mir nicht einfach meinen Mann? Warum fliegst du hier an mir vorbei, ohne mir meinen Mann zu bringen? Wozu bist du ein Flugzeug geworden, wenn du nicht einmal das schaffst?"

Wütend sank ich zu Boden und weinte weiter.

Es tat gut, zwei Tage lang durch zu weinen. Am nächsten Morgen fühlte ich mich besser, gelöster. Mein Mann war nach Dar es Salaam gereist, um sich für die Deutschprüfung zu registrieren. Diese sollte bereits in zehn Tagen stattfinden, was ihn einerseits stresste, andererseits aber auch freute. Seit seiner letzten Prüfung hatten wir viel Deutsch gesprochen, immer wieder auch auf Deutsch geschrieben. Ich glaubte fest daran, dass er die

Prüfung dieses Mal schaffen würde. Immerhin hatte er noch ein paar Tage Zeit, um die Grammatik zu wiederholen.

Wir freuten uns darüber, dass wir dieses Mal alle erforderlichen Dinge schnell erledigen konnten, und hofften darauf, sein Visum bald zu erhalten. In der Zwischenzeit hatte Yakoub mit einem Bauarbeiter gesprochen, der die Kosten für unser Grundstück auf Sansibar durchgerechnet hatte. Da der Grund mit seinen 400m² groß war – das Land war verhältnismäßig sehr günstig gewesen – brauchten wir eine große Mauer. Die allein hätte schon 4.000 $ gekostet. Auch wenn wir vorerst nur ein kleines Häuschen bauen wollten, brauchten wir aber unbedingt diese Mauer, um unser Hab und Gut sicher verstauen zu können und um auch selbst sicher zu sein.

Nach meiner großen Verzweiflungswelle sah ich ein, dass uns in jedem Land Schwierigkeiten erwarten würden. Diese Nachricht half mir, mich wieder auf den Kampf um das Visum für meinen Mann und die Vorbereitungen für unser gemeinsames Leben in Österreich zu konzentrieren.

Es war lange her, dass ich Urlaub gehabt hatte, und so genoss ich den Wanderurlaub mit meiner Freundin Conny ganz besonders. Die Zeit in der Natur brachte mich auf andere Gedanken, sie lenkte mich ab und zeigte mir wieder die schönen Seiten des Lebens.

Ich erkannte, wie schön es wäre, wenn mein Mann nach Österreich kommen könnte, damit ich ihm all die zauberhaften Facetten zeigen konnte – die grünen Wälder, die traumhaft schönen Bergpanoramen, die rauschenden Flüsse und Bäche. Während der ganzen Wanderung stellte ich mir vor, noch einmal mit meinem Mann hierher zu kommen und diese Seite unseres Landes mit ihm gemeinsam zu genießen.

Am Rückweg im Zug erlebte ich die andere Seite hautnah – die Seite, die uns durch den ganzen Visumsprozess nur zu bekannt war. Ein paar Männer saßen im Zug. Als wir Platz nahmen, dachten Conny und ich, dass die Männer, die neben ihnen standen, ihnen beim Ausfüllen von Formularen behilflich waren. Nach genauerem Zuhören stellten wir aber fest, dass die stehenden Männer Kontrolleure waren, die offenbar nur überprüfen wollten, ob alle Zuginsassen einen negativen Coronatest vorweisen konnten – wir saßen im Zug von Udine nach Villach, also in einem grenzüberschreitenden Zug.

Gespannt verfolgten wir das Gespräch. Offenbar waren die Kontrolleure zufällig auf ein paar Flüchtlinge gestoßen, die eben in diesem Zug illegal nach Österreich reisten. Die Kontrolleure waren sehr höflich. Mittels einer App übersetzten sie den Flüchtlingen alles, was sie sagten, und warteten geduldig ihre Antwort ab. Diese kamen aus Syrien und sprachen weder Deutsch noch Englisch. Die Kontrolleure setzten sich telefonisch mit der Polizei in Verbindung, um das weitere Vorgehen zu besprechen. Alles lief human und harmonisch ab. Wie die Geschichte ausging, erfuhren wir leider nicht, da wir umsteigen mussten.

Beim Aussteigen aus diesem Zug hörte ich jedoch ein Gespräch zweier österreichischer Männer mit an.

„Das sind doch niemals Kriegsflüchtlinge! Schau dir die an", schimpfte der eine vor sich hin. „Wie die aussehen. So sehen doch keine Flüchtlinge aus, die haben ja sogar Taschen bei sich und saubere Kleidung an!" Er gestikulierte wild, um seine Meinung über die Situation zu unterstreichen. Offenbar hatte er keinerlei Verständnis für die Männer.

Mein Magen zog sich zusammen. Mir wurde schlecht und in mir kribbelte es. War dies die Zukunft, die meinen Mann erwartete? Würde es sich so zutragen, wenn er nur einmal seinen Aufenthaltstitel zu Hause vergessen sollte? Musste er mit solchen Kontrollen im Alltag rechnen, wenn er ohne mich unterwegs war? Musste er womöglich auch in meinem Beisein damit rechnen? Mussten wir uns auf diese Reaktionen der Österreicher gefasst machen? Auf die Vorurteile, das laut ausgesprochene Unverständnis, das Abgestempelt werden, den Ärger über seine Anwesenheit in diesem Land?

Ich fühlte mich durch dieses Ereignis zurückversetzt – weg von meinem Urlaub mit all den positiven Gedanken und Tagträumen hin zur Realität voll Rassismus und Verunsicherung.

Kapitel 22

„Die Überzeugungen, die ein Mensch hat,
bestimmen in weit größerem Maße über sein Leben
als die Umwelt, in der er lebt."

Jean-Paul Pianta – Die Intelligenz unseres Körpers

Der erste Arbeitstag nach meinem Urlaub war nur von kurzer Dauer. Um 9:50 Uhr hatte ich, während ich einen Patienten behandelte, einen Kreislaufkollaps. Zum Glück behandelte ich ausgerechnet einen Rettungssanitäter, wodurch die Worte „Mir ist so schwindlig, ich kann gerade nicht mehr" ausreichten, damit er sofort den Platz mit mir tauschte – er sprang von der Liege auf und ich legte mich hin. Es dauerte eine ganze Stunde, bis ich wieder sitzen konnte. Um 12 Uhr war ich in der Praxis eines Arztes, der mich grob untersuchte und mir dann mitteilte, dass ich ins Krankenhaus musste – mit Verdacht auf einen Pneumothorax, also Luft in der Lunge.

Im Krankenhaus ließen sie mich erst einmal zweieinhalb Stunden lang am Gang liegen, bevor sie mich untersuchten. Mein Kreislauf war längst kein Thema mehr, ich bekam nur keine Luft.

Um 18 Uhr teilte mir eine Ärztin mit: „Nun, Frau Ahmada, wir müssen Sie hierbehalten. Natürlich sind wir kein Gefängnis und Sie können selber darüber entscheiden, aber ich muss Ihnen unbedingt zu einer Beobachtung über Nacht raten. Mit den Symptomen, die Sie beschreiben, können wir Sie unmöglich guten Gewissens nach Hause gehen lassen. Das wäre viel zu gefährlich, Sie könnten kollabieren oder es könnte weiß Gott was passieren."

„Also ich bleibe nicht gerne hier, aber wenn Sie es für das Beste halten, bin ich natürlich dazu bereit", erklärte ich.

Somit wurde ich auf eine Übergangsstation gebracht, wo ich auf ein freies Bett warten musste. Gegen 19 Uhr läutete ich einer Schwester und sagte: „Bitte, bitte bringen Sie mich irgendwohin, wo ich etwas zu essen bekomme. Ich habe seit 13 Stunden nichts mehr gegessen. Ich kann nicht mehr!"

Es dauerte noch einmal eine halbe Stunde, bis ich endlich ein Bett bekam – auf der Gastroenterologie, also dem Fachbereich für Magen-Darm-Erkrankungen. Natürlich fragte ich mich und schließlich auch das Pflegepersonal, warum ich dort hingebracht wurde. Die Antwort war: „Es handelt sich hierbei ebenfalls um eine Interne Abteilung. Lassen Sie sich von dem Namen Gastroenterologie nicht zu sehr verwirren."

Ein junger Assistenzarzt teilte mir noch mit, dass mein Eisenwert im Blut schlecht war, ansonsten geschah an diesem Tag nichts mehr.

In jener Nacht schlief ich naturgemäß schlecht. Mein Mann machte sich bereits große Sorgen. Ich wünschte mir so sehr, dass er an meiner Seite gewesen wäre. Doch auch dieses Problem musste ich alleine durchstehen.

Am nächsten Morgen teilte der Facharzt für Innere Medizin mir mit, dass sie nichts gefunden hätten. Mein Herz und meine Lunge waren in Ordnung, ich konnte nach Hause gehen.

„Aber irgendwo muss die Luftnot doch herkommen", hakte ich nach.

„Nun, Sie haben gesagt, dass Sie wandern waren, noch dazu mit einem schweren Rucksack. Vermutlich haben Sie sich verspannt."

Innerhalb einer Nacht gelangten die Ärzte also ohne weitere Untersuchung von „Sie müssen unbedingt hierbleiben, es kann weiß Gott was passieren" zu „Vermutlich haben Sie sich verspannt." Ich fragte mich, wofür ich im Krankenhaus war, packte aber dennoch meine Sachen.

Kurz vor der Fertigstellung meiner Entlassungspapiere erlitt ich etwas, das ich an dieser Stelle als Luftnotanfall bezeichne, da ich keinen offiziellen Fachbegriff für dieses erschreckende Gefühl kenne. Die Ärzte hängten mir während des Anfalls ein

EKG an, halfen mir aber in keinster Weise, etwa durch Medikamente oder andere Interventionen.

Kurze Zeit später stand der Facharzt wieder vor mir: „Nun, Frau Ahmada, das EKG war in Ordnung. Sie haben nichts. Natürlich können Sie noch weiter zur Beobachtung hierbleiben, doch wir werden auch dann nichts finden."

„Na, dann gehe ich nach Hause, oder? Denn ob mir zu Hause niemand helfen kann oder ob mir hier drinnen niemand helfen kann, ist ja vollkommen egal", meinte ich provokant.

„Ja, da haben Sie recht", bestätigte der Facharzt. Eine Antwort, die mich zugegebenermaßen ziemlich verblüffte.

Und so verließ ich das Krankenhaus.

Da ich immer noch an massiver Luftnot litt und kaum zwei Stockwerke zu Fuß bewältigen konnte – obwohl ich doch normalerweise sechs Mal pro Woche Sport machte – folgte eine lange Reihe an Untersuchungen.

Eine Woche nach meinem Kollaps bestand der Verdacht auf eine Herzmuskelentzündung. Erst als am Abend ein fieberhaftes Gefühl dazu kam, meinte meine Hausärztin, dass ich einen PCR-Test machen sollte.

„Aber ich habe letzte Woche zwei Schnelltests gemacht und beide waren negativ", erklärte ich.

„Ja, das glaube ich Ihnen. Ich hatte jedoch schon zwei Patienten, die Corona hatten, obwohl die Schnelltests negativ waren."

Dieses Argument überzeugte mich. Ich wusste nur, dass es mir nicht gutging, und wollte alles tun, um die Ursache des Problems zu finden. Das Ergebnis des PCR-Tests lag schon am nächsten Tag vor, war allerdings negativ. Natürlich freute ich mich darüber, dass ich kein Corona hatte, doch ich war genervt davon, dass die Ärzte die Ursache des Problems noch immer nicht gefunden hatten.

Meinem Mann ging es zu dieser Zeit auch nicht gut. Wir waren fast immer gleichzeitig krank und dieses Mal hatten wir sogar beide ein größeres Problem. Er war an Malaria erkrankt, einen Tag nach seiner Deutschprüfung. Es war schwer für ihn, ohne seine Freunde und Familie am Festland festzusitzen und dann auch noch Malaria zu bekommen. Zumindest erhielt er dort entsprechende Medikamente, durch die er innerhalb weniger Tage wieder gesund wurde.

Bei mir dauerte es hingegen volle zwei Wochen, bis ich endlich einen Termin bei einem Internisten erhielt – unüblich früh, weil klar war, dass es sich um einen Notfall handelte – und dieser feststellte, dass ich unter einem Mangel an roten Blutkörperchen litt. Die Ursache dafür konnte man freilich nicht mehr feststellen, mittlerweile hatte sich mein Blutbild auch wieder gebessert, sodass die Untersuchungen an dieser Stelle abgeschlossen waren.

Dass so eine Diagnose in einem österreichischen Krankenhaus, in dem ich sogar über Nacht zur Beobachtung bleiben musste, übersehen wurde, ließ wenig Vertrauen in unsere Ärzte übrig. Im Gegenteil: ich kam zu dem Schluss, dass ein Leben in Österreich nicht unbedingt eine bessere medizinische Versorgung bedeutete. Ich wusste, dass die Krankenhäuser in Afrika nicht gerade gut waren, ja, dass manche Menschen sogar relativ gesund hineingingen, sich dort einen Virus einfingen und krank nach Hause gingen oder an einer Infektion im Krankenhaus starben. Doch ich wusste auch, dass es vielerorts private Krankenhäuser gab, die deutlich bessere Ärzte hatten und auf einem deutlich höheren Niveau arbeiteten. Somit fand ich, dass ich sowohl in Österreich als auch auf Sansibar die Möglichkeit hatte, im Krankheitsfall eine gute Versorgung zu erhalten, wenn ich diese privat bezahlte, oder eben eine schlechte, wenn ich kein Geld dafür hatte. So groß war für mich der Unterschied zwischen den beiden Ländern also nicht, wenngleich mir bewusst war, dass in meinem Bauch eine gewisse Wut auf die österreichischen Ärzte mitschwang, als ich zu dieser Erkenntnis gelangte.

Parallel zu unserer kurzen Krankheitsgeschichte entwickelte sich auch die Situation bezüglich des Visumsantrags weiter. Mein Mann wiederholte die Deutschprüfung, wartete die Zeit bis zum Erhalt seines Zertifikats in Dar es Salaam ab und rief mich an eben jenem Tag an.

„Ich habe die Prüfung wieder nicht bestanden."

„Was?" Ich war sicher, dass ich mich verhört hatte.

„Ja, ich habe nicht bestanden."

„Wie ist das möglich?" Schon beim ersten Mal hatte ich nicht verstanden, wie er wegen drei fehlender Punkte nicht bestehen konnte. Inzwischen war sein Deutsch noch besser geworden. Litt er etwa an Prüfungsangst?

„Diesmal fehlten zwei Punkte", sagte Yakoub und erklärte seine Theorie: „Weißt du, das liegt alles am Geld. Ich habe Schüler im Kurs gesehen, die viel schlechter waren als ich und die Prüfung trotzdem bestanden haben. Und dann gibt es solche wie mich, die im Unterricht immer gut waren, die gut Deutsch sprechen und trotzdem jedes Mal durchfallen. Wer den Prüfern kein Geld gibt, bekommt auch kein Zertifikat. Wir sind in Afrika."

Im ersten Moment hielt ich dies für eine Ausrede und fühlte mich ein wenig wie eine Mutter, deren fauler Teenager soeben eine fadenscheinige Begründung vortrug, warum nicht er versagt hatte, sondern das System. Doch als ich darüber nachdachte, fiel mir sehr wohl die Teilnehmerliste ein, die er mir nach der ersten Prüfung geschickt hatte. Darauf war klar zu sehen, dass kaum ein Schüler bestanden hatte. So wie damals lag das Problem auch dieses Mal am offenen Brief, also jenem Teil der Prüfung, den man am subjektivsten benoten konnte. Alle anderen Bereiche hatte er beide Male bestanden. Deshalb beschloss ich, ihm zu glauben.

„Also gut", sagte ich. „Wenn das so ist, sag mir, wie viel du brauchst, und ich schicke dir das Geld. Ich sende dir jeden Betrag, den der Prüfer will, wenn er dir nur endlich dieses verdammte Zertifikat ausstellt!"

Yakoub versuchte es. Zwei Tage lang verhandelte er mit seinem Prüfer, der sich allerdings nicht mehr bestechen ließ, weil er das nach eigenen Angaben in letzter Zeit zu oft getan hatte und nun stärker kontrolliert wurde. Er fürchtete um seinen Job.

„Na toll", klagte ich. „Die Behörden haben schon immer einen Grund gesucht, um deinen Antrag abzulehnen. Sie werden bestimmt keiner weiteren Fristverlängerung mehr zustimmen."

„Wir müssen es zumindest versuchen", meinte mein Mann. „Es ist die einzige Chance, die wir noch haben."

Damit hatte er wieder einmal recht. Somit schickte ich der zuständigen Dame der Landeshauptmannschaft in Österreich meine Kontoauszüge der letzten drei Monate – die sie ja ebenfalls gefordert hatte – und erneut die Bescheinigung darüber, dass Yakoub den Deutschkurs bereits besucht hatte und ein fleißiger Schüler war. Damit wollte ich beweisen, dass er bereits hart am Erhalt seines Visums arbeitete, und bat darum, ihn die Prüfung Ende Juli – also in über einem Monat – noch einmal wiederholen zu lassen.

Eigentlich glaubte ich nicht mehr daran, dass mein Mann nach Österreich kommen durfte. Ich sah mich schon wieder auf der Insel und erstellte nachts – anstatt zu schlafen – in Gedanken eine Liste, welche Sachen ich verkaufen sollte und wo ich dies am besten tun würde.

Doch dann geschah tatsächlich ein Wunder. Bereits einen Tag nach meiner E-Mail an die Behörde erhielt ich eine Antwort, die unter anderem folgenden Satz enthielt:

„Bezüglich der A1 Prüfung warte ich die Wiederholungsprüfung natürlich ab."

Ich las den Satz noch einmal, dann noch einmal und dann noch einmal. Erst dann freute ich mich darüber und rief sofort meinen Mann an: „Schatz, du hast in letzter Zeit anscheinend genug gebetet. Du bekommst noch eine Chance!"

Wir freuten uns kurz gemeinsam über die gute Nachricht, ehe wir sofort wieder mit der Arbeit loslegten.

„Ich brauche deine Hilfe beim Schreiben eines offenen Briefes", erklärte mein Mann. „Bei der nächsten Prüfung muss ich noch besser sein. Ich muss so gut sein, dass sie es nicht schaffen, mich durchfallen zu lassen."

„Natürlich werde ich dir helfen. Sag mir alle Bereiche, in denen du Probleme gehabt hast, und ich werde Übungen für dich suchen und sie dir schicken. Gemeinsam schaffen wir das."

Yakoub arbeitete hart an seinem Deutschzertifikat, er lernte den ganzen Tag, machte die Übungen, die ich ihm zusammenstellte, und schickte sie mir zur Korrektur retour. Er schrieb Briefe und E-Mails ohne Ende. Als der Tag der Prüfung gekommen war, waren wir natürlich beide unendlich nervös. Doch dieses Mal hatte Yakoub ein gutes Gefühl. Wenige Tage nach der Prüfung rief er mich an: „Schatz, ich habe bestanden!"

„Jaaaa! Gratuliere!", antwortete ich überglücklich. Es war so ein großer Schritt. Das Zertifikat, das mein Mann nun endlich in der Hand hielt, war das letzte notwendige Papier, um sein Visum zu erhalten. Er schickte es mir in digitaler Version und ich schickte es sofort an die zuständige Behörde weiter. Überschwänglich, wie ich war, rief ich meine Familie und sämtliche Freunde an, um ihnen von Yakoubs Erfolg zu berichten. Es freuten sich alle mit uns, doch der Nervenkitzel ging natürlich weiter. Jeden Morgen griff ich als Erstes zu meinem Handy, um meine E-Mails zu checken. Am Mittwoch, den 28. Juli 2021 hatte ich das Zertifikat an die Behörde gesendet, am Montag, den 2. August 2021 – nur fünf Tage später – erhielt ich eine E-Mail mit einem Dokument im Anhang. Ich öffnete das Dokument, wobei ich einige Sekunden lang das Schlimmste befürchtete, und las dann die schönsten Zeilen, die ich jemals gelesen hatte:

„Sie haben einen Antrag auf Ausstellung eines Aufenthaltstitels in Österreich gestellt ... Von der zuständigen österreichischen Inlandsbehörde wurde diesem Antrag stattgegeben."

Meine Knie wurden weich, ich sank zu Boden und begann zu weinen. Ich las die Zeilen noch einmal, nur um sicher zu sein, dass ich alles richtig verstanden hatte, dann weinte ich weiter. Nach all den Tränen der Trauer, die ich in den letzten Monaten vergossen hatte, waren dies endlich Tränen der Erleichterung und des Glücks. Die gesamte Last, der ganze Druck der letzten zwei Jahre fiel mit einem Schlag von mir ab und brach in Form eines Wasserfalls aus mir heraus.

Als ich mich wieder gefasst hatte, stand ich auf und rief meinen Mann an: „Wir haben es geschafft, mein Schatz! Wir haben es geschafft! Du bekommst dein Visum!"

Mein Mann und ich jubelten, er an der einen Leitung, ich an der anderen. Getrennt durch 6521 km Luftlinie, die wir bald überwinden konnten. Getrennt durch unzählige Stolpersteine, ja, wahre Felsbrocken, die wir alle überwunden hatten. Vereint durch die Kraft der Hoffnung, die uns nie verlassen hatte, durch die Liebe, an die wir glaubten, und die Überzeugung, an der wir immer festgehalten hatten, dass wir füreinander bestimmt waren und uns ein gemeinsames Leben bevorstehen sollte. Nun war es endlich so weit. Unser gemeinsames Leben sollte bald beginnen.

Kapitel 23

„Manchmal scheint es, die große Geschichte,
deren Teil wir alle sind, schert sich nicht um uns.
Die Geschichte schreibt sich selbst
und wir müssen nur unseren Platz in ihr finden."

Oliver Plaschka – Marco Polo –
Bis ans Ende der Welt

Meine gesundheitliche Situation und der damit verbundene Krankenstand boten mir viel Zeit zum Nachdenken. Ich erkannte, dass ich durch die viele Arbeit, die innerhalb des letzten Jahres ein Dauerthema war und innerhalb der letzten Monate stetig zunahm, mehr Energie verbrauchte, als ich zur Verfügung hatte. Ich konnte die Leistung, die von mir gefordert wurde, nicht mehr erbringen. Außerdem war ich nicht bereit, mich für einen Job kaputt zu machen. Ich musste mir also einen anderen Job suchen. Natürlich war die Aussicht auf ein gemeinsames Leben mit meinem Mann eine weitere Motivation zu einem Jobwechsel, da meine bisherigen Arbeitszeiten nicht gerade familienfreundlich waren.

Dieser Tage schien das Schicksal auf meiner Seite zu sein. Am Arbeitsmarkt gab es genau eine freie Stelle, die ich unbedingt haben wollte, und auch erhielt. Sie umfasste 70 %, weshalb ich mich zu 30 % in einer Gemeinschaftspraxis selbstständig machte. Der Wechsel in meine neuen Jobs fiel genau in den Zeitraum, in dem Yakoub endlich nach Österreich kommen würde. Somit konnte ich vorher noch nach Sansibar fliegen, um selbst abzuschalten und Urlaub zu machen.

Ich wusste nicht, was sich im Universum geändert hatte, doch die Sterne standen plötzlich völlig neu für mich. Innerhalb weniger Tage stand ich nicht mehr vor einem Trümmerhaufen, sondern vor einem Regenbogen. Ich buchte meinen Flug nach Sansibar, um drei Wochen Urlaub mit meinem Mann zu verbringen und ihn dann mit nach Österreich zu nehmen. Dabei war ich so aufgeregt wie ein kleines Kind vor Weihnachten. Meine Atembeschwerden legten sich wie von selbst, ich fühlte mich wohl in meiner Haut und genoss endlich wieder dieses Gefühl der Lebensfreude, das ich so lange vermisst hatte.

Ende August 2021 flog ich also endlich wieder nach Sansibar. Meine Sehnsucht nach Afrika – nicht nur nach meinem Mann, sondern auch nach der Kultur, dem Kontinent und allem, was der Begriff Afrika für mich beinhaltete – war mittlerweile ins Unermessliche gestiegen. In den diversen Lockdowns hatte ich mich so sehr nach meiner zweiten Heimat gesehnt, dass es mich beinahe zerrissen hatte, und nun durfte ich endlich wieder das Glück erfahren und in den Flieger nach Sansibar steigen.

Dieses Mal trat mein Mann zeitgleich eine Reise an. Es handelte sich wieder einmal um eine Reise nach Nairobi, um sein endgültiges Visum abzuholen. Per E-Mail wurde ihm ein Termin zugeteilt, an dem er das Visum endlich erhalten sollte. Anschließend würden wir zeitgleich auf Sansibar landen und gemeinsam unser Glück feiern. Ich konnte es kaum erwarten.

Bei meiner Zwischenlandung in Amsterdam hatte ich viel Zeit, weshalb ich mein Handy einschaltete. Obwohl der Internetempfang sehr schlecht war, erreichte mich die Nachricht meines Mannes, die ich eigentlich nicht lesen wollte: *„Sie haben auf der Botschaft meine Papiere entgegengenommen, aber mir kein Visum gegeben. Ich weiß nicht, ob ich es heute noch erhalte, aber eigentlich muss ich schon zum Flughafen. Was soll ich tun?"*

Nein, nein, nein, nein, nein! Das konnte doch einfach nicht wahr sein! Ich versuchte, nähere Informationen von ihm zu erhalten, doch meine Nachrichten wollten sich einfach nicht versenden lassen. Die Verbindung war zu schlecht und so gab es keine Möglichkeit, ihm meine Meinung mitzuteilen. Ich beschloss, ihm trotzdem zu schreiben, dass er dort bleiben konnte, falls er das Visum am nächsten Tag erhalten sollte. Jedoch benötigte ich unbedingt die Nummer eines Ansprechpartners, da ich nicht wusste, wo genau wir unseren Urlaub verbringen würden. Ich hoffte inständig darauf, dass die Nachricht ihn rechtzeitig erreichen würde und dass ich die Nacht nicht am Flughafen verbringen musste.

Als ich einige Stunden später entsprechend unentspannt aus dem Flieger stieg, konnte ich mich leider nicht darüber freuen, dass ich den Boden meines heiligen Landes betrat. Zu viele Gedanken kreisten in meinem Kopf. Nach dem Coronatest-Check und dem Erhalt meines Touristenvisums eilte ich in die Ankunftshalle, um sofort die Nachrichten auf meinem Handy zu überprüfen. Ich hatte zahlreiche Anrufe in Abwesenheit und eine Nachricht, in der mein Mann mir mitteilte, dass er nicht zeitgleich mit mir am Flughafen landen würde, sondern noch in Nairobi war. Aus unserem filmreifen Wiedersehen, das ich mir so romantisch vorgestellt hatte, wurde also leider nichts.

Zum Glück hatte mein Mann jedoch mit dem Freund gesprochen, bei dem wir wohnen sollten. Ich hatte ihn zwar bei meinem letzten Urlaub schon ein- oder zweimal gesehen, hatte aber ansonsten keinen Kontakt zu ihm gehabt. Yakoub gab mir seine Nummer, somit konnte ich ihn nun anrufen: „Hallo, hier ist Lisa, die Frau von Yakoub. Ich stehe hier am Flughafen und er hat gesagt, dass ich dich anrufen soll."

„Ah, hallo Lisa. Du bist schon da? Ja, ich komme sofort."

Sofort hieß natürlich nicht sofort, sondern das afrikanische sofort – also eine halbe Stunde später. Aber immerhin kam schließlich ein Taxi an und Medi Medi, der kleinste Mann, den ich kannte, stieg aus.

Er begrüßte mich freundlich, nahm meine Koffer entgegen und stieg mit mir ins Taxi. Er plapperte die ganze Fahrt über, als wären wir zwei Freunde, die sich seit Ewigkeiten nicht mehr gesehen und nun viel auszutauschen hatten. Ich fand das gut, denn dann musste ich mir keinen Gesprächsstoff aus den Fingern ziehen.

Bei Medi Medis Haus angekommen, zeigte er mir unser Zimmer und die Räumlichkeiten. Wie er mir auf der Fahrt bereits erklärt hatte, vermietete er dieses Haus an Touristen und schlief selbst jeweils in dem Zimmer, das gerade frei war.

Ich war müde von der Reise und traurig von der Tatsache, allein zu sein. Immerhin gab es in diesem Haus eine ausreichend gute Internetverbindung, um mit meinem Mann zu telefonieren.

„Jetzt bin ich endlich auf Sansibar und du bist nicht da. Wie ist das möglich?"

Yakoub seufzte: „Das Leben geht manchmal seltsame Wege. Ich bin es leid, ohne dich zu sein. Ich hasse dieses Zimmer in Nairobi. Ich will nicht hier sein, sondern bei dir."

Wir sprachen nur kurz, da wir beide ziemlich deprimiert waren und dringend Schlaf benötigten. Leider erhielt ich kaum Schlaf, da in der Kirche direkt nebenan bis drei Uhr früh der Chor probte. Afrika.

Am nächsten Tag ging mein Mann wieder zur Botschaft. Man teilte ihm dort mit, dass er sein Visum erst in einigen Tagen erhalten würde und dass man ihn informieren würde, sobald es fertig war. Wir beschlossen, dass es keinen Sinn machte, wenn er weiterhin in Nairobi bleiben würde. Immerhin kannten wir die Dauer, die ein bürokratischer Prozess in Afrika benötigen konnte. Somit buchte ich spontan einen Flug für Yakoub und rief Medi Medi an: „Mein Mann kommt heute um Mitternacht an. Kannst du bitte ein Taxi für mich organisieren?"

Das war kein Problem. Medi Medi kümmerte sich an diesem Tag um mich, als wäre ich ein Familienmitglied und als wäre ich vollkommen verloren ohne meinen Mann. Ich ging am Strand spazieren, las viel und versuchte, mich zu entspannen. Währenddessen rief Medi Medi ungefähr alle zwei Stunden an, um zu fragen, ob es mir gut ging, oder er stand persönlich vor mir, um sich von meiner Unversehrtheit zu versichern. Ich fand das keineswegs aufdringlich, sondern einfach nur nett. Außerdem war Medi Medi unterhaltsam. Er war ziemlich verrückt und gab mir immer einen Grund zum Lachen. Er erzählte mir zum Beispiel, dass er gerne andere Menschen manipulierte, indem er ganz gezielt Handlungen setzte. Einmal schlief er mehrere Nächte in Folge am Strand, nur mit der Kleidung, die er am Körper trug und einigen Geldscheinen in den Taschen. In diesem Experiment wollte er sehen, ob er den Menschen vertrauen konnte oder ob jemand versuchte, ihn auszurauben.

„Ich habe mich dazu entschlossen, dort zu schlafen. Also habe ich die Menschen manipuliert, weil ich ja ihr Verhalten analysieren wollte", erklärte er stolz.

Ein anderes Mal behauptete er felsenfest, dass alle Menschen als Katzen wiedergeboren werden. Das wäre der Grund, weshalb es auf Sansibar so viele Katzen gab. Er erzählte solche Dinge gerne, um die Leute zu verwirren. Natürlich wusste er, dass das nicht stimmte. Die Wahrheit war, dass Medi Medi ein hochintelligenter Mensch war, der sich einfach von niemandem in die Karten schauen lassen wollte.

Außerdem bezeichnete er jedes Getränk, das er zu sich nahm, als Medizin. Eines Morgens kochte er Kaffee und mischte Tee dazu. „Das ist Medizin", sagte er voller Überzeugung.

Kurz vor Mitternacht stand das Taxi da – zu meiner Überraschung sogar pünktlich. Ich fuhr zum Flughafen und schmunzelte bei dem Gedanken, dass ich in Afrika meinen Mann vom Flughafen abholte und nicht umgekehrt.

Als Yakoub endlich aus dem Gate kam und wir uns nach zehn Monaten wieder in den Armen hielten, wurde ich erneut von dieser Welle des Glücks, von diesem Gefühl der absoluten Geborgenheit überschwemmt, das Yakoub stets in mir auslöste. Ich hatte ihn so sehr vermisst. All die Strapazen der letzten Stunden und Tage waren wieder egal. Das Einzige, was nun zählte, waren wir.

Mein Mann und ich genossen die Zweisamkeit wie immer in vollen Zügen. Wenn man sich so selten sieht, ist eine Beziehung noch viel wertvoller als unter normalen Umständen. Wir sprachen viel über die Zukunft und verbrachten die Zeit mit Träumereien über unser gemeinsames Leben in Österreich. Nun war es schon zum Greifen nahe.

Eine Woche, nachdem Yakoub in Nairobi gewesen war, erhielt er die Information, dass sein Visum fertig und zum Abholen bereit war. Wir überlegten zwar, ob ich mitkommen sollte, doch da ich für Nairobi ein eigenes Visum und einen PCR-Test benötigte, schien uns diese Möglichkeit zu aufwendig zu sein. Deshalb flog mein Mann alleine nach Nairobi und ich wartete wieder auf ihn. Doch dieses Mal hatte sich das Warten wirklich gelohnt. Denn er kam – man glaubt es kaum – tatsächlich mit seinem Aufenthaltstitel für Österreich in der Hand nach Sansibar zurück.

Nach über zwei Jahren Kampf war mein Mann nun endlich offiziell befugt, mein Heimatland zu betreten und dort ein Jahr lang zu leben. Nach diesem Jahr musste eine Verlängerung des Aufenthaltstitels beantragt werden, doch das war uns egal. Wir hatten es geschafft. Ich durfte meinen Mann mit nach Hause nehmen. Wie viel Glück ich in diesem Moment verspürte, kann ich gar nicht beschreiben.

Nur wenige Freunde wussten von Yakoubs Plan, da er seine Privatangelegenheiten nicht gerne mit Leuten teilte. Leider konnte man vielen Menschen auf Sansibar nicht vertrauen, weil sie meist auf ihren eigenen Vorteil bedacht waren. Doch die beiden Freunde, die von Yakoubs Plan wussten, feierten in dieser Nacht mit uns. Zu Beginn des Abends saßen wir gemütlich bei Medi Medi zusammen. Alle tranken Alkohol, nur er nicht. Medi Medi trank nie Alkohol, stattdessen hatte er eine Tasse mit einer seltsamen, weißen Masse in der Hand.

„Was ist das?", fragte ich ihn.

„Medizin."

Ich schmunzelte. „Natürlich. Aber was genau ist das?"

„Das ist Seegras-Porridge. Ein Kraut aus dem Meer mit verschiedenen Gewürzen. Das ist sehr lecker. Willst du es probieren?"

„Ich glaube nicht. Das riecht nach Fisch." Ich verzog das Gesicht.

„Ja, weil es aus dem Meer kommt. Aber es ist sehr gut und sehr gesund."

Da er so überzeugend klang, probierte ich einen Löffel von seinem Seegras-Porridge. Es war das Ekelhafteste, was ich jemals gegessen oder getrunken hatte.

Medi Medi lachte nur, als er mein Gesicht sah. „Ah, du magst es also nicht. Ich finde es sehr köstlich."

Später bemerkte ich, dass ich die Schale mit Seegras schon einmal gesehen hatte. Sie war tagelang in unserem Hinterhof gestanden, wo das Seegras in Wasser eingelegt gewesen war. Mir wurde übel, als ich daran dachte. Sofort desinfizierte ich meinen Mund mit Wodka.

Nach einigem gemütlichen Geplauder ging ein Teil von uns zum Tanzen ins Tatu.

Yakoub, der aufgrund der Tatsache, das Visum endlich erhalten zu haben, einfach nur glücklich war, ließ seiner verrückten Seite freien Lauf. Er trug eine rote Badehose, die ich ihm gekauft hatte. Pragmatisch, wie Afrikaner eben waren, trug er die Hose nicht nur zum Baden, sondern auch zum Tanzen im Tatu. Dazu trug er ein schwarzes T-Shirt, das er in die Hose steckte. Diese zog er so weit nach oben, wie es ihm möglich war. Um sein Outfit abzurunden, borgte er sich eine weiße Sonnenbrille von einem Freund aus.

So bekleidet und mit einem Bier in der Hand tanzte er allein durch den Club. Alle anderen waren noch nicht betrunken genug, um ebenfalls zu tanzen, und so stand Yakoub im Mittelpunkt des Geschehens. Glücklich, wie er war, ließ er sich von den Blicken der anderen Gäste nicht beirren.

Ich fand die ganze Situation lustig, sagte aber dennoch zu einem Freund: „Bei unserer Hochzeit habe ich versprochen, dass ich ihn liebe, in guten wie in schlechten Zeiten. Das sind die schlechten Zeiten."

Wir lachten, tranken, feierten, tanzten. Selten in meinem Leben war ich so glücklich wie in dieser Nacht.

Neben ausgelassenem Feiern hatten mein Mann und ich viel zu tun, bevor wir die Insel verließen. Unter anderem trafen wir uns mit Truth, der auch das Video von unserer Hochzeit gemacht hatte, um ein Video von unserem Grundstück zu drehen. Wir wollten versuchen, mittels Crowdfunding Geld zu sammeln, um auf unserem Grundstück ein kleines Haus zu bauen. Dieses wollten wir an Touristen vermieten und jederzeit selbst darin Urlaub machen. Wir wollten zumindest den Versuch starten, unseren Traum zeitnah zu realisieren und nicht erst nach zehn bis fünfzehn Jahren. Um andere Menschen von unserem Plan zu überzeugen und ihre Unterstützung zu erhalten, setzten wir auf ein professionelles Video.

Der Dreh dazu machte zugegebenermaßen Spaß, war aber natürlich auch mit viel Arbeit verbunden. Am Ende war ich begeistert von dem, was Truth für uns gezaubert hatte. Die romantische Musik in Kombination mit den Bildern von Strand, Palmen und Meer hinterließ einen beinahe sehnsüchtigen Eindruck.

Ein romantischer Tag auf der Sandbank vor Stone Town war natürlich auch noch ein Pflichttermin, bevor wir zurückflogen. Alles, was Yakoub noch organisieren wollte – und das war einiges, da er immerhin sein ganzes Leben für mich aufgab –, kostete ihn viel Energie. Auf der Sandbank luden wir unsere Speicher wieder auf. Interessanterweise brachte uns ein junger Mann mit einem Boot namens „Ameisenscheiße" auf die Insel. Ich fragte mich, wie er wohl auf diesen Namen gekommen war, beziehungsweise welche deutschen Touristen ihm das wohl beigebracht hatten.

Als wir am nächsten Morgen im Hinterhof des Hostels saßen, kam Medi Medi vorbei. Er sprach nicht mit uns, sondern er schrie. Der Grund dafür war ganz simpel. Er hatte vergessen, dass er Kopfhörer aufhatte, und bemerkte nicht, dass wir ihn in normaler Lautstärke hörten. Er berichtete von seinem langen Arbeitstag und darüber, wie erschöpft er war.

„Ich bin weg, weit, weit weg!", rief er immer wieder mit großer Geste. Endlich bemerkte er seine Kopfhörer und nahm sie ab. Dann verabschiedete er sich und ging auf sein Zimmer. Da er Medi Medi war und nichts normal machen konnte, ging er natürlich nicht durch den Flur und über die Treppe nach oben. Nein, er kletterte über die Wand der Kirche auf seinen Balkon.

Dabei machte er einen Zwischenstopp an einem großen Kirchenfenster und rief: „Gott? Gott, bist du da?"

Offensichtlich hatte er keine Erleuchtung, doch er hatte uns einmal mehr gut unterhalten. Kurze Zeit später hörten wir ihn nur ein Wort sagen: „Shit!" Daraufhin flog ein ganzes Bündel übergroßer Luftballone in den Hinterhof. Bis heute wissen wir nicht genau, was sich in seinem Zimmer abgespielt hatte.

Zwei Tage vor unserem Abflug mussten wir einen erneuten Coronatest machen, damit wir das Ergebnis rechtzeitig erhielten. Die Fluglinie, für die wir uns entschieden hatten, würde uns den Flieger nicht ohne negativen PCR-Test betreten lassen.

Die Organisation des Tests war ähnlich wie in Österreich: Man musste sich online für einen Termin anmelden, die Preise variierten jedoch je nach Tag und Uhrzeit. Wir bezahlten jeweils 80 $ für unsere Tests, eine Stunde später wären es 90 $ gewesen. Afrika.

Um die Tests zu bezahlen, wandten wir uns an ein kleines Häuschen, in dem hinter vergitterten Fenstern ein Mann und eine Frau saßen. Der Mann nahm unsere Dokumente entgegen. Zuerst nahm er Yakoub an die Reihe, dann mich.

„Sie haben den gleichen Nachnamen?", fragte die Frau interessiert. „Warum das? Sind Sie Geschwister?"

Mein Mann und ich sahen einander verwirrt an.

„Ähm, nein", antwortete er. „Das ist meine Frau, nicht meine weiße Schwester."

Wir lachten lautstark. Was hatte diese Frau sich nur bei ihrer Frage gedacht?

Im nächsten Schritt stellten wir uns an der Schlange vor dem Testzelt an. Das Beängstigende war, dass alle, die an unserem Ende das Zelt betraten, aus dem anderen Ende weinend wieder herauskamen.

„Siehst du das?", fragte ich meinen Mann verängstigt. „Ich will dieses Zelt nicht betreten. Ich habe Angst."

Leider hatten wir keine andere Wahl. Als ich an der Reihe war, zitterte ich am ganzen Körper. Noch nie hatte ein Coronatest mir etwas ausgemacht, doch in diesem Fall hatte ich wirklich Angst.

Eine unfreundliche Frau deutete mit der Hand auf einen Sessel, auf dem ich Platz nahm. Sie hatte zwei Stäbe in der Hand. Einen rammte sie mir in die Nase, den anderen in den Mund. Mit keinem der Stäbe wartete sie drei Sekunden, sie rammte beide einfach rein und raus. Dann wies sie mir den Weg zum Ausgang.

Ich war zwar schockiert von ihrem Vorgehen, doch echte Schmerzen spürte ich zum Glück nicht. Meinem Mann ging es leider anders. Wie all die anderen Touristen verließ auch er das Testzelt mit Tränen in den Augen.

„Kein Wunder, dass es auf Sansibar kein Corona gibt, wenn die so testen", sagte ich zu ihm.

Aber egal, es war geschafft. Nun konnten wir nur darauf hoffen, dass wir das Ergebnis rechtzeitig erhielten. Zu unserer Überraschung funktionierte dieses Prozedere hier tatsächlich verlässlicher als in Österreich. Schon am nächsten Tag erhielten wir E-Mails mit unseren Ergebnissen.

Einen Tag vor unserer Abreise besuchten wir noch einmal Yakoubs Eltern. Sie begegneten mir wie immer sehr höflich und freuten sich über die Chance, die ihr Sohn erhielt, wenngleich ich die schwere Last des Abschieds deutlich in den Augen meiner Schwiegermutter erkennen konnte.

Um mit dem Abschied besser umgehen zu können, stellte Yakoub sich vor, dass er nur eine kurze Reise – etwa nach Dar es Salaam – antrat und seine Familie bald wiedersehen würde.

Nach seinen Eltern besuchten wir auch eine seiner älteren Schwestern, Sharifa. Gemeinsam mit Mtumwa bekochte sie uns. Das Essen war wirklich köstlich. Wie es in Afrika Sitte ist, saßen mein Mann und ich am Boden und aßen mit den Händen das leckere Essen, während die Gastgeberinnen selbst in der Küche waren. Wir spielten noch ein bisschen mit Sharifas entzückenden Kindern, unterhielten uns ein wenig mit Yakoubs Schwestern und kehrten dann nach Stone Town zurück.

Am Abend besuchten wir seinen besten Freund. Muu war Model mit nicht allzu dunkler Hautfarbe und am ganzen Körper mit Tätowierungen bedeckt. Er hatte ein interessant eingerichtetes Zuhause – eine kleine afrikanische Wohnung mit gefälschter Calvin-Klein-Tapete und einem Flachbildschirm an der Wand, der größer war als mein Fernseher in Österreich. Wenngleich Muu ein offensichtlich verrückter Mensch war, hatte er doch ein großes Herz.

Zu später Stunde, nachdem entsprechend viel Alkohol geflossen war, beschenkte uns Muu mit allem, was ihm einfiel. Ich bekam einen Ring, den ich am Zeigefinger tragen sollte. Er war ein Zeichen unserer Freundschaft und ein Symbol dafür, dass er mich als die Frau seines besten Freundes akzeptierte. Er hätte mir diesen Ring eigentlich schon zu unserer Hochzeit schenken wollen. Doch damals wurde er von der Polizei aufgehalten, die ihm seinen Führerschein wegnahm und da er ohnehin schon zu spät war, konnte er es nicht mehr pünktlich schaffen.

Somit erhielt ich also zum Abschied meinen besonderen Ring, was mich genauso freute. Außerdem nahm er ein Bild von der Wand und überreichte es uns mit feuchten Augen: „Nehmt das auch mit, damit ihr an mich denkt."

Dann entdeckte er einen Spiegel mit auffällig verschnörkeltem Holzrahmen und nahm ihn ebenfalls von der Wand: „Und den nehmt auch mit, damit ihr mich nicht vergesst."

„Wir werden dich auch ohne deine zahlreichen Geschenke nicht vergessen", versicherte ich ihm. Doch dieser Satz bewirkte nur, dass Muu und Yakoub sich um den Hals fielen und sich einander – wie gesagt zu später Stunde – ihre ewige Freundschaft versicherten.

Irgendwann fuhren wir dann doch mit einem Tuku tuku – einem auf Sansibar üblichen Taxi auf drei Rädern – zurück zu unserem Zimmer.

Am nächsten Tag war es also so weit, mein Mann und ich reisten gemeinsam nach Österreich. Mein Schwager Ahmada kam zum Abschied. Er half uns dabei, das Gepäck zum Taxi zu bringen. Er war einer der wenigen Personen, die wussten, dass Yakoub mich nicht nur zum Flughafen begleiten würde, sondern dass auch er die Insel verließ.

Als die beiden Brüder sich vorm Taxi verabschiedeten, zerriss es mir beinahe das Herz. Zu stark spürte ich den Schmerz des Abschieds, der die beiden in diesem Moment gleichermaßen vereinte und doch trennte. Sie umarmten einander, sahen sich jedoch nicht in die Augen. Dann stiegen mein Mann und ich ins Taxi und fuhren zum Flughafen. Wir sagten nichts. Ich hielt nur seine Hand und versuchte, stark zu sein.

„Wenn du jetzt weinst", sagte ich mir selbst, *„kann auch er seine Tränen nicht mehr zurückhalten."*

Kapitel 24

„Die größte Herausforderung ist der Wille,
neue Gedanken auszuprobieren. Nicht zu zögern,
die Wahrheiten anderer in Frage zu stellen
und eigene Wege zu gehen."

Henning Mankell – Treibsand

Gemeinsam zu reisen war eine sehr schöne Erfahrung. Das Schönste daran war, dass ich keinen schmerzhaften Abschied mehr erleben musste. Natürlich war mir bewusst, dass es meinem Mann anders ging, aber er beteuerte immer wieder, dass es ihm gut ginge. Irgendwann erinnerte ich mich selbst daran, dass es vermutlich nicht hilfreich war, wenn ich ihn alle zehn Minuten nach seinem Befinden fragte. Zum Glück zählte er zu den Menschen, die im Flieger durchschlafen, bis die Landung ansteht.

Nach 14 Stunden Reisezeit landete der Flieger in Österreich. Yakoub war sichtlich nervös. Er wusste nicht, ob er meine Hand nehmen durfte oder nicht. Die Sitten in diesem Land schienen ihn jetzt schon zu verwirren. Ich bestätigte durch meinen Händedruck, dass es in Ordnung war, und lächelte ihm aufmunternd zu.

Mein Vater holte uns vom Flughafen ab. Es wäre schön, wenn ich an dieser Stelle eine romantische Szene schildern könnte, wie wir als glückliches Ehepaar das Gate verließen und von meinem Vater in Empfang genommen wurden. Leider trug es sich so zu, dass die Fluglinie einen unserer Koffer verloren hatte. Die Schuhe meines Mannes, unsere Mitbringsel und sämtliche notwendige Gegenstände befanden sich noch auf Sansibar. Nach zwei Stunden Wartezeit und Bürokratie hatten wir endlich alle Informationen aufgegeben, um den Koffer nachgeliefert zu bekommen, und konnten den Flughafen verlassen.

Mein Vater begrüßte seinen Schwiegersohn mit einer freundlichen Umarmung. Es war ein ungewöhnlich warmer Septembertag und so war der Schock – zumindest was die Temperaturen betraf – für Yakoub nicht allzu groß.

Ich hätte niemals gedacht, dass ich das einmal sagen würde, doch in diesem Fall war ich tatsächlich dankbar für unsere Quarantäne, aus der wir uns nach fünf Tagen freitesten konnten. Denn dadurch konnte mein Mann erstmals innerhalb der Wohnung die neue Welt entdecken und sich dann Schritt für Schritt zur Außenwelt vorarbeiten.

Das mag unsinnig klingen, doch Yakoub wusste zum Beispiel nicht, dass es so etwas wie einen Geschirrspüler gibt.

„Es gibt eine Maschine, die das Geschirr wäscht? Ich kenne eine Waschmaschine für die Kleidung, aber dass es das auch in der Küche gibt, habe ich nicht gewusst."

Mit all diesen Kleinigkeiten musste er sich erst einmal anfreunden. Er machte das wirklich gut. Als wir endlich unsere Wohnung verlassen durften und ich ihm die Umgebung zeigte, merkte ich, dass er richtig aufblühte. Ich wusste, dass wir richtig gehandelt hatten, auch wenn ich manchmal ein schlechtes Gewissen hatte.

„Jetzt haben wir so lange für dein Visum gekämpft und dann bist du in diesem Land gelandet, wo du ständig eingesperrt wirst", sagte ich einmal während eines der zahlreichen Lockdowns. Doch Yakoub beteuerte stets, dass sein Leben nun deutlich besser wäre als zuvor und dass er froh war, endlich sein Leben mit mir gemeinsam verbringen zu dürfen.

Manchmal schien der Alltag mit meinem Mann vollkommen gewöhnlich zu sein, manchmal stellte er mir allerdings Fragen, mit denen ich nicht rechnete. Als Ende November der erste Schnee fiel, kam er von seinem Deutschkurs nach Hause. Da ich eine lange Mittagspause hatte, war ich bereits zu Hause und beobachtete schmunzelnd, wie er zitternd die Wohnung betrat. Mit der österreichischen Kälte hatte er sich noch nicht angefreundet.

„Viel Schnee!", sagte er. „Sehr viel Schnee!"

Ich musste lachen: „Schatz, die Wiese ist nur angezuckert. Das ist ganz wenig Schnee."

„Oh, das wird mehr?"

„Natürlich. Viel Schnee haben wir, wenn es so viel ist", sagte ich und deutete dabei etwa die Höhe meiner Hüften an.

„Was? So viel? Liegt der Schnee dann überall?"

„Ja, der liegt dann überall."

„Auch auf der Straße?"

„Ja, wenn es schneit, dann schneit es überall."

„Aber wie komme ich dann in die Schule?", fragte er verdutzt.

„Schon sehr früh am Morgen fährt der Schneepflug und räumt die Straßen frei", erklärte ich.

„Was ist ein Schneepflug?"

Solche Dialoge gehören nun auch zu unserem Leben und ich muss sagen, dass ich das schön finde. Fremde Kulturen übten auf mich schon immer einen Reiz aus. Nun bin erstmals ich in der Position, meine Kultur jemand anderem näher zu bringen, und das tu ich gerne. Außerdem finde ich es noch immer schön, dass mein Mann und ich nicht zu den klassischen Paaren zählen, sondern ein etwas unübliches, ja sogar außergewöhnliches Leben führen.

Yakoub hat es auf eine für mich faszinierende Weise geschafft, sich in diesem Land einzuleben und zu Hause zu fühlen. Von meiner Familie wurde er mit offenen Armen empfangen. All die Zweifel, die vor allem von Seiten meiner Eltern zu Beginn standen, zerstreute er schnell, als sie ihn endlich persönlich kennenlernten. Yakoub ist nun Teil meiner Familie, Teil meines Lebens, Teil meines Alltags. Mein Bruder hat endlich damit aufgehört, meinen Mann mit Flüchtlingen zu vergleichen. An die österreichische Kälte wird Yakoub sich vermutlich nie gewöhnen, weshalb ich ihm gleich zu seinem ersten Geburtstag in Österreich eine beheizbare Jacke geschenkt habe. Er trägt sie im Winter täglich, meistens auch in der Wohnung.

Nicht nur Yakoubs Leben hat sich grundlegend verändert, sondern auch meines. Neben dem Glück, dass ich nun die Liebe meines Lebens an meiner Seite habe, durfte ich auch viele wertvolle Menschen kennenlernen. Auf Sansibar leben so viele verrückte, liebenswerte Menschen, dass ich an dieser Stelle gar nicht alle aufzählen kann. Meine Zeit mit ihnen hat mich gelehrt, meiner verrückten Seite Raum zu geben, sie auszuleben, ohne mich dafür zu rechtfertigen oder zu schämen. Es freut mich sehr, dass diese Menschen nun zu unserem Leben zählen und es bereichern.

Unser Leben wird immer besonders sein, unser Leben wird uns niemals langweilig erscheinen. Was auch immer kommen mag, unsere Geschichte wird immer da sein. Sie wird uns immer daran erinnern, dass wir großes Glück haben, einander gefunden zu haben. Unsere Ehe ist erfüllt von Wertschätzung und von Respekt, aber vor allem davon, den Partner nie als selbstverständlich hinzunehmen. Wir mussten lange füreinander kämpfen und den Verdienst für unseren Kampf dürfen wir nun jeden Tag genießen.

Epilog

Bei allem, was ich auf meiner Reise in den letzten Jahren erlebt habe, gab es vieles, wofür ich heute dankbar sein kann. An oberster Stelle steht natürlich, dass ich das Glück hatte, meinen Seelenverwandten getroffen zu haben, meine bessere Hälfte, den Mann, der mich zu einem besseren Menschen macht und der das Leben erst lebenswert macht. Nicht viele Menschen haben das Glück, diesen einen Menschen zu finden, doch ich habe ihn gefunden – wahrhaftig am anderen Ende der Welt. Dafür bin ich überaus dankbar.

Ich bin aber auch dankbar dafür, dass wir den Kampf um unser gemeinsames Leben – und damit den größten Kampf meines bisherigen Lebens – gewonnen haben. Denn nun weiß ich, dass wir jeden Kampf gewinnen können. All die Strapazen, all das Leid, die Momente der Verzweiflung haben mich letzten Endes stärker gemacht und mir gezeigt, wozu ich fähig bin. Ich bin dankbar dafür, dass ich diese Kraft, die wohl schon immer tief in mir schlummerte, entdecken durfte.

Natürlich bin ich auch dankbar für unsere wundervolle Traumhochzeit. Obwohl ich nie eine Frau gewesen bin, die von der perfekten Hochzeit am perfekten Datum träumte, durfte ich genau das erleben – eine Strandhochzeit am 10.10.2020 und sie war in der Tat perfekt.

Schon immer hatte ich tief in mir einen Drang verspürt, der mich nach Afrika zog, eine unbändige Faszination, die dieser Kontinent auf mich ausübte. Nun habe ich eine Familie in Afrika, ich bin mit einem Afrikaner verheiratet. Wir werden so viel wie möglich von seiner Tradition in unser gemeinsames Leben einfließen lassen. Wir werden dunkelhäutige Kinder bekommen, wir haben mittlerweile ein Haus auf Sansibar gebaut und haben – im Gegensatz zu den meisten Menschen – immer zwei Möglichkeiten im Leben. Uns stehen immer zwei Türen offen, eine in Österreich und eine auf Sansibar.

Wenn ich so auf unsere gemeinsame Geschichte zurückblicke und auf das, was mir im Leben schon immer wichtig war, so ergibt das alles einen Sinn. Mit Yakoub und dem, was wir uns geschaffen haben, habe ich das Gefühl, im Leben genau dort angekommen zu sein, wo ich hingehöre. Und eines kann ich nach diesen zweieinhalb Jahren Kampf mit Gewissheit sagen: Es hat sich gelohnt.

Danksagung

Ein großes Dankeschön geht an meine beste Freundin Conny, die mich immer unterstützt hat, egal, welchen verrückten Weg ich im Leben eingeschlagen habe. Danke, Conny, dass du immer hinter mir stehst und mich auch dazu motiviert hast, dieses Buch tatsächlich zu veröffentlichen.

Ich danke auch meiner Cousine Nicola, die sich die Zeit genommen hat, mein Buch vorab zu lesen. Ich danke dir, liebe Nicola, auch dafür, dass du immer ein offenes Ohr für mich hast und mir stets mit guten Ratschlägen zur Seite stehst.

Mein Dank geht auch an meine Familie. Dafür, dass ihr nach all den anfänglichen Zweifeln – die ich durchaus verstehe – Yakoub in unserer Familie aufgenommen und in eure Herzen geschlossen habt.

Ich möchte mich an dieser Stelle außerdem bei all den Männern bedanken, die mich verletzt haben. Ohne sie hätte ich den Männern nie abgeschworen und wäre nicht vollkommen befreit nach Sansibar gereist, wo ich einen der besten, liebenswertesten und respektvollsten Männer kennengelernt habe.

Letzten Endes hatte meine Mutter doch recht mit ihrem viel verwendeten Satz: „Alles im Leben hat einen Sinn."

Mein erster Besuch bei Yakoubs Mutter

Regenzeit in Stone Town (Fotograf Truth)

Rama barfuß in Stone Town nach meiner Hennabemalung

Traumhochzeit am Strand (Fotograf Truth)

Unser offizielles Hochzeitsfoto (Fotograf Truth)

*Gratulationen zur Hochzeit – hinter uns die Kinder vom Dorf, links die
Kuchenschachtel am Tisch, rechts Rama in seiner Alltagskleidung (Fotograf Truth)*

Unser Lagerfeuerherz

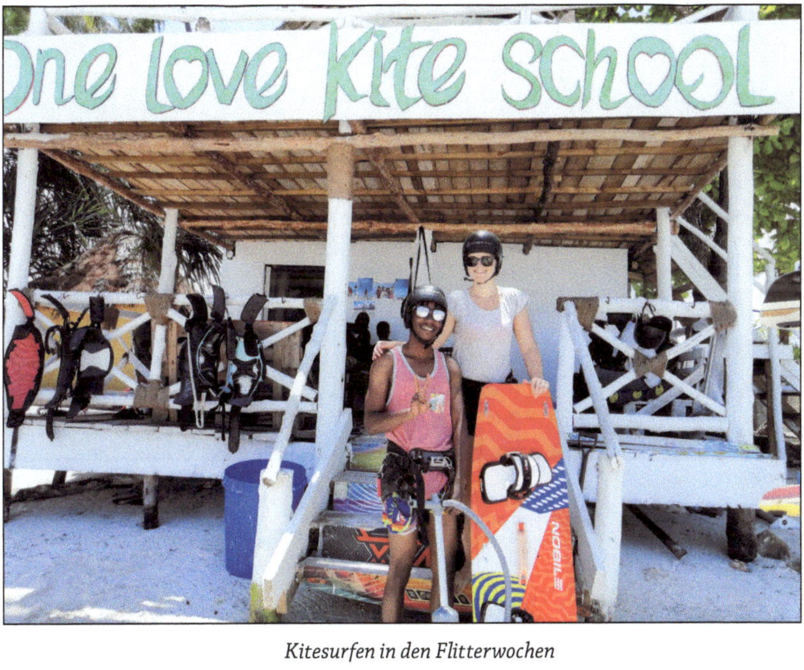

![One Love Kite School]

Kitesurfen in den Flitterwochen

Unser Grundstück,
auf dem mittlerweile unser Haus steht

Endlich gemeinsam in Österreich

HERZ FÜR AUTOREN A HEART FOR AUTHORS À L'ÉCOUTE DES AUTEURS MIA KAPΔIA ΓIA ΣΥΓΓΡ
ARTA FÖR FÖRFATTARE UN CORAZÓN POR LOS AUTORES YAZARLARIMIZA GÖNÜL VERELIM SZÍ
PER AUTORI ET HJERTE FOR FORFATTERE EEN HART VOOR SCHRIJVERS TEMOS OS AUTO
ZÖINKÉRT SERCE DLA AUTORÓW EIN HERZ FÜR AUTOREN A HEART FOR AUTHORS À L'ÉCOU
ÇÃO ВСЕЙ ДУШОЙ К АВТОРАМ ETT HJÄRTA FÖR FÖRFATTARE Á LA ESCUCHA DE LOS AUTOR
EURS MIA KAPΔIA ΓIA ΣΥΓΓΡΑΦΕΙΣ UN CUORE PER AUTORI ET HJERTE FOR FORFATTERE EEN H
ER ZÖINKÉRT SERCE DLA AUTORÓW EIN HERZ FÜR
SCHRI ÃO ВСЕЙ ДУШОЙ К АВТОРАМ ETT HJÄRTA FÖR

Die Autorin

Lisa Ahmada wurde 1992 in Oberösterreich geboren und wuchs in Ebensee am Traunsee auf. Seit jeher verspürte sie eine Liebe zu Afrika. Nach der Matura an der BAKIP Vöcklabruck arbeitete sie freiwillig ein Jahr in einem Waisenhaus in Tansania. Dieses Jahr prägte sie stark. Zurück in Österreich arbeitete Lisa Ahmada als Kindergarten- und Früherziehungspädagogin, entschied sich aber schließlich dazu, Physiotherapie zu studieren. Im Rahmen des Studiums, das sie 2019 an der FH Gesundheitsberufe OÖ in Wels abschloss, absolvierte sie ein Auslandspraktikum im Mnazi Mmoja Referral Hospital in Stone Town, Sansibar. Dort lernte Lisa Ahmada ihren jetzigen Ehemann Yakoub kennen. Mittlerweile leben Lisa und Yakoub Ahmada in Traun in Oberösterreich. In ihrem ersten Roman „Milele" erzählt Lisa Ahmada die Geschichte vom Kennenlernen und dem jahrelangen Kampf um das Visum für ihren Ehemann für Österreich.

novum VERLAG FÜR NEUAUTOREN

Der Verlag

*„Wer aufhört
besser zu werden,
hat aufgehört
gut zu sein!*

Basierend auf diesem Motto ist es dem novum Verlag
ein Anliegen, neue Manuskripte aufzuspüren, zu veröffentlichen und deren Autoren langfristig zu fördern.
Mittlerweile gilt der 1997 gegründete und mehrfach
prämierte Verlag als Spezialist für Neuautoren in
Deutschland, Österreich und der Schweiz.

**Für jedes neue Manuskript wird innerhalb we-
niger Wochen eine kostenfreie, unverbindliche
Lektorats-Prüfung erstellt.**

Weitere Informationen zum Verlag und
seinen Büchern finden Sie im Internet unter:

w w w . n o v u m v e r l a g . c o m